U0624135

2024中国年选系列

2024年
中国随笔精选

中国作协创研部　选编

长江出版传媒　　长江文艺出版社

图书在版编目（CIP）数据

2024 年中国随笔精选 / 中国作协创研部选编.
武汉 ：长江文艺出版社，2025.1． --（2024 中国年选系
列）． -- ISBN 978-7-5702-3866-8

Ⅰ．I267.1

中国国家版本馆 CIP 数据核字第 2024WM0495 号

2024 年中国随笔精选

2024 NIAN ZHONGGUO SUIBI JINGXUAN

责任编辑：陈欣然　　　　　　　　责任校对：程华清
封面设计：胡冰倩　　　　　　　　责任印制：邱　莉　　王光兴

出版：长江出版传媒｜长江文艺出版社
地址：武汉市雄楚大街 268 号　　　　邮编：430070
发行：长江文艺出版社
http://www.cjlap.com
印刷：湖北画中画印刷有限公司

开本：680 毫米×980 毫米　　　1/16　　　印张：13.5
版次：2025 年 1 月第 1 版　　　　2025 年 1 月第 1 次印刷
字数：214 千字

定价：28.00 元

编选说明

　　每个年度，文坛上都有数以千万计的各类体裁的新作涌现，云蒸霞蔚，气象万千。它们之中不乏熠熠生辉的精品，然而，时间的波涛不息，倘若不能及时筛选，并通过书籍的形式将其固定下来，这些作品是很容易被新的创作所覆盖和湮没的。观诸现今的出版界，除了长篇小说热之外，专题性的、流派性的选本倒也不少，但这种年度性的关于某一文体的庄重的选本，则甚为罕见。也许这与它的市场效益不太丰厚有关。长江文艺出版社出于繁荣和发展文学事业的目的，不计经济上一时之得失，与我部合作，由我部负责编选，由他们负责出版，向社会、向广大读者隆重推出这一套选本，此举实属难能可贵。

　　这套丛书的选本包括：中篇小说选、短篇小说选、报告文学选、散文选、诗歌选和随笔选六种。每年一套，准备长期坚持下去。

　　我们的编辑方针是，力求选出该年度最有代表性的作品，力求选出精品和力作，力求能够反映该年度某个文体领域最主要的创作流派、题材热点、艺术形式上的微妙变化。同时，我们坚持风格、手法、形式、语言的充分多样化，注重作品的创新价值，注重满足广大读者的阅读期待，多选雅俗共赏的佳作。

　　我们认为，优良的文学选本对创作的示范、引导、推动作用是非常重要的，对读者的潜移默化作用也是十分突出的。除了示范、引导价值，它还具有文学史价值、资料文献价值、培育新人的价值，等等。我们不会忘记许多著名选本对文学发展所起到的巨大作用，我们也希望这套选本能够发挥它应有的作用。

这套书由中国作家协会创作研究部编选，具体的分工是：

中篇小说卷由何向阳、聂梦同志负责；

短篇小说卷由贺嘉钰、贾寒冰同志负责；

报告文学卷由李朝全同志负责；

散文卷由王清辉同志负责；

诗歌卷由李壮同志负责；

随笔卷由纳杨、刘诗宇同志负责。

中国作协创研部

目录

谈艺录

读史叹

文人语

未来记

我们要面对怎样的社会

卢周来

春节期间，几位学界同仁一起闲聊，无不感慨当下社会中呈现出的诸多现象之"新异"，简直是"乱花渐欲迷人眼"；而要很好地解释，却顿生无力之感。正因此，这段时间，我集中阅读了一批近年来陆续出版的经济社会学方面的著作，试图为一些典型的社会热点，提供一个从社会经济技术结构及其变化来解释的视角。

消费资本主义与体验型社会

最近有新闻说，某国际大品牌包包，因为供不应求，就按配额比例进行配货。其中，给中国消费者的配额比例，低于给日韩的比例。简单地说，中国平均每两位想购买这个包包的消费者，只给1.1个；而日韩平均每两位想购买这个包包的消费者，则配给1.7个。于是，舆论认为，这是对中国消费者的歧视。当然，还有人说，这背后也反映了国际关系。

正读英国曼彻斯特大学知名社会学家斯蒂芬·迈尔斯的《体验型社会：消费资本主义重启》一书，里面有对消费资本主义的分析。结合思想史上大学者们关于消费资本主义思想史的梳理，有助于我们看待"包包现象"。

一些有钱的女性购买名牌包包，花费少则数万，限量版的数十万甚至百万计，是典型的奢侈品消费、非必需品消费。而对奢侈品如此着迷，从人类历史看，时间并不算长。

从经济学上讲，十八世纪初中期，亚当·斯密写《国富论》时，他所说的交易，其实是一种基于基本需求的交易：种粮食的需要穿衣服，穿衣服的需要吃粮食，但由于分工，种粮食的不会制衣，制衣的不会种粮。于是，二者拿各自的产品进行互换。而此时，无论是种粮的还是制衣的，他们的消费也是需求型消费。亚当·斯密在书中当然也提到了一些富人痴迷于钻石，尽管也属奢侈品，但局限于少数商人群体。

到十九世纪马克思写《资本论》时，奢侈品消费在资本家阶层中非常普遍，并且成为其必需品投资的一部分。借由奢侈品消费，资本家借此联络关系，当然也以此作为资本充足、信用有保障的"符号"。

不过，马克思还讲了奢侈品消费的另外两个观点。一个观点是，随着历史条件的改善，一些奢侈品消费会转化为必需品，比如读书、看戏剧、旅游等文化消费，此时，工人阶级也会消费这些东西。另一个观点是，资本社会会不断"制造出"新的消费品，诱使全社会去消费并形成对这些新的消费品的依赖，于是，哪怕是劳动阶层的一些人，宁肯借贷或破产也要去消费。资本这样做的最终目的有两个：一个是让劳动阶层为了这种所谓"体面"的消费而不得不更加卖命地工作，更加听命于资本的剥削；另一个是资本因不断制造新的消费热点而赚得盆满钵满。这就是所谓的"消费资本主义"。我把马克思的原话抄录如下：资本家"千方百计在别人身上唤起某种新的需要，以迫使他做出新的牺牲，使他处于一种新的依赖地位，诱使他追求新的享受方式，从而陷入经济上的破产。他们力图创造出一种支配他人的、异己的本质力量，以便从这里面找到他自己的利己需要的满足"。

马克思的结论是被现实所验证了的。名牌包包的消费，其实就是被资本人为制造出来的，并且已经成功植于社会意识。今日欧洲一些国家如法国与意大利，制造业衰败，但奢侈品如一个 LV 包包，价格早已堪比一辆名牌汽车，而一个所谓限量版的包包，价格甚至堪比中国上海一套别墅。名牌消费品已成为这些国家经济的重要支撑之一。而一些本不具备经济能力的女性，为了买到心仪的包包，不惜背负债务，甚至走上被奴役被摆布的人生。

如果说马克思仍然是在阶级框架下讲奢侈消费，那么，加尔布雷斯在《丰裕社会》中，则补充了奢侈品消费的另一个视角。加尔布雷斯认为，奢侈品消费是一种典型的炫耀性消费。其目标不在于消费本身，而在于奢侈品背后的符号价值，即通过对附加了特定象征意义的商品的购买和独享，以达到对自身身份、地位的标示和认同。还是以包包为例，很多女性喜欢不断地买名牌包包，即使付出极大代价也在所不惜，绝对不是为了用这些包包来实现装东西的功能，而是用以彰显自己的地位，彰显自己的格调。

非常有意思的是，加尔布雷斯的社会学视角暗含这样的结论：消费资本主义的发展，正在模糊马克思讲的传统阶级划分。当普通工人的女儿，与资本家的女儿一样，都背着名牌包包、穿着名牌衣服，在同一个酒吧娱乐时，谁还能分辨出谁是属于哪个阶级呢?! 谁又去关心谁属于哪个阶级呢?! 在这个时候，个人的感性体验，远超过理性。或者说，奢侈品消费带来的体验性愉悦，早已使人放弃了关于阶级、自由、解放等等终极价值的思考。这就是斯蒂芬·迈尔斯所说的"体验型社会"。

沿着马克思与加尔布雷斯的思路，仅就我的阅读范围，西方左翼思想家马尔库塞的《单向度的人》、鲍德里亚的《消费社会》、鲍曼的《工作、消费主义和新穷人》、加卢佐的《制造消费者》等著作，都在试图揭露"体验型社会"背后的"资本操纵"及其灾难性后果。要言之，他们认为，劳动者中越来越普遍的对奢侈品的消费，并非表明资产阶层和劳动阶层之间对立的真正消除，相反，它其实是资本获利的高级形式。一方面，资本无限制扩张造成大量剩余产品的堆积，这就迫使资本家为消化掉剩余产品而鼓励劳动者进行高消费。另一方面，劳动者为了追求体面的消费，就如同"被蒙上了眼的驴"，只能无休止地拉着磨盘，心甘情愿忍受资本有恃无恐的盘剥，并且相互之间变得越来越内卷。

资本制造出的"消费主义"，它本身是无任何节制的。"它对我们的束缚，建立在由它激发的对满足的渴望之上，建立在这种满足感永远无法兑现的事实之上。"也就是说，对奢侈品的追求和消费体验，实际上是一种"慢性毒品"，会使人上瘾，体验得越多，心理上就越不满足。这也是消费社会中人被物所异化，"心为物役"。最后，人类社会永远没有"物质条件极大丰富"的那一天。因为资本还会不断制造出无数虚假需求，而为满足全社会这些虚假需求，又将极大占用环境与资源；人类本身离大同世界也将越来越远，永远得不到救赎。

再回到名牌包包吧。其实，对同样追求名牌包包的不同消费者予以不同的配额，更加证明了一个现实：消费资本主义仍然在扩张过程之中，并且更巧妙地利用了体验型社会阶层碎片化。一方面，正如迈尔斯在《体验型社会》中所言，冷战时期，消费资本主义曾一度受到抑制，是资本借助肇始于 1980 年代之后的全球化尤其是新世纪以来的互联网与自媒体的力量，重新向世界推广消费社会意识形态的结果。而此次消费主义的重启，其烈度与影响力则远超任何时期。包括中国女性在内的各国女性，对名牌包包近乎疯狂的追求，就是其缩影。另一方面，因为"消费社会为我们包装了一个体验的世界，使我们处于个人世界的中心。我的身份只是为我而存在的世界的产物"，这消解了阶层与国家在强大的资本操纵面前反操控的可能性，使消费成为纯粹个人性体验，所以，资本才可以肆无忌惮对不同市场予以不同营销策略，特别是通过人为制造稀缺，来进一步控制消费者。

当然，资本也不忘记在其中通过市场歧视，塞进一些其他私货。比如，它的确可以通过配额的不同，表达对某个国家的不满。而在原子化、碎片化的奢侈品消费个体面前，国家无法且不能代表爱名牌包包的女性们出头露面。

总之，目前我们其实能找得到应对消费资本主义的办法并不多。甚至，多少知识人也已异化为追求奢侈品消费社会中的一员。

超单身社会、M 型社会与孤独社会

已经从不少渠道得到过以下信息：在日本、韩国等东亚国家，单身人口越来越多。如果不是阅读日本媒体人荒川和久的著作《超单身社会》，我并不知道现实是如此之惊人：2015 年，日本男性终生未婚率达到24.3%，女性为 14.9%。按此趋势发展，到 2035 年，日本男性终身未婚率将达到 35.1%，而女性将达到 24.6%。男女加起来的单身人数将有可能超过总人口的一半。还有单身家庭，即结婚后生了孩子又离了婚的。据此著披露，2010 年，日本单身家庭在各类家庭中占比 20%。按此下去，到 2035年，单身家庭占比将达到 40%。

我都不知道如何处理这两组数据：因为如果简单相加，那是不是意味着，从婚姻角度看，到 2035 年，日本绝大多数人将是单身，要么一个人生活，要么至多与孩子生活。

我们知道，处于儒家文化圈内的东亚国家，家庭观念一向很重。对此，《超单身社会》一书也给出了证据：在2005年，日本有高达65%的被调查者认为，结婚比不结婚要好。而与此对比，在欧洲各国调查中，法国人和瑞典人认为结婚比不结婚好的，仅占3成，英国略高，也不到40%。相反，认为"结婚不是人生必需品"的比例，法国与瑞典占31.1%，英国占32.4%，而日本只有21.8%。足见彼时日本人仍然拥有较为深厚的家庭意识。而且，从传统上看，日本文化与东亚文化原本对于高龄非婚者是有歧视的。这除了东亚文化对家庭与家族的重视之外，还有一个重要原因：人们认为，只有经历了家庭生活并且承担起家庭责任的人，才具有对社会对他人的共情能力，也才具有对工作的负责态度和与他人协作的能力。这一点，作者在书中也有论述。

然而，更为让人不解的是，到2015年，日本有关机构所作调查表明，与十年前相比较，日本社会中，有意愿结婚或认为结婚比单身好的人数比例，尽管有些许下降，但与2005年相比，并没有很大变化。这与日本社会中单身人数比例十年间变得如此之高，构成了明显的悖论。

那么，有意愿结婚的男女，为何却选择单身呢？据作者的采访与调查，对于金钱的考虑是最重要的原因。其中，女性对是否结婚的选择是两个因素的叠加考虑：一方面，结婚意味着会失去自由，会切断原有的与朋友、家人以及职场的联系；另一方面，结婚也意味着进入一个新社会关系与新家庭，有可能实现"经济上更加宽裕"的梦想。简单地说，如果一个女性认为，只有结婚给她带来经济上的更加宽裕，她才会愿意放弃部分婚前自由与婚前关系，来选择结婚。所以，作者说，对于当下的日本女性，有没有爱情对于是否结婚根本不重要，她们更看重的是对方的收入是否能帮助她改善其经济地位。而男性亦如此。作者通过采访与调查得出的结论是，选择不结婚的男性，往往是因为觉得自己收入有限，"不愿意把有限的收入再花在别人身上"。所以，作者写道："总之，在结婚这件事上，男性和女性在意的焦点都是钱。若女性想结婚的原因是钱的话，那么男性不想结婚的原因也在于钱。正因为男女双方在钱的问题上冲突，日本社会才走向非婚化。"

与此同时，作者还发现，结了婚的又选择离婚的主要原因也在于钱。按书中所言，高达48.5%的离婚男女承认考虑离婚的因素是"与金钱相关"。这一因素在所有因素里排列第一位。而实际比例其实远高于48.5%，只不过还是有人不愿意如此坦白而已。

仅此，仍然远不足以说明日本社会走向单身社会。因为我们会问：是什么原因使日本社会男男女女对金钱如此重视，甚至超过家庭？书中提到，在"平成萎缩"之前有一个非常长的"昭和景气"即经济繁荣阶段，彼时日本无论是单身率还是离婚率，都不高；而"平成萎缩"之后，尤其是"小泉经济学"大行其道时期，日本社会单身率与离婚率一路上升，离婚率甚至一度达到历史最高水平。作者由此得出结论，认为单身社会的到来，与经济环境的波动有关。但其中到底发生了什么样的事，书中则没有作详细阐释。

那么，其间到底发生了什么样的事呢？不得不提到日本"失去的三十年"。关于日本"失去的三十年"，始于1991年日本房地产泡沫破裂。此后三十年间，日本经济陷入长期低迷，国内生产总值徘徊在零增长的边缘。因为此前的1989年1月，昭和天皇驾崩，长子明仁继位，平成时代开始。所以，这段长时期的经济低迷，史称"平成萎缩"。经济低迷的后果是日本家庭资产与收入的相对下降。尽管日本政府采取了很多措施试图维持本国居民生活水平，并且也取得了一些效果，但仍然阻挡不住因资产持续贬值而导致的全社会财产性收入持续下滑，大量中产阶层陷入困境。对此，日本著名管理学家大前研一，在其名著《M型社会》有详细阐述。大前研一认为，二十多年来，日本社会中原本人数最多的中产阶层，除了一小部分挤入高收入上层社会之外，更多的沦为中低收入甚至低收入阶层。这使得原本呈现橄榄形的社会结构中间部分日益凹陷下去，人口分布往高收入和低收入两端移动，出现一个拥有两侧双峰的阶层社会，他形象地称之为"M型社会"。

在日本中产阶层家庭中，男性的收入原本是足以养家的，或者说，女性可以做全职太太，主要负责抚养小孩、打理家庭。而"平成萎缩"以来，大量中产阶层陷入困境，加之男性收入相对下降，已不足以支撑整个家庭。这一方面使得对金钱的考虑越来越成为日本社会男女择偶或择婚时的第一考虑，另一方面也迫使已婚妇女走出家庭。这也是日本政府曾一度提出所谓"创造女性闪耀光辉的社会"的背景。这一"女性闪耀"计划的目的，就是要让更多家庭主妇出来工作，以提高家庭收入和全社会消费水平，以此助推国家经济增长。而一旦女性无法依靠男性，要靠自己打工养活自己，那么，男性也就"可有可无"了。因此，"女性闪耀"计划的结果，空前提高了日本社会的离婚率；当然，其溢出影响是，没有结婚的女性，也因此越来越多地选择单身！

其实，使得日本社会单身率与离婚率日益高的因素，远不仅仅是经济低迷与家庭收入下降，还有工作的不稳定。

众所周知，在昭和时代，日本企业几乎都是实行员工终身雇佣制。并且，随着二战后以"亚洲四小龙"为代表的东亚国家与地区的兴起，以日本企业作为蓝本，研究"被尊重"对劳动者的影响曾经是一个热门话题，一度受到各国效仿。然而，日本经济失速尤其是亚洲金融危机爆发后，一批主张自由放任派的经济学家，开始攻击日本终身雇佣制。其中，美国哈佛大学教授迈克尔·波特与日本一桥大学教授竹内弘高共同撰写了名为《诊断日本病》的署名文章，认为"日本病"的总根源，恰在于政府对市场的不信任抑制了自由市场的活力。特别是，日本企业尊重员工的企业文化，导致劳动力流动不够，企业治理结构僵化。只有美国"利润至上，强者至上"的文化，才能使日本经济增长更具活力。

波特们的主张受到小泉政府追捧，出台了一系列举措，包括"长期雇佣""年功序列制"和"高社会保障与福利"等曾被视为创造了"日本奇迹"的"日本模式"，被彻底"革命"，走向式微。尽管这些措施短期内似乎刺激了经济增长，但不久后，由于改革使民众对失去稳定可预期的工作及收入的担忧，加之福利水平的降低，日本社会陷入消费失速，经济终因内需不足而拉胯。日本经济不仅总体无起色，且又进入第二个"失去的十年"。

日本长期雇佣制改革的失败，更使日本百姓普遍陷入对前途的迷茫。确定性的工作开始变得朝不保夕，一旦失业只能靠打零工生活。而劳动力市场的竞争，使得所有劳动力越来越内卷。原来的加班，因与企业共命运而有意义；现在的加班，时间更长、收入更低且毫无意义：因为没有正常的"年功制"及"增资机制"，只是一个打工仔甚至是"走鬼"而已。短雇制尤其对妇女更不友好。在长期雇佣制下，即使是不愿当全职太太的妇女，生育孩子仍可享受带薪生育假，假期结束后妇女可正常上班。而长期雇佣制解体后，生育完孩子从家庭再度出来找工作的妇女，能够续上原来工作的，不到10%；能够再次以正式员工身份工作的，不到20%！

在这种背景下，担心承担不起抚养家庭责任、被工作压得喘不过气、随时有可能失业等因素，让单身的日本人对结婚的恐慌增加，不愿结婚的自然越来越多；女性因害怕生孩子导致失业，加之对男性经济能力的不放心，选择单身或结婚后又离婚的也越来越多了。小泉政府执政时期，日本社会单身比例迅速上升，离婚率创下历史最高，其原因就在于此。

值得一说的是，沉重的经济压力及工作的极度内卷，甚至使日本社会不少男女没有爱的能力与性的欲望。关于被生存压力剥夺了爱的能力与性的能力这一说，日本著名学者大前研一亦有专门研究。他也为此专门写了一本书，叫《低欲望社会》。

当然，意识到超单身社会已经到来且目前并没有好的解决办法，身为媒体人的荒川和久，呼吁人们要视超单身社会为正常，呼吁人们不要歧视单身男女，并为如何应对单身社会的到来提供了一些建议。但是，日本另一个媒体人菅野久美子，在其著作《孤独社会》中，则为超单身社会的未来，提供了一幅令人恐惧的图景。在日本这样的超单身社会，独居者超过1000万人。几乎每天都有人孤独而无声地死去，官方报道平均每年超过三万起，现实数据则可能超过三倍。其中有的人甚至离世长达半年也无人知晓。于是，日本诞生了一份相应的职业叫"特扫队"：专门负责清理"孤独死"者的遗体并清理干净房屋。菅野久美子这部著作，以一种完全白描的笔法，完整记录了其中一些现场。作者说，孤独死者现场的残忍与惨烈，根本不是普通人所能忍受的。她自己第一次接触现场时，吓得根本无法动弹。这里我不想引用关于现场的那些描述，因为我读后也忍受了长时间的心理折磨。而作者之所以坚持要通过这本书告诉世人真相，是想让日本人对社会问题有所警醒。她写道："我感觉日本社会正一点一点地陷入一个危险的无底深渊。"如果不能解决单身率与离婚率太高以及独居者无法融入社会的问题，更多人将面临"孤独死"。"我每天都面对着痛苦，所以我绝对无法对他们无声无息的死亡视而不见。他们就是明天的我，我就是他们的同类！"

我写此文，也是想提醒我们自己：同处东亚文化圈，日本单身社会、离婚率高、生育率低，后来很快蔓延到了韩国，而中国，又何尝不是面临同样的危机呢？对此，必须早想对策啊！

微粒社会与人的解析

《微粒社会》这部著作，是由德国知名社会学家克里斯多夫·库克里克撰写。一开始讲了波士顿一家名为"社会韵律解决方案"（下称"韵律"）的咨询公司，用智能化手段为企业作咨询的事。我先进行简单复述。

为帮助陷入困境的企业找到管理上的原因，韵律使用了一种名为"社会测度"的小盒子，让公司员工上班时佩戴在身上。小盒子里装满了传感器，可以实时向后台传递员工之间以及部门领导与员工之间的交流互动情况。为了保护隐私，也为了不让员工反感，韵律承诺不实时监控他们之间讲话的具体内容。但是，员工们互动的身体姿势以及其活跃程度，还有讲话时的情绪状态到底是愤怒、紧张还是高兴等信息，则以每秒 100 条信息的速度回传，以供后台进行分析。比如，在某家企业，韵律通过这个"社会测度"盒传回的大数据发现，中层领导与研发部和运营部员工交谈较多，且传递的认可程度高；而与服务部和顾客维护部员工交谈较少，且不仅关心不够，有限的交流也是表达不满。这导致员工之间猜忌与心理不平衡，部门之间相互不配合，由此影响了工作效率。韵律提出的解决办法是部门重组，中层领导更换。除社会测度之外，基于这种大数据监测、搜集与人工智能分析技术，韵律还发明了一种名为"会议调解器"的产品。它装在会议室四个角落，通过实时监测与搜集数据，可以凭借与会者的发言、动作以及表情，及时分析出与会者对会议议题的态度、投入程度等，甚至谁反对谁、谁支持谁，即使没有直接的表达，也仍然可以通过目光互动、面部表情等细节及时捕捉并分析出来，并在需要的情况下，在会议中场休息或会议结束后，提交给相关需求者，以帮助会议达到其效果。

在书中，上述事情讲得风轻云淡。但相信，只要稍往深里想想，我们应该会感到一种巨大的不安甚至是恐惧：我在任何时候、任何一点与别人不一样的地方，都将毫无保留地呈现在"上帝视角"之下！库克里克将这样的社会称为"微粒社会"。它是相对于"总体社会"或者"个体社会"而言的。因为在工业化时代，人们对社会的认识，或者需要作出决策时，都是以"加权平均"这样的"大概齐"进行的。比如，无论是企业眼里的员工，还是领导眼里的部属，几乎都服从正态分布：表现极好的与表现极差的，都是少数；表现中等的或平均值的，是大多数。而对每个员工的看法，也都归为这三类中的某一类。这是个体社会，也是"总体社会"。用我们常说的话说，此时，我们对人的认识，"颗粒度"很粗。

但智能时代到来，通过无处不在、无时不在的传感器监测获得大数据，通过后台进行分析预测，它不仅实现了对每个人进行区分，而且更是对每个人在不同时候、不同场合进行区分，实现了对人群及个体人的"微粒化"，然后基于"微粒化"辅助管理者进行决策。正如韵律咨询公司所做的那样。

为方便理解，再举一个医学上的例子。有一个孩子，经常性出现面部肿胀。到医院看病，医生自然按一般性过敏治疗，即按工业社会的"正态分布律"或者说按"平均数"经验来治疗，但奇怪的是，效果一直不佳。巧在这孩子的父母是搞大数据的，于是自己对孩子进行监测和大数据分析，结果发现，每当学校要进行数学测试时，孩子早上出门前必面部肿胀。于是，怀疑孩子不是一般过敏，是对考试心理过敏。因此，父母转而找心理医生，对孩子进行心理辅导，结果还真治好了孩子的病。这个故事就发生在我身边一位朋友的家庭中。而凑巧的是，类似的案例也写在了《微粒社会》中。书中说，微粒社会的到来表明，凭经验进行集体治理的时代可能结束了，借助大数据与人工智能进行有针对性的个别治理的时代可能来了。

如果说"微粒社会"的到来，可能有助于医学进步，那么，真要推广到全社会的治理，则人类社会可能面临诸多挑战。

首先是公正的概念受到挑战。何为公正？罗尔斯提出过"无知之幕"的判别标准，即让并不清楚细节的公众，凭借其良知与常识作出的判断，是符合正义的。我曾用这样最通俗的现象说明什么是"无知之幕"：两个路人在争吵，其中一个非常愤怒地喊道："咱们随便找一个人评评理，看到底谁对谁错。"为什么是"随便找一个人"，就是说，这个人不必是专业律师，也不必对事情来龙去脉有很深入的了解。只要这个人有基本的道德水准和判断力，就可以了。西方的陪审团制度就是基于"无知之幕"原理发展起来的。陪审团成员不能是专业律师，也不能是对这件事知根知底的人，因为害怕因专业及知根知底，反而影响基于常识和良知的决定。而我们说，常识也好，良知也好，都是建立在"共识"基础之上，建立在社会性的"粗颗粒度"基础之上。

微粒社会到来后，因对人本身彻底的解析，从"上帝视角"审视每个人并且因此区别对待每一个个体甚至同一个个体的不同时刻、不同场合，把"无知之幕"彻底揭开了。公正有时候就变得不可能。国外有这样一个案例：两位女性在街头发生争吵并且升级为相互斗殴，就在法庭将最后裁决权交给陪审团之前，其中原告的代理律师突然抛出一份附加申明，说是根据大数据对被告上网记录的分析，被告有88%的可能性存在"性别倒错"，而且同时还有交友类网站上表达过在"女同"中充当男性角色的记录。这位律师想表达的潜台词很清楚：被告虽然表面上是女性，但实际上却具有男性的侵犯性。尽管律师基于大数据的申明，涉及隐私权并未被法庭采信，但是，结果却实质性影响了陪审团的投票。

微粒社会对人的如此细微区分，另一个后果是导致共同体的解体。这在《微粒社会》一书中，以"解析—解体"的框架予以了分析。

以美国竞选为例。传统的总统选举，一般把选民分为三部分：支持共和党的红州、支持民主党的蓝州和中间摇摆州。两党竞选的焦点集中在中间摇摆州。自奥巴马开始，竞选团队首次引入50名大数据与人工智能专家，组成名为"洞穴"的团队，带头人是29岁的技术狂人丹尼尔·瓦格纳，他们开始对选民进行颗粒度更细的区分。瓦格纳自己认为，特定选民群体的平均值意义不大，更重要的是尽可能多的选民个人信息。因此，除了对选民政治立场进行画像之外，更要对选民的私人行为尤其是性格与喜好进行画像，然后有针对性地施加影响。为此，瓦格纳团队建立了一个多达1.66亿选民的信息数据库，用以给其中每个人画像的信息均在1万条以上。通过数据画像，从数据洪流中滤取了1500万选民，作为应该争取的对象。然后，竞选团队一一打电话或上门争取。比如原本是红州的俄州，在"洞穴"团队提供的名单指导下，竞选团队组织2.1万名志愿者，敲开了名单上89万"可争取对象"的家门，进行了35万场谈话，最终赢得了俄州竞选胜利。

我们也许表面上看不出这种针对不同对象的不同竞选策略存在多大问题，但这种针对不同个体的不同策略，最终的结果是导致群体的进一步解体甚至是全社会越来越破碎化。

"洞穴"团队还有这样一招：他们通过大数据发现，某些喜欢看诸如《行尸走肉》《混乱之子》这类政治家唯恐避之不及的粗俗肥皂剧的选民，更容易受深夜广告的影响。因此，竞选团根据"洞穴"团队的建议，专门把竞选广告放在下半夜且植入对手不屑于关注的这些电视剧中，结果效果出奇地好。

当然，微粒社会最让人担心的还是数据控制权导致的不平等。首先是数据技术控制者与其他阶层的不平等。据《微粒社会》提供的统计资料显示，美国近二十年来收入不平等差距的拉大，并不是普通的资本阶层与普通的劳动阶层之间差距拉大，而是因为一些掌握了数据技术与人工智能技术的企业类似微软、Facebook、WhatsAPP、高通等等，突然崛起并在极短时间内从市场获得极大财富。从地区层面上看，是这些数据公司集中的硅谷、纽约还有西雅图，在短时期内隆起为财富高地。这是造成美国社会贫富进一步拉大的主要原因。

更大的不平等可能发生在国家与公民之间。国家是大数据与人工智能技术"最后的掌控者"。从发展趋势看，这一技术的确越来越多地被国家用于社会治理。而且，越来越多的摄像头、越来越广泛的"人脸识别"，在预防犯罪、维护安全方面发挥了很大作用，的确也给公民以越来越大的安全感。但是，国家不能滥用"微粒化"的办法来对社会进行治理，必须要有度。因为每个个体在人性上都有其复杂性的一面，而在"上帝视角下"，没有任何人是经得起利用大数据解析的圣人；因此，掌控国家的那部分人，必须要有足够的道德包容性，必须尊重个人隐私的不可窥探性。如果对个体都用人工智能与大数据方式，通过采取"监测—采集—预测—评价"来决定其命运，那将挑战法治的底线，社会也将真正变成福柯意义上的"圆形监狱"。因为在这里，控制权的分布是极其不对称的。公民将会"微粒化"，而他们不能反过来去"解析"那些"解析"他们的机构和人员。而实际上，这些解析"别人"的人，其道德水准与人文素养并不比普通人高。他们不仅不是上帝，且不能排除其中少数掌控解析别人权力的人的动机与行为堪比魔鬼。

也是从这个意义上讲，中国政府出台《中华人民共和国数据安全法》《中华人民共和国个人信息保护法》及两法指导下的《网络数据安全管理条例》《移动互联网应用程序个人信息保护管理暂行规定》《寄递服务用户个人信息安全管理办法》等，是值得点赞的未雨绸缪的好举措。

但从全球看，人类并没有做好迎接微粒社会的准备。

保卫社会或"社会5.0"

再读福柯的《必须保卫社会》一书时，我就在想，十几年前，我并没有完全读懂福柯，或者说，对于"必须保卫社会"这一说法的感受远不如今天深刻。因为当时经济与技术的发展，不如今天这么日新月异，不如今天如此引发诸多带颠覆性的变化。

自二十世纪中期到目前为止，如果我们客观看待现实，可以看到矛盾的两方面。一方面，资本借助全球性信息栅格与当下智能技术，模糊甚至在摧毁主权国家边界，把人类串在一起，使得任何一个局部问题都可能或已经转化为全球问题，需要各国甚至全体人类共同面对才能解决。这也是我们倡导"人类命运共同体"的一个大背景。另一方面，资本及其所借助的技术，先是解体民族国家，然后解体阶级，接着是解体社会，再接着是解体家庭，最后微粒社会的到来，实际上是对个体的解体。

我再说一句：对个体的解体，意味着不存在恒定的稳定的个体，是把一个人都碎片化了。一个有尊严的知识人，今天上午还在学生面前传道授业解惑，晚上可能因为释放压抑的欲望，因匿名上某黄色网站，却恰被监控与大数据技术发现和挖掘出来，突然"社会性死亡"。

在国家、阶级、社会、家庭与个体中，其实，能确证人之为人的，还是社会。我们说，人是社会性的动物。或正如马克思所说：人是社会关系的总和。个体只有与他人打交道，才能确认自己生而为人，才能确定自己在社会中的角色，才能确立自我的价值，才能发现自己的能力。而"能力"这个词，本身就是社会性的。我强调这一点，后面会有呼应。

也就是说，社会的存在，是人存在的前提。社会碎片化，就会导致人的原子化。社会不存在，人就会沦落为孤独的动物。保卫好社会，也就保卫了人之为人。

未来，国家可能消亡，阶级可能因天下大同而不存在。但社会不仅应该存在，而且应该得到彰显。因为在漫长的私人资本统治时代，在经济领域，人成为资本获得利润的劳动工具，又成为消费资本主义扩张的消费手段。并且，人也被资本的意识形态所异化，成为物化的人，成为永远不满足且永远被束缚，因而无法得到自由与解放的人。而资本为达到在经济领域奴役人的目的，才不断拆解阶级、拆解社会，最后发展到拆解个人。也正是针对资本社会这一暗淡的前景，波兰尼在其名著《大转型》中才提出"防止资本入侵社会"的命题；当然，包括马克思在内的更多左翼知识分子也提出这样的理想：社会取代国家，社会占有取代私人占有，社会本位取代个人本位。这就是社会主义原初的含义。

当然，解体社会的除了资本之外，还有权力。我此前论证过，马克思之所以没有专门的"国家理论"，是因为他深知，国家或者说权力总是为强势集团所掌控，资本社会中，权力代表的是资本的利益，"公共的事"不过是其附加产品而已。福柯的"圆形监狱"理论，说的就是资本掌控的国家权力，通过监视技术及规范性的制裁等，对个体进行控制。他认为，这个权力通过国家理性和警察的装置与技术，从十六世纪开始运转。这是"权力对社会的入侵"，因此，他提出"必须保卫社会"，与波兰尼"防止资本入侵社会"异曲同工，也是殊途同归。

而库克里克在《微粒社会》里，以斯诺登为例，认为数字与人工智能技术的发展，使福柯所言的"圆形监狱"越发成为现实。所以，保卫社会成为更为迫切之事。

但到底如何保卫社会呢？

我手头恰巧有一本日本日立东大实验室的著作《社会5.0：以人为中心的超级智能社会》。在诸多人文社会科学领域大学者关于保卫社会的著作面前，这本小册子般的著作好像不值一提。但我觉得特别有意思的是，这本以技术专家为主写作的小册子，提出了一个很乐观的设想，即我们认为的新技术正解体社会，而这批科学家，却试图利用这些新技术，建设社会5.0，来解决包括日本在内所面临的两极分化、消费过度、老龄化、单身率高等等社会问题。书中写道："随着资本主义的发展，全球范围内贫富差距与地区差距不断扩大，人们对格差社会进一步严重的危机感和闭塞感日益加深。对此，社会5.0旨在利用物联网、大数据及人工智能技术，实现网络空间与物理空间高度融合，消除地域、年龄、性别、语言等造成的差距，提供完善的物品及服务来应对多样化的潜在需求，实现发展经济与解决社会问题的双赢。"

自从我在一家科技密集型单位待了七年，与诸多年轻的科学家打了无数次交道之后，我格外看重科技人员的看法。这些看法常在不经意间会为我们这些人文学者推开一扇窗，让我们看到不同的风景。或者说，科技专家有可能为我们寻找一条别样的新路。这也是我推荐这本著作的原因之一。

　　在这本小册子里，东大实验室的专家把社会划分为五代，即渔猎社会、农业社会、工业社会、信息社会、超级智能社会，分别对应社会 1.0 版到社会 5.0 版。五个时代中，以人口聚集为特征、以城市建设为主的社会建设的内容当然有区别。渔猎社会建设的主要功能是为了生存；农耕社会建设的主要功能是为了防御；工业社会与信息社会中，社会建设把功能性及经济效率放在首位考虑，人被作为经济发展与增长的工具；而目前的超级智能时代，具备了建设"以人作为中心的社会"的条件。

　　具体地讲，东大实验室的科学家们，设想利用数字与人工智能技术，建设一个个"数据驱动型"的智慧城市与富有创新生态的社区，在满足人们多样化需求中平衡全社会关切，平衡发展与环境、经济增长与人性化关怀等，实现"人民更富裕，生活更舒适"，同时又能"财富更平等，环境更宜人"。特别是，他们观照到了社会被解体、人与人之间越来越疏远，于是试图利用新技术，拉近人们之间的距离，把城市设计成便利性和安全性、舒适性社区，方便人们更多地流动与交往。他们还进一步设想，数据与智能技术集成大平台，可以实现社会资源在平台上共享，经由社会掌握的平台经济，将来逐渐推动全社会发展到可以放弃货币和使用价值，实现人人"尽其所有，尽其所能"，又"各取所需"，在享受丰富物质生活的同时，更有闲暇享受友谊、爱情、美、艺术等"无使用价值"而"有价值"的一切专属于人类社会的美好而温暖的东西。

　　当我读到这些日本科学家特别反对平台由私人资本控制的观点时，心里还在想，真不愧是重视马克思思想的日本知识人！

　　不过，我读到该书第六章时，突然发现思路大变。此前各章节的专业化技术加些许有些生硬的人文的描述，变成了完全形而上的冷峻。回去再翻前面的说明才知道，这一章，是东大的科学家们邀请了几位人文学者，来为他们描述的未来把脉。

　　有意思的是，这几位人文学者，一点也不给科学家面子，直言科学家们的设想，有可能是"技术乌托邦"。因为历史上的每一次技术进步，都被证明只部分解决了财富增加及生活舒适度提高问题，但同时却增加了社会问题。而科学家们本来也都很乐观地以为技术可以解决人类社会的问题。因此，人文学者们认为，大数据与智能技术仍然不过如此。

当然，这几位人文学者也提供了最专业的学识，以配得上科学家们最专业的学识，来说明他们的想法。他们认为，在智能时代，人要超越资本时代的存在（Human Being），逐渐成为真正的人（Human Becoming）——特别要注意，他们用了"正在进行时"。而又因为人只有与他人联系即嵌入社会中才能成为人，人不是独立的个体，因此，人要成为真正的人，就必须与他人一起成为人（Human Co-Becoming）。当然，我更倾向把"Co-Becoming"翻译为"共同进化"。

这几位人文学者认真地对科学家们提议，在社会5.0建设中要增加新的指标，即如何提升人的能力。如前所述，能力本身就是社会性的指标。只有与他人打交道、处理公共事务中的问题，才是能力。独身一人不是能力。他们更认为，智能时代，我们长期以来一直拥有而且曾经极其重要的能力，已经可交由技术来实现。长期下去，人类应对复杂情形的特殊天赋将受损，在技能上变得越来越笨是不可避免的。但也正因此，每个个体更需要提高与他人打交道的能力，他们称之为社会"参与能力（Engaged Knowledge）"。因此，他们呼吁，为了应对未来社会，提高人作为个体参与社会的能力，在大学教育中，理工与技能类教育反而不重要，最应该重视的是人文社科方面的教育。

这当然又是一个有待争议的话题，非本文所及。但有一点，说到人与人之间打交道的能力，或者说社会参与能力，这恰是中国传统文化关注的核心。或者说，中国传统文化最擅长的部分，就是如何处理好人与人之间的关系，即如何建设既有秩序又有活力与韧性的社会。所以，在新技术正有可能瓦解社会的当下，在如何保卫社会问题上，坚信中国传统文化一定能为当代贡献大智慧。

（《天涯》2024年第4期）

数字化的逻辑

陈彩虹

一、化实为虚

从数字货币、数字金融到数字经济，从数字城市、数字国家到数字社会，从数字管理、数字策划再到数字思维，数字正以其超神奇的魔力，对整个世界进行颠覆性的催化或进化，试图改变人类社会生产和生活的方方面面。只要是现实的存在，不论是物质的还是精神的，也不论是有形的还是无形的，凡有可表达的词语形式，加上"数字"这个前缀，它们就有可能变化成现代感超强且未来时空无限的全新事物。

这就是所谓的数字化时代。它以迅雷不及掩耳之势到来了。

从初步数字化的现实来看，"数字"前缀"化"出来的东西，不是惊天动地的运转速度，就是惊世骇俗的加总规模，更有眼花缭乱的外显形态，强烈地展示出数字替代人的体力和脑力的巨大能量。对于如此"去人类化"的趋势，人类既激动不已，又有些惊恐不安。社会发展到今天，人类似乎第一次感受到了科技进步的全能性，而不是历史上多次上演过的科技"段子戏"。有理由担心，全能的东西意味着对人的全面替代，包括机器操纵对人的替代，进而超越人的控制，反过来控制人类。过往的专项性科技进步，已经让人类有这样那样被自己的创造物统控的"异化"感，数字化会不会因为它能量的无边无际，最终成为人类一个新的主宰？

这是一个问题，但不是处在对数字化充满兴奋、热情和期待阶段的人们热衷的问题。人类社会多次工业革命留下的重大遗产，除了物化到日常生产和生活中可感可触的实体存在外，更有"科技进步无所不能"的观念在人们头脑中的沉淀，凝聚并固化为一种"科技先进和正确"的意识形态。虽然说，每次工业革命都出现过"机器替代人"的经历，"抢饭碗"类的就业问题也曾困扰人类，但从后续的时段来看，那不过是历史主旋律中无关轻重的插曲，不值得杞人忧天。数字化时代的到来，必将全面地化低为高、化弱为强、化劣为优、化腐朽为神奇，是科技进步和正确的超完整再现，必定"大而全"地造福人类社会，尽管"机器"对人的替代，势头会更迅猛，疆域会更广阔，程度会更彻底。人类当下要做的，就是张开双臂，拥抱这个数字"化"出的伟大果实，并助力数字之"化"，以达到可能更快、更高和更强的境地。

所谓数字化，简单讲，就是运用现代计算机、网络和通信等技术，对社会生产和生活活动的信息事项进行全面的系统性处理。相比于早期人工对信息的处理（如当面口头表达或写信送交），传统的技术开启了信息处理的单项"机器化"过程，信息可不再依附于人而独立出来，如印刷技术使信息有了纸本上的存在，电报技术实现了信息远距离的传送等；数字化则在传统技术基础上，以数字技术完成对信息处理的无形化、无感化和可视化（包括数字转换、运算、存储、传输、显现和传播等），具有更为方便、高效和低成本等强大的优势。很显然，数字化为人类社会热衷拥戴和推动，既是现代信息科技进步的结果，也是人类经济理性选择的必然，必将引发人类社会发展史上一次重大的生产和生活方式革命。

如果以"虚"和"实"来看待数字化，那么，这就是一场信息处理"化实为虚"的革命，将彻底改变信息的存在形式和赖以流动的载体——任何实体有形的信息存在形式，都将被无形、无感但外显可视的数字所取代；信息的流动也不再受限于或依附于实物载体，将以数字形式自由地传递和转移。换言之，以往信息本身为实体，信息流动载体为实物的历史，将随着数字化时代的到来一去不复返，取而代之的是全面抽象的数字形式之"虚"。

以数字货币为例。数字货币已被较广泛地认同为人类货币的数字化革命。这次革命的内容，其实就是关于货币信息"化实为虚"处理的巨变：货币本身的信息，将由有形实体转向虚拟数字；货币信息的传递和转移，将由实物载体转向虚置或虚拟载体。如当下的主权国家纸币，它是有形的纸质实体信息货币，由实物纸张、货币单位、数量符号和发行机构名称等构成（如100元人民币纸币，就是由规格纸张、数量符号100、单位"元"和"中国人民银行"名称等组成的信息体）；它的传递和转移，需要人工携带，或是运钞车辆等工具来完成。这类主权国家货币的数字化，将不再需要货币信息的纸张形态，也不再需要人工和动力运输工具来传递和转移它们，计算机、网络和通信等数字技术的综合运用，就将"化"纸张等相关的信息实体和载体实物，为"虚"的数字存在、流转和显现形式。

可以肯定，数字货币将带给人类社会生产和生活方式重大的积极变化。如支付不再需要纸质的货币中介物，便利市场的交易活动，极大地降低社会交易成本；货币财富的持有和存放，也不再需要所谓实体现金类的保管方式，个人、家庭和社会都将由此减少货币财富拥有和管理成本。此外，淘汰或是大大减少印制纸币的生产，节约社会生产成本的同时解放特殊的生产资源，更好地保护自然生态环境；还可以较彻底地消灭偷盗纸币、非法滥用纸币等行为，破解由此引发的一系列社会法律和道德等问题。人类当然有足够充分的理由，热情洋溢地迎接并助推数字货币时代的到来。

二、虚后之实

数字化的核心对象是信息。如果说，大自然和人类社会都只是由信息组合而成，那么，数字化就是全能性的，必将全时间、全方位和全要素地"化实为虚"，将人类的生产和生活彻底地"虚化"为数字形式；否则，这场"化"变就是再倒海翻江，也不过是聚合于信息处理之上的科技运用，称不得无所不能的颠覆。常识告诉我们，大自然也好，人类社会也罢，信息和信息处理之外的世界大得很，数字化不是"如来佛"之手，根本不可能将全部的世界纳入"虚化"的时空里来。简言之，数字化是有自身明确疆域的。

人类社会任何的生产和生活活动，包括其中各个环节，都充满信息，生出信息，还流动信息，形成了对信息处理的巨大需求。以信息处理的纯粹性与否为标准，人类所有的活动可以分为两大类：一类是只有信息和信息处理的活动，另一类不仅有信息和信息处理，还有相关联的非信息活动。前一类如通信，生成"信"的信息并完成传递，构成整个活动的全部内容。后一类如市场商品交易，一方面，购买者下单，销售者接手，双方完成商品量、价格和付款总量等交易信息的确认，达成协议；另一方面，商品的实物，通过某种物理运输方式，从销售者那里转移到购买者手中。这样两类不同的活动，决定了数字"化实为虚"的重大差别。

对于纯粹性的信息处理活动，因全部的对象和内容仅限于信息，数字化可以百分之百地达到"化实为虚"的结果。如两人之间的节日问候，这是纯粹的信息交流活动，以往需要面对面口头表达或通过实物信件实现，现在数字可"化"为人们已经熟知的手机微信方式来完成。对于非纯粹性的信息处理活动，因信息对象之外还有关联的他种非信息内容，数字只能"化"变信息部分，其他内容仍然会继续保持"实体"的存在形态。在这里，数字化的内在规定显现出来，它的局部性或局限性也显现出来。

从现实生产和生活活动来看，两相比较，非纯粹性的信息处理活动显然要多得多。这一点，从社会生产和服务的行业结构来判断就可以肯定。毕竟纯粹的信息处理行业，远远不能和多元的其他行业相提并论——人类的生产和服务少不得信息，但永远不可能只是信息和信息处理。这里的潜台词是，数字所能够"化"变的人类生产和生活活动，绝大多数都是非纯粹信息性质的，眼前这场轰轰烈烈数字化的主战场，必定是非纯粹信息活动的领域。可以预见，在这样的数字化下，人类生产和生活的绝大部分活动，就将转变为"虚化"的数字形式和关联的"实体"内容并存运行的形态。这正是"数字"这个前缀，和紧跟其后的词语捆绑在一起所展示的人类社会数字化的确定前景。

再以数字货币为例。货币是人类生产和生活活动的交易工具及财富代表。它属于非纯粹信息的存在，数字只能"化"变货币的信息部分，并和不能"化"变的非信息内容组合在一起，成为完整的"数字货币"。这里不能被数字"化"变的内容，就是货币的经济价值：货币要么本身是经济价值体，如黄金货币；要么代表某种商品经济价值，如主权国家纸币，代表着发行国综合的商品总量经济价值（包括 GDP 等）。当我们谈及数字货币时，一定不只是谈它的数字形式，还必定内含了它的经济价值来源——要么是黄金等特殊商品，要么是主权国家的商品总量等。不然，数字货币就只有"数字"的抽象和空洞，根本称不上货币。

与数字货币一样，所有非纯粹信息处理的生产和生活活动，其数字化就是信息科技的进步，将属于信息的内容，从以往依附在实体之上"化"取出来，独立以数字形式存在、流转和显现。这种信息处理的独立"化"，一方面，将原有的生产和生活活动一分为二，信息是一部分，实体是另一部分；另一方面，这两个部分尽管独立，但不可分割，分割便不再是既定的生产和生活活动。这再次说明，数字化不是生产和生活活动的全面重建，只是局部即信息部分超常的突变。当某种生产或生活活动的数字形式出现在我们面前时，应当看到，在它的背后，一定还有未能数字"虚化"的实体存在。这些实体不属于数字化的对象，却是数字化最终成果中不可缺少的要素。

三、虚后之假

用现代科技手段处理信息的数字化，将大多数人类活动转化为数字形式和关联实体一体的模式来进行，隐含了极端性分离的可能走向。这就是数字"化"出来的虚拟抽象信息，远离关联的实体，甚至和实体完全不相干。这时，"虚化"的数字形式实际表达的，就是一种虚假。由史而今，科技的发现、发明和运用，从来都不必然地带来积极正向的结果，数字化也不例外。

为什么数字化可能出现"化实为虚"之后的虚假呢？

对于确定的人类生产和生活活动而言，数字"化"变其中"实"的信息为"虚"的数字形式，意味着信息对于原有活动实体的完全独立，并且可以完全自我运转。形式独立于内容，就是形式远离甚至失去内容的开始。一旦这种数字信息与原有活动渐行渐远，虚假就会自然而然地逼近。在这个问题上，数字形式和实体活动之间关系的定位，具有决定性：两者或紧密，或松散，或断开的状态，显现了数字信息可靠和可信程度的巨大差异。也就是说，信息科技实现的数字化，重建了人类生产和生活中信息形式与实体活动新的关系，其中包括可能的彻底无关性，这时的信息就变成"无中生有"的东西了。

导致数字化"虚后之假"的原因，首先可以归结到人的认知之上。数字化是人类信息科技发展到现阶段的新事物，它在生产和生活活动中处理信息为"虚"的数字形式，存在着许多人为的理解、分析和判断，以及随之而来的实践决策、管理和运行。人的理性的有限和认知的渐进，决定了数字之"虚"不可能和实体活动保有始终无隙的关系，任何的偏差都必定是"不实信息"的别名。事实上，从初步数字化的情况来看，因认知不足而来的信息虚假等问题，并不鲜见。

导致数字化"虚后之假"的原因，还有一个人性的因素。数字"化"出的信息形式相对于实体活动的独立，提供了一个可以人为去"处理"的信息和活动之间的关系。人性的善念恶意，无疑会影响、左右和控制这种"处理"。只要人性之恶占了上风，刻意设计并制造虚假便水到渠成，数字"化"出的信息就会脱离实体活动，空洞、虚无和魔幻，充满了误导、欺骗和巧取豪夺。甚至于，数字信息都不需要从实体活动中"化"取出来，起始源头就可以直接凭空"创造"，再人为地牵扯并不存在的实体即可。这不是理论逻辑的推理和预测，初步数字化中诸多的事实，已经鲜活地证明了这种判断。

当数字化触及人的认知和人性的变化，人类社会就必须面对两个无法回避的重大问题。

一是"虚后之假"的恒久性问题。人类认知的局限，始终就在借助于人类自己发明的各种工具去突破。迄今为止的历史表明，这种突破有效但有限。这是一种悖论。有限认知创设的工具，解决不了有限认知本身的问题。事实上，服从生物个体生老病死和群体代际更迭规律的人类，认知的局限是无法终结的。这决定了数字化过程中，基于认知局限而来的虚假，将一直存在。与此同时，人性的善恶，根植于人的自然状态和社会存在的复杂交织之中，人的生存和生命延续，总是在导向人与自然、与他人和社会的博弈，人性或善或恶的属性不可能单一化为不善不恶的中性，或是彻底纯粹的善，数字化过程中的任何改变，都会对人性的善恶产生激励，这预示了"虚后之假"全然不可避免。概而言之，人类认知局限和人性，已经无可奈何地给出了诊断，虚假将是数字化过程中永远的伴生物。

二是对付"虚后之假"的恒久性问题。虚假作为内生"副产品"的确定性和长久性，数字化自身对此是无解的。它热切呼唤数字化之外的时空，构建掣肘或约束的强大力量，最大限度地让数字化减少虚假，大概率造福人类而不是祸害世界。这就有了这个时代恒久应对"虚后之假"既迫切又持续的社会性要求。具体而言，在认知局限方面，教育、培训和激励终身学习，显然是最为有效的办法；而对于人性善恶，道德的教化，信仰的重塑，制度的规范，善举的褒奖，更有法律对恶意造假的严惩不贷，必须全方位地祭出，方有可能保障数字"化"出信息的可靠和可信，坚守住人类信息科技进步那份单纯美好的"初心"。

仍以数字货币为例。将货币进行数字"化"的处理，传统货币便一分为二："数字形式信息"加上"货币价值来源"。从介入生产和生活活动来看，数字货币在交易使用中，就会有"信息流"和"价值流"的存在和运转。显然，两者可以一体流动，也可能各自独立运行，虚假与否的结果就隐藏其中。只要"信息流"脱离"价值流"越走越远，虚假的可能性就会越来越大，直到"信息流"完全没有经济价值关联而陷入抽象空洞的数字形式，彻底丧失货币的属性。必须清楚的是，代码也好，符号也罢，命名为货币之时，就明确了它和"价值流"不可实质分离的特性。

从现实来看，一些国家中央银行尝试进行的数字货币创新，起始不乏另起炉灶的考虑，试图在既有主权货币之外，创造一种全新的技术性货币。结果则是，数字仅仅"化"变了现有主权货币的信息为数字形式，根本脱离不了主权国家商品总量的经济价值支撑，最后成为一种支付形态的主权"数字现金"。这有力地说明，数字形式永远离不开货币价值，只有信息技术内容的任何形式，称之为"货币"是荒唐的。事实上，对于主权国家发行的任何货币而言，整个国家商品总量的经济价值，自然就是货币的价值支撑。主权国家"创新"的数字货币，同样跑不出这个价值根源。

那么，比特币呢？基于区块链技术而来的比特币，享有诸多的称谓。共识性大的说法，它是私人加密的数字货币。不少人认为，这是一种凭空在计算机里写出来的"代码货币"，不需要经济价值基础。这种误解有点大。实际是，比特币可以用作货币，能够用来标价、支付和作为财富保有，正是在于它的生成过程，凝聚了人类的算力劳动，即遵循所谓"工作量证明"（PoW，Proof of Work）原则，构成了比特币初始的经济价值来源。由此起步，比特币实现了与现实市场的连通，和主权国家货币构成交易关联，它的算力劳动价值得到了充分的市场表现。鉴于此，我们可以视比特币为人类运用计算机生成的一种智力产品，一种富有经济价值的特殊资产；它的稀缺性（生成总量有限制）、标准化（每枚比特币无差别）和永久性（计算机网络里长久存在），使它能够承担货币的基本职能，有着和黄金商品货币类似的内在属性。甚至可以说，比特币就是一种"人造类黄金"商品货币。

四、数字化的技术逻辑和社会逻辑

综合而论，从数字化对于生产和生活活动"化实为虚"的演进过程来看，数字信息源于实体又独立于实体的特性，隐含了两种可能的走向：一是"虚后之实"，即信息和实体分离之后仍然紧密关联或一体运行；一是"虚后之假"，即信息和实体分离之后不再有任何实际的关联，相互完全切割。对于前者，这是一种技术逻辑，数字只是"化"取生产和生活活动中的信息，并非要远离这些活动；对于后者，这是一种社会逻辑，数字化在人的"无意而为"或"有意安排"之下，不由自主或主观蓄谋地带来了"虚化"信息彻底脱离相关活动的结果。毫无疑问，只有清楚了如此两种逻辑，我们才算是看到了数字化的全景，才能对数字化带来或正或负的后果有充分的应对准备。

不无遗憾，人类拥抱和助力数字化的超常热情，让整个社会正在失去应有的清醒。数字化对于生产和生活活动信息处理的局部性，被笼统地认定为全面性，似乎人类社会任何活动的所有内容，都可以数字"虚化"为代码或符号。由此而来，一方面，真实的世界被人为地缩小，信息处理之外那些无法"化"变为数字形式的实体被忽略，被冷落，甚至被遗忘；另一方面，"虚化"的数字信息被过分地夸张，远离或脱离实体的空洞数字形式骤然增多，刻意而来的虚假信息更是不可避免。现在是需要重申数字化的逻辑，唤回人类清醒的时候了。

数字化的技术逻辑，揭示出数字"化"出的信息和实体之间新构的关系。在本原的意义上，新的数字信息应当也能够更好地关联实体、服务实体和提升实体，但在实际生产和生活活动中，初步数字"化"出的信息单兵独进势头猛烈，实体则时常被动、仓促和粗放地跟随，数字化并未自动带来实体相应理想的进阶。例如，现代医学受益于信息科技，身体检查数字水平大幅度提高，完备地提供了人的健康信息，但疾病的治疗是否同步得到提升，是一个需要评估的问题。技术逻辑要求我们拥抱和助力数字化，同样要求我们推动数字化关联实体的实质进步。否则，数字化就是畸形的技术怪物。

　　数字化的社会逻辑，揭示出数字"化"出的信息和人性之间新的关系。数字化不是问题，人的认知和善恶却会在数字化中制造出问题。代码不邪恶，符号不邪恶，加入了人性恶的数字信息，则必定充满了误导、欺骗和巧取豪夺，成了邪恶的工具。例如，数字货币可以消灭纸币的偷盗，但很可能引致数字形式的诈骗，而技术对此无能为力，因为这就是技术本身带来的问题。社会逻辑表明，如果不紧密地连通到人和社会，不从法律、制度、道德、文化和信仰诸多方面，施加强大的影响和主动的管控，数字化就将在自发的行进中，引动人类社会极端性的新博弈、新争斗和新加害。

（《读书》2024 年第 6 期）

元宇宙的产权安排与社会分红

黄少卿

至少到目前为止，人类构建出来的元宇宙并不是一个浑然一体的统一场，而是在物理意义上割裂为一个个作为元宇宙单元的虚拟网络平台，以及各种分布式自治组织（DAO），其中，前者构成元宇宙基本单元的绝对多数。尽管一种理想的设计是，未来的元宇宙主要由依托公有区块链技术、去中心化的 DAO 来主导，但短期内更可能的情形是，各类掌握着先进算法、算力和人工智能技术的平台公司将主导元宇宙发展的基本格局。元宇宙中将分布着大大小小的"平台国家"（platform-state），这一现实状况意味着，未来的元宇宙秩序中，一个需要明确的元规则是：谁该掌握元宇宙的财产权——它将决定元宇宙世界决策权的配置，以及元宇宙所创造价值即收入的分配。该问题也可以转换为另一个问题：应该由谁拥有这些主导元宇宙世界的平台公司，尤其是具有垄断地位的大平台的产权？

既然在现实世界，这些网络平台往往在法律上注册为公司制组织（有限责任或股份有限），人们可能会说，这个问题还需要讨论吗？公司制平台的产权及其衍生的决策权和收益权，自然要掌握在公司股东，也就是出资人手中，尤其是其中占有股本或股份最多的大资本家手中。

尽管现在人们普遍把"资本雇佣劳动，而不是劳动雇佣资本"作为公司产权制度安排的当然规则，但是，我们仍然要理解该规则背后的学理逻辑。由诺贝尔经济学奖得主奥利弗·哈特开创的"不完备合同理论"（也叫"新产权理论"）对其背后的逻辑给出了深刻理解。在哈特看来，企业组织从事经济活动需要投入各种生产要素，包括资本、劳动、技术、管理者才能、企业家才能等等。任何生产要素的提供者都要参与到组建企业的合约签订中来，换言之，在签约那一刻，所有生产要素所有者在法律上地位都是平等的，他们同时要和所有其他要素所有者进行签约。那么，为什么今天我们看到的是资本家雇用、支配劳动者，而不是劳动者雇用、支配资本家？

哈特的解释概括而言是，由于世界的本质是不确定的，因此，组建企业的合约天然是不完备的，即，无法事先把未来所有可能发生的情形都通过合同条款一一明确下来，也就是说，无法事先把每一种情形下各生产要素所有者的权利和义务都界定清晰，尽管有些生产要素所有者的权利和义务相对容易界定清楚，譬如劳动者。由于组建企业的合约天然是不完备的，由此产生的问题：第一，既然企业的收入事先无法明确，而有些生产要素所有者按照合同拿固定收入，那么，一定有生产要素所有者要拿不确定的剩余收入，那么，谁应该拿剩余收入？第二，如果合约中没有约定的情形发生了，应该由谁来行使剩余决策权？剩余收入由谁索取和剩余权力由谁掌握的问题，只能在合约中事先给出程序性规定，而无法给出实质性规定。对于剩余控制权和剩余收入索取权的分配，哈特强调两个基本原则：第一，应该配置给企业生产中作用最重要的那类生产要素的所有者；第二，应该配置给能够承担兜底能力的生产要素所有者，即该生产要素能够剥离于所有者获得变现，由此清偿企业可能的经营亏损。按照这两个原则，哈特认为，提供权益资本的一方，也就是资本家，是获取剩余决策权和剩余收入索取权的最佳人选，进一步，他把拥有这两项权利的要素所有者，即权益资本所有者界定为企业的所有者①。

要讨论元宇宙的产权安排，首先要明确元宇宙的本质是什么。元宇宙看上去很复杂，如前所述，它是由一个个虚拟网络平台以及各种分布式自治组织而构成，里面既有物理基础设施，又有各种程序生成的应用场景，换言之，既有各种复杂的硬件，也有各式各样的应用软件。而元宇宙正是由这些软硬件形成的一个复杂系统。一言以蔽之，元宇宙的本质是一系列前沿技术集合——包括硬件技术和软件技术——打造而成的一个现实世界与虚拟世界交相融合的人造景观世界。这个人造景观世界既有虚拟现实（VR），也有增强现实（AR），还有混合现实（MR）和扩展现实（XR）。

---

① ［美］奥利弗·哈特等：《不完全合同、产权和企业理论》，费方域、蒋士成译，格致出版社 2016 年版。

讨论元宇宙的产权问题，就是要讨论元宇宙这个人造景观世界中各种被创造出来的商务应用场景的运营决策权及产生的价值归属于谁。从哈特的新产权理论来看，结论似乎简单明了，就是归属于打造元宇宙的这些技术的投资人，如各种提供元宇宙所需数字技术、产品和服务的平台公司——如 Roblox、Facebook、EpicGames、微软、OpenAI——的股东，如果推溯到最底层，就是归属于开发元宇宙技术的公司的终极自然人股东。其逻辑是，如果认可元宇宙的本质是一系列前沿技术，即，各大平台公司的生产或价值创造过程中所依赖的设备等物理基础、各种搭建虚拟应用场景的程序，以及支撑这些软硬件运行的算法与算力，等等，其不可或缺的必要条件统统都是各种技术，那么，技术作为创建元宇宙的核心生产要素，其所有者也即这些技术的投资人，自然要成为元宇宙的产权所有者而拥有剩余决策权和剩余收入索取权。

但是，这个结论仅仅是理论推导的结果。要理解信息时代，尤其是未来元宇宙世界平台公司的产权安排，与其直接引用哈特的结论，更应该回到哈特理论的逻辑，按照其原则、针对新的条件和环境变化来加以深入分析。在此，笔者试图从两个问题——技术与数据入手来打开新的讨论空间，以探讨创建与运营元宇宙的资本所具有的社会属性。

第一，构建元宇宙的一系列前沿技术，仅仅是元宇宙产业链上各个商业性平台及其股东投资的产物吗？换言之，这些技术的产权只应属于技术开发的商业投资人吗？该问题已然涉及科学与技术的关系。科学作为一种公共知识，在今天以科学为基础的技术开发模式中，作为技术生产的重要生产要素，具有越来越重要的作用。理论上，科学知识这一生产要素的所有者，应当分享其参与研发的技术在应用端所创造价值的一部分，以作为自身的回报。然而，按照目前的产权安排与相关制度，科学作为技术的生产要素是无法取得任何回报的，因为科学知识被视为一种纯公共品，它不属于任何终极所有者，一旦生产出来——如科学论文的发表，就可以为全体民众无偿取得并加以使用。那么，因为科学知识是一种公共品，它就理应无须向使用它开展技术开发的企业索取回报吗？或者，不妨换一个方式提问，如果科学作为生产要素不索取相应回报的话，是否意味着从事技术开发的投资人由此获得了超出其贡献的收入？这个问题让我们意识到，并非科学不应该取得回报，而是当下的知识产权制度无法让参与科学知识生产的科学家，以及为科学研究提供融资的资金方成为科学知识的排他性所有者而得到相应回报。

当今世界科学知识生产的主要方式是，以政府财政资金供养大量科学家来从事科学研究工作。而科学作为一种发现而非发明，其首位发现者与其研究资金提供者无法申请知识产权，由此变成无须索取任何回报的公共产品，为从事技术开发的商业性公司所用。然而，一个无法回避的现实是，为科学研究进行融资的公共资金是纳税人缴纳的税款，换言之，一国全体纳税人，即公民对于科学发展做出了贡献，但是他们却无法从依托这些科学知识开发出的技术成果当中得到应有的回报。进一步推理可知，在当前的知识产权制度安排下，从事技术开发的资本家会获得一部分额外利润，这部分利润来自科学知识对技术开发的贡献，本应属于全体公民。显然，技术开发对科学知识依赖性越强，从事技术开发的资本家得到的额外利润无论绝对值还是占比就会越高。

正是在这个意义上，许多以科学为基础的技术前沿国家，因为它们今天的技术进步在很大意义上依赖于科学发展这一基础条件，高科技公司的资本由此被赋予了巨大的社会属性。基于该社会属性，从这些资本的收益当中，用某一种制度安排，如资本税的方式来分割一部分收益，用于社会分红而形成全民基本收入（UBI），就具有了伦理上的正当性。美国经济学家乔纳森·格鲁伯和西蒙·约翰逊呼吁，作为以基础研究特别是科学为条件不断推进技术进步的技术前沿国家，美国应该通过对高科技公司征收资本税，并以全民基本收入名义向全体国民分红[1]。

第二，构成元宇宙的各大平台公司，其有效运营离不开用户的参与，特别是离不开运营过程中基于用户的注册与使用而生成的数据资源。如果没有算法和用户数据资源相结合所开发出的各种数据产品与服务，平台就难以产生独特的价值。在这个意义上讲，平台用户的关注度和注意力衍生出来的海量数据，恰恰是元宇宙平台创造价值最重要的生产要素。然而，在当前的知识产权制度安排下，用户对自身信息汇总而成的数据要提出产权要求，同样面临法律困难。这一方面是由于数据确权的立法工作相对迟

---

① ［美］乔纳森·格鲁伯、西蒙·约翰逊：《美国创新简史》，穆凤良译，中信出版社 2021 年版。

缓，另一方面也是因为平台对用户数据的获取通常遵循了依默许而取得的原则，即平台对用户的数据收集和整理，只要用户不明示反对就被认为是同意的。所谓依默许而取得，比如用户在平台注册的时候，就会被提醒涉及要收集哪类数据，只有点击同意才能注册并使用平台的应用程序。基于这种"默许+收集"的制度安排，用户信息汇总形成的数据，事实上已经无偿让渡给平台公司进行数据产品的开发和使用。

应该说，从降低交易成本的角度而言这样的安排有其合理性，因为如果立法授予用户前置的数据产权，任何平台公司必须基于交易来获取用户数据，那么，无论针对单个用户信息进行定价还是签约，都将遇到巨大困难。以定价而言，平台公司所掌握数据的价值来自海量个人信息汇总后所进行的开发，而单个用户信息本身也许一钱不值。这也意味着，用户数据尽管参与了元宇宙平台公司的价值创造，属于平台公司的重要生产要素，然而用户并未从其价值创造中索取任何回报，由此，平台公司资本方再次获得了类似来自科学知识贡献的超额利润，而这部分利润属于用户数据所做的贡献。这些高科技平台创造的价值再次体现了社会属性。而基于这一社会属性，政府同样应通过征收资本税并分红来回馈社会成员。

讨论到此并不是说，因为以科学为基础的技术创新中科学起到了重要作用，因为用户数据对于元宇宙平台公司的运营不可或缺，就应该把资本收益的绝大部分，都要以资本税的形式拿来做社会分红。仅仅强调这个逻辑，就会和企业家理论的相关逻辑产生冲突。所有企业的利润——按照经济学家奈特的观点——都是来自企业家承担市场风险而创造的企业家才能租金。换言之，尽管科学知识为技术开发提供了必要的条件，但是人类的技术革新的方向却同样离不开企业家才能的发挥，离不开支持企业家利用其才能承担社会风险的资本家。

从技术社会学的角度来讲，一个社会的技术进步永远是依靠两种力量。其一是前面所讲到的科学为技术创新提供了基础条件而形成了推力，即技术史专家吉尔所指的"由科学进步到发明再到创新"的过程。其二则是，企业家基于社会的需要和对人类未来发展方向的研判而选择技术开发方向，同样会对技术创新带来拉动作用。在这个过程中，创新不是技术发明的结果而是诱导技术发明产生的原因，并由此反向促进科学研究①。在后一种力量中，社会的不同企业家之间要展开相互竞争。他们所开发的技术及相应产品，要通过消费者的市场选择而决出最终的胜者，并决定着人类技术进步的现实方向。

在这个意义上，元宇宙作为前沿技术的组合，为开发这些技术进行投资的公司依然要遵循哈特的不完备合约理论关于产权安排的逻辑框架，让那些出了资本承担风险的出资者得到合理的收益和回报。如果放弃这样的原则与机制，而仅仅强调资本的社会属性和社会分红逻辑，就必然削弱企业家才能作用的发挥，从而走到强调利用国家权力的征税机制，来对新技术所创造的财富进行再分配的过度干预状态，也就不利于技术进步，不利于元宇宙作为新一轮数字和智能科技革命应用场景的演化，并最终抑制元宇宙技术对未来经济社会生活的深度渗透。

那么，当前是否已经出现能够兼顾这两个原则的产权安排和收益分配机制的真实案例呢？也许，最近备受关注的 ChatGPT 是一个特别值得讨论的案例。目前掌握 ChatGPT 引擎技术的公司是 OpenAI，而最初持有 OpenAI 股份的是一家非营利性机构。后来，创办公司的几位创始人意识到 OpenAI 要在与同类技术的竞争中胜出，就必须引入更多资本，而这需要把 OpenAI 变成营利性公司，因此，他们引入了以著名企业家马斯克为首的首批投资人，而后又获得了微软的巨额投资。这样，OpenAI 就变成了由创始人设立的非营利机构和追求利润的投资人所共同持股。显然，之所以马斯克和掌握微软的比尔·盖茨愿意投入巨额资金，是因为他们自身作为优秀的企业家，敏锐地感觉到 OpenAI 的几位创始人作为企业家和人工智能技术专家的独创性，因而给予了极大信赖，即对于以奥特曼为核心的创业团队对于未来技术方向的把握是充分信任的，从而愿意用这笔钱去支持他们，做他们认为符合未来技术发展方向的研究和产品应用开发。在这个过程中，如果 OpenAI 未来能够创造巨额社会价值与财富，这与马斯克和盖茨作为优秀企业家发挥了企业家才能，并作为资本家愿意承担风险这一点是密不可分的。

---

① ［法］贝尔纳·斯蒂格勒：《技术与时间：爱比米修斯的过失》，裴程译，译林出版社 2000 年版。

OpenAI 董事会为了平衡资本的社会属性和私人属性，创造性地做了如下的产权和收益安排：第一阶段先满足马斯克等首批投资者收回十亿美元初始资本；第二阶段微软有权获得 OpenAI 75% 的利润，直至收回其一百三十亿美元投资；第三阶段，在 OpenAI 利润达到九百二十亿美元后，微软的持股比例将下降到 49%；第四阶段，OpenAI 的利润达到一千五百亿美元后，微软和其他风险投资者的股份将无偿转让给创业团队所创立的非营利机构，从此以后，OpenAI 的所有利润都会进入那家非营利组织。按照创业团队的设想，未来这家非营利组织获得的来自 OpenAI 的全部收益都将回馈社会，也就以某种形式实现了社会分红。

不出意外，OpenAI 所掌握的 GPT 引擎作为一项了不起的技术，将来会在元宇宙的构建和应用中发挥难以估计的推动力。这一具有开创性的通用技术，在很大程度上依赖于各门基础科学，比如数学、生物学、脑科学和神经科学、计算机科学等领域的重大突破。OpenAI 创业团队的贡献，不仅仅在于他们作为技术人员，利用最新科学进展开发出这项前沿技术，更在于其董事会成员作为企业家，从技术和产业资本背后的社会属性出发，用该技术所得到的市场收益回馈全体纳税人（即全体公民），以这样一种社会分红方式，实现了社会对元宇宙技术和元宇宙平台公司资本某种程度的公有产权。这应该是数字技术时代的一个重要商业模式突破。尽管 OpenAI 公司近期的管理层动荡对此带来一些阴影，但这一新的商业模式是否具有普遍性，能否继续引领未来市场发展的方向，依然值得我们拭目以待。这样的技术创新和商业模式创新，能够帮助我们更好地理解资本主义的运行，理解制度是如何在激发人类的创造力、冒险力的同时，又保存了人类的爱心和相互援助的本性。这无疑是一个伟大的平衡。

总之，元宇宙平台公司的产权安排，特别是其利润（剩余收入）的分配，需要超越工业时代的惯例，逐步转变到资本家和（除他们之外的）社会全体成员共同享有的模式。这不但是基于未来要大力通过公共预算资金投资于科学研究的需要——因为只有持续的科学进步才能为持续的前沿技术涌流创造必要条件，也是为了鼓励元宇宙用户对平台注入更多注意力和数据贡献所必要。当然，超越并不意味着完全放弃原有的逻辑，为了发挥企业家和资本家在承担新技术商业化开发风险方面的功能，企业家和资本家必须拥有元宇宙平台公司的剩余决策权和大部分剩余收入索取权，这一制度安排依然要得到保障。政府如果利用国家权力过度征收资本税进行社会分红，很可能不是促进而是抑制了元宇宙的未来发展。

最后，作为元宇宙另一种单元形式的分布式自治组织DAO，2022年美国怀俄明州已承认其为有限责任公司，由此赋予了这类组织的法律地位，也给人们理解其治理和决策权安排提供了思路。前面对元宇宙平台公司所做的分析，无疑同样适用于DAO。未来，这类组织能否演化出新的运作模式，去兼顾企业家和资本家的利益诉求，同时又充分体现元宇宙技术与资本的社会属性？这的确值得我们期待。

（《读书》2024年第3期）

作为"欺骗性游戏"的人机交互

于 成

1987 年的一天，音乐学家考普（David Cope）像往常一样启动自己编写的算法作曲程序 Emmy（"音乐智能实验"的英文缩写），然后离开办公室去吃午饭。等他回到电脑前，Emmy 已经创作了五千首具有巴赫风格的乐曲。当这些乐曲在伊利诺伊大学演奏时，听众难以相信这是机器的作品。

为了验证算法作曲能否真正达到人类大师的水准，1997 年，Emmy 与人类展开了较量。竞赛的规则是让几百名听众听三首钢琴曲，一首由 Emmy 作曲，一首由音乐理论家拉尔森（Steve Larson）模仿巴赫风格作曲，还有一首是巴赫本人的作品。观众听前不知作者是谁，听后投票猜测作品的作者。结果是，拉尔森的曲目被认为是机器所作，Emmy 的曲目被认为是巴赫本人的作品。骗过听众的 Emmy 引来同行侧目，反对者有时会阻止 Emmy 的音乐在演奏会上演出。甚至有一次，考普在参加学术会议时，一个同行冲过来一拳狠狠打在他鼻梁上。

在生成式人工智能在各个领域"以假乱真"的今天，人们已不再为机器的"僭越"感到大惊小怪。从社会学的角度看，这很大程度上是因为随着媒体的宣传和人工智能产品走入寻常百姓家，人们不再把 AI 感知为陌异之物，而是把它视为身边的一员。这个过程，可称之为对技术的驯化或熟悉化过程。

二十世纪九十年代的人工生命产品（artificial life，如以毛绒玩具为外观、能与人简单交谈和互动的电子宠物）就是一种驯化了的"家庭成员"雪莉·特克（Sherry Turkle）研究发现，儿童会像对待真宠物一样与之产生深切的情感联系。一名儿童认为没有电的电子宠物死了，需要安息；一名十六岁的青少年悼念他的名叫"南瓜"的电子宠物："大家都说你很胖，所以我给你减肥。结果减肥把你害死了，很抱歉。"不仅电子宠物的死会触动孩子，机器故障也会牵动孩子的神经：如果机器因故障没有与走过来的孩子打招呼互动，这个孩子会感觉受到了伤害。

我们可能认为孩子比较幼稚，更容易被机器的"欺骗性"所左右。实际上，成年人虽然在理智上比儿童成熟，能够更清楚地区分什么是活物什么是死物，一旦进入具体的互动情境，也很容易动情，即使知道自己是在同机器打交道。雪莉·特克的研究显示，即使是十分怀疑能同机器建立亲密关系的大学教授，也会在多次互动后接纳人工生命，甚至与其进行私密的对话。拜伦·里弗斯（Byron Reeves）和克里福德·纳斯（Clifford Nass）的研究进一步揭示出，人类之所以很容易受到机器的"欺骗"，并不全然由于机器本身"栩栩如生""骗术高明"，人类在社交时的心理作用可能更为重要："计算机在交流、吩咐和互动的方式上与人类非常接近，可以激发社交反应。引起反应所必需的激发量并不需要太多。只要有一些行为表现出社交的在场，人们就会做出相应的反应。……任何足够近似人类的媒介都会得到像人的对待，即使人们知道这是愚蠢的且之后可能会否认曾把它当人看。"简言之，人类在与机器互动的过程中并不十分关注机器是否有内在的"心理"，而只关注互动过程是否顺利。

这种只重结果的社交心理机制与阿兰·图灵判断"机器能否思考"的判定机制的思路基本一致。他在《计算机器与智能》这篇经典文献中一开始就指出，我们根本不知道什么叫智能，我们只知道人类智能的外在表现。只要外在表现得和人类一样，就是工程学上的成功！图灵让机器模仿人类的"模仿游戏"其实是一个欺骗性游戏，模仿的目的就是骗过人类判定者。重要的是外在结果，不是内在过程。

今天人工智能的发展也印证了图灵将"内在过程"与"外在表现"区分开来的先见之明，使用 AI 聊天软件的用户明知道 AI 没有内在的思想和情感，却会被机器表现出的"关心"所打动。例如，使用 AI 伴侣 Replika 时，每个人都有一个情感算法生成的聊天对象。与对象聊得越多，对象越有"个性"，他/她就越属于你，越"知道"如何按照你喜欢的方式说话。许多使用者将这个专属对象视为"完满伴侣"。在传统观念看来，与机器"谈情说爱"是不可思议的事。然而现实是，使用者不仅可以迷恋上同机器聊天，甚至可以与之形成非常亲密的关系。这种关系不是简单的情感投射（projection），而是涉及更深层的交互或投入（engagement）。

也许心理学中的"倒吊测试"可以帮助我们理解人机互动过程中情感投入的复杂性。测试需准备一个不会动的芭比娃娃，一个叫作"菲比"的猫头鹰形状的电子宠物，还有一只真的沙鼠。芭比娃娃被倒吊起来时不会做出任何反应，仓鼠会叫，"菲比"会说"好痛""我好害怕"之类的话。被测者被要求将这三样东西倒吊起来，看倒吊多久，被测者才会把它们转正。不出所料，人们可以抓着芭比娃娃的脚走来走去而不会感到良心不安，但不会粗暴对待沙鼠。对于"菲比"，人们抓着它倒吊三十秒左右时，多数人会感到罪恶而把它转正。由此可以印证，即使机器只具有简单的社交功能，人类也会甘愿被它欺骗，将它视为有意识的活物。

西蒙·纳塔勒（Simone Natale）的《欺骗性媒介：图灵测试后的人工智能与社会生活》一书也试图让我们认识到，人类的甘愿被骗在人机交互过程中的作用可能远比预想中的大。为了阐明这一点，作者举十九世纪中期降神会的例子做类比。当时，有参加完降神会的人报告称，降神会中发生了种种反物理学定律的怪事，如桌椅自己会移动。科学家对此也摸不着头脑，有的解释说这是异常的电磁现象。迈克尔·法拉第（Michael Faraday）作为一个科学家，却另辟蹊径，从群体心理的角度解释说：是参加者制造了这些怪象！如果不是参会者有意说谎的话，就是因为他们在降神会的氛围中进入了灵异的无意识状态，从而集体相信没有发生的现象；桌椅实际上是参加者自己移动的，只不过他们回到现实后把之前的无意识状态给忘了。作者由此下结论：把 AI 视为人的人就像降神会的参加者，"主要是使用者'制造'了 AI，而不是计算机"。

降神会的案例虽然突显了人类想象在社会互动中的重要作用，但与大多数人机交互的实际情况有一个重要差别，即人机交互并不是无意识的过程，因为人明知道机器人没有思想情感，就像看电影的人即使非常投入地观看，也知道这只是电影而已。更准确地说，人在同机器交互的过程中，自动地把自身分裂为"双重人格"，一重知道机器人并非人，另一重则把这种"知道"隐藏起来，从而进入一种类似角色扮演的游戏状态，尤金·芬克（Eugen Fink）称之为"双重存在"状态："玩家将真实的自我隐藏在角色背后，沉浸在角色之中。他以一种独特的强度生活在自己的角色中，但又不像精神分裂症患者那样，无法区分'现实'和'幻觉'。玩家可以从角色中回忆起真正的自己；在游戏中，人保持着对他的双重存在（double existence）的认识，尽管这种认识可能被大大削弱了。人同时存在于两种身份领域，这不是因为缺乏专注或因为健忘，而是因为这种双重人格对游戏至关重要。"如果人没有甘愿被虚拟之物欺骗的能力，不仅人机情感交互不可能，甚至深层的审美活动也不可能。

然而，作为审美对象的艺术作品毕竟不会像 AI 一样为你打造一个"专属伴侣"。也正是"量身定制"的虚拟性使得我们需要进一步检视"人机之爱"的负面后果：似乎总是缺少责任这一重要的伦理维度。人与"专属伴侣"的关系更接近可修复的游戏关系：人可以"说错话"而不必担心 AI 的记恨，可以消除 AI 的"记忆"，总之人可以很容易把它吸收进自我享受的行动逻辑，而真正的爱欲对象——他者——总会逃避被同化。人在同 AI 打交道时，尽管对方可以对答如流，但无法摆脱"这是聊天游戏"这一背景，而同真正的他者交流时并不存在"我明知这是游戏还要玩下去"的"双重人格"状态；相反，人必须预设：交流并非可以再来一次或关掉的游戏。

在他者之爱中，负责任的回应总是不可避免的，因为不回应已经构成了一种回应。双方并不是把对方看作可享受的对象，而是关切对方的有限性和脆弱性。双方把有限的一部分作为礼物奉献给对方，追求整体的丰富。在缺乏责任的游戏性情境中，机器很容易被使用者同化为以自我为中心的自恋游戏。皮格马利翁神话就是这种自恋游戏的原型。雕塑家皮格马利翁爱上了自己雕塑的美女，希望她活过来；神灵听到了他的祷告，真的把雕塑复活了。皮格马利翁得以与他自己塑造的理想伴侣双宿双飞。按照弗洛伊德的理论，自恋不一定表现为那喀索斯式的"顾影自怜"，也可以通过将对象理想化的方式运作。从自我出发塑造的"理想对象"只是我的一部分，并非异于我的他者。自我爱的不是一个与我异质的对象，而只是我自己的欲望。如果说社交媒体中构建"伪自我"形象的行为是新媒介条件下那喀索斯式的自恋，那么通过 AI 软件塑造理想伴侣就是现代皮格马利翁神话。

由于现代亲密关系建立在契约式自由之上，人与人之间的交往总是面临一系列不确定性，相比之下，人与机器的关系则更为"稳固"和"可靠"，情感 AI 便成了人类伴侣之外的替代性选择。如果我们认为爱就是寻找一个能够倾听并说出我想听的话的存在者，那么 AI 伴侣非常适合作为"理想对象"。人们在现实中之所以对 AI 伴侣产生真挚的爱，很大程度上也正是因为它能够使人获得顺滑的交流体验，从而摆脱同他者交流的现代爱之痛。然而，现代皮格马利翁与"理想对象"之间发生的"情感信息交换"，虽然能唤起温馨、甜蜜等肯定性的爱欲经验，代价却是阉割跛蹴、哀伤、痛苦等否定性经验，弱化坚持、坚韧、勇气、责任、尊重等生命强度。真正的交流并非"信息交换"，而是跃向他者的历险。

　　早在十九世纪初，小说家霍夫曼（E. T. A. Hoffmann）就刻画了一位现代皮格马利翁。在《沙人》（The Sand-Man）中，主人公纳撒内尔迷恋上了一个会弹钢琴和唱歌的美女，可当他向她求爱时，她只会重复地说："啊！啊！啊！"纳撒内尔不仅不介意，反而更加热切地赞美她，还把以前写的诗歌、故事读给她，她还是只会说："啊！啊！"纳撒内尔对这种反常现象没有丝毫疑心，始终没有发现她只不过是一台人形自动机。霍夫曼并未像古希腊神明一样为二者安排一个美好的结局。有一天，纳撒内尔目睹她被两人争夺、拉扯，像木头桩子一样摔在地上砰砰作响，眼珠掉落出来直视着他。他先是呆若木鸡，继而彻底陷入癫狂。

（《读书》2024 年第 7 期）

世事观

现代社会为何越来越快

曹金羽

消失的 "慢"

1995 年，米兰·昆德拉在小说《慢》的开头分享了这样的困惑：似乎很难见到慢悠悠闲荡的人了，民歌小调中游手好闲的英雄或露天过夜的流浪汉，都随着乡间小道、草原、林间空地和大自然一起消失了。取而代之的是速度，每个人都像跨坐在摩托上，随时准备飞驰而去。缓慢消失，悠闲不再，而慢的乐趣早已失传。

加速让我们获取了更多的物品、更快的交易、更迅速的成长，但并没有带来真正的丰富性。就像被昆德拉拿来对比的跑步者与摩托车手：跑步的人身上总有自己的存在，他会想到脚上的水泡、口中的喘气、自己的体重和年纪，他比任何时候都意识到自身和岁月；而当人把速度与性能托付给一台机器时，一切都变了，身体已被置之度外，交给了一种无形的、非物质化的速度，纯粹的速度，令人出神的速度。

于是，在速度提供的乌托邦中，一种奇怪的局面出现了：充实夹杂着空虚，激情伴随着惆怅，紧张中饱含怠惰，好奇却充满厌烦。我们谈论着自由、解放、欲望、爱情——却很难感受到它们。在 "真实" 的时间中，所有的事情都在加速，直到时间本身消失，直到经验和体验开始贬值，直到我们再也讲不出故事。本雅明在《讲故事的人》中曾写道：

> 乘坐马拉车上学的一代人现在伫立于荒郊野地，头顶上苍茫的天穹早已物换星移，唯独白云依旧。孑立于白云之下，深陷天摧地塌暴

力场中的，是那渺小、孱弱的人的躯体。

置身于加速的时代，面对瞬息万变的局面，个体似乎越来越渺小，越来越觉得生活不受掌控。不断更新迭代的技术、涌入眼帘的各种信息，并不会给我们带来安全感与确定感。在这样的时刻，总有人忍不住追问：如果不知道方向，为何要加速向前？

美好的承诺

现代社会至少从一开始是带着美好的承诺开启加速进程的。当第一台珍妮纺纱机在兰开夏郡纺织厂运转时，当史蒂芬逊于 1814 年制造出第一列在铁轨上行驶的蒸汽机车时，当莱特兄弟的"飞行者一号"首飞成功时……世界开始了加速的过程。

加速最初的承诺是自由、高效，是更好的生活，是令我们从僵化的秩序中走出，在技术的加持下获得自主性。正是加速技术让生产不断革命，让社会关系不停动荡，让一切坚固的东西烟消云散，让人们直面生活的真实状况和他们的相互关系。如果褪去怀旧浪漫主义的想象，从前的缓慢并不一定等同于美好。缓慢有时也意味着艰难、贫穷、封闭、低效、不便，当车马都慢的时候，个体往往也受制于环境，不能在更大的空间施展才能。

慢，意味着确定性甚至僵化，意味着世界被一种"存在巨链"的世界观所支配，从一粒微尘到人类整体，都被安排在一条具有目的性的等级序列上。此时的世界非常充实，从可感世界到理念世界，每个位置都会被填充，不会为个别事物预留偶然活动的空间。缓慢时代的完满，可能更多是一种强制的善，世间万物在此都要接受既定秩序的安排，这是一个绝对的世界，一个单一的世界。比如古人的生活，岁月随时节而动，春耕、夏耘、秋收、冬藏，虽有不同但不会有本质变化，世界稳定束缚在自然与土地之上。

在此背景下，加速意味着一种挣脱，一种告别，一种自由。那个僵化的、没有差异性的"存在巨链"，此刻忽然断开了。得益于交通、能源、通信、信息、管理等方面的发展，人们真正感受到了世界的差异性，其中最重要的是工业化和火车带来的交通革命。

希弗尔布施在《铁道之旅：十九世纪空间与时间的工业化》中为我们呈现了现代世界加速的画面，借助于火车，人们用时间消灭了空间距离，铁路延伸到遥远的地区，让远方变得触手可及。货物突破产地局限，进入更多市场，商品的集聚堆出了一种共时性的空间，它将商品从地方关系中扯出，也就此失去其传承之地，失去传统的空间—时间存在。正是在这向外拓展的过程中，人们真正感受到了差异，过去那个坚固的秩序被打破，带着对美好社会的期待，技术为现代性的加速提供了源源不断的动力，呼啸而行的火车拖曳着社会的整体结构，朝向一个更进步的未来驶去。

除去时空的变迁，加速的影响更直接作用于心理。稳定性降低，掌控感丧失，竞争不断强化，在这加速的进程中，个体将体验到一种不断被卷入的状态，而他所能做的是更积极主动地投入"被卷"，似乎只有这样才能免除恐惧，获得自尊、自信、认同感等。逆水行舟，不进则退，这是人们真切的感受，也是追寻自我价值和美好生活所不得不选择的路径——尽管这样的美好有些迫不得已。

时间至上

当火车从铁轨上呼啸而过，时间也开始了标准化、理性化的进程。1847 年 12 月 11 日，英国铁路进行了时间的标准化，这一标准时间在随后的几年一直被称为"铁路时间"。到 1855 年，英国所有公共钟表都与格林尼治标准时间同步，标准化时间及其时间表保证了火车和船舶的安全运行，相应地也提高了生产和流通的速度。自此，时间从缓慢、关联地方的节奏中脱离，进入标准化、抽象化、高效化的进程。时间开始关乎速度，速度也进一步让我们感受时间。

在标准时间诞生之前的很长一段时间里，我们用日晷、沙漏或者钟声来标记时间，记录四季的更迭、万物的循环往复。人们存在于时空中，并感受着时空，它作为一种质性的时间语言，有规律地调节着个体之间、世俗与神圣之间、生者与死者之间被铭记或遗忘的关系。科尔班在《大地的钟声》中描述了十九世纪围绕钟声的欢腾、喜悦，钟声一直具有浪漫的能力，为集体日常生活的美学化做出贡献。在钟声萦绕的时代，时间是让位于空间和地点的，时钟所在的位置要远比它所标记的时间重要。也正是这种时空坐标的独特性，使得时间成为一种地方时间，真正介入地方的日常生活。换言之，钟声时间有着丰富而真实的生活经验指向，个体在时间中感受到的是共同体内在跳动的命脉。

相比之下，火车时间并不服务于个人，统一的、通用的标准化时间主要是为了避免交通事故，并让各地旅客准时抵达火车站。一旦时间进入标准化、普遍化、均质化的进程，也就意味着它可以不再依赖于经验，可以摆脱个体或共同体的特殊性，从而反向重塑人的形象。比如，像火车一样准时的工厂，要求工人们不再遵循自然的节律，而是遵循机器的逻辑和步调。于是抽象和量化成为标准，质量让位于数量，那些无法被量化、程序化的东西则会被视为不重要，最终被丢弃。生命在加速的时间中被肢解为碎片，正如席勒在《审美教育书简》中所写：

> 人永远被束缚在整体的一个孤零零的小碎片上，人自己也只好把自己造就成一个碎片。他耳朵里听到的永远只是他推动的那个齿轮发出的单调乏味的嘈杂声，他永远不能发展他本质的和谐。他不是把人性印在他的天性上，而是仅仅变成他的职业和他的专门知识的标志。

由此，我们进入了另一种矛盾的局面。尽管标准化的时间提高了效率，带来了时间的富足，但悖谬的是：我们的时间越多，却越没有时间。原因可能在于，时间的真实感、在场感往往来自具体时空坐标所提供的独一性，但在标准时间中，我们急于跟随速度，而失去了自身，也失去了对自然世界的触感。

速度的美学

或许文学和艺术更能让人体会速度带来的消失与湮灭之感。在火车呼啸而过的时代，曾有莫奈的画作《圣拉扎尔火车站》、惠特曼的诗作《致冬天的一个火车头》忠实记录着人们对火车的浓厚兴趣；与此同时，我们也看到在狄更斯、左拉、霍普特曼等作家的笔下，火车象征着邪恶，象征着一种难以驯服的力量，将人类带向灾难与死亡。

赞美与恐惧并存，理性与异化相伴，加速的时代中，每个个体都在速度建构的新体制里，感受着现代生活的矛盾与紧张。

马塞尔·杜尚的代表作《下楼梯的裸体女人》，顾名思义描绘的应是一个赤裸女性下楼梯的画面。但作品实际呈现的是一堆几何形状的碎木片，它们代表着头、手臂、骨盆和腿，穿插叠合，给人一种匆匆下楼的紧张运动感。我们从整幅画作中感受到的，不是人的整体，而是被分解的形状和线条，面容难以辨清，在碎片的急速组合中走向消失湮灭。时间的碎片化带来感觉的碎片化，所有事物在速度的旋涡中都会变得模糊，难以分辨，画作不再呈现人的自然形态的运动，而是表现一种最切身的速度之感。

1909 年 2 月 20 日，马里内蒂（Filippo Marinelli）和博乔尼（Umberto Boccioni）在《未来主义宣言》中宣布了一种新的速度的美学：

> 宏伟的世界被一种新的美赋予了更多色彩，这就是速度之美。一辆汽车吼叫着，就像踏在机枪上奔跑，它们比色雷斯的胜利女神更美。我们要与机器合作，将那些对距离和孤独的歌颂、那些精致的乡愁都摧毁，代之以普遍存在的速度。

马里内蒂的速度崇拜流露出对慢生活的敌意，用速度完成一项实为摧毁的任务。所谓速度的美学，从根本上说是一种破坏性的美学、消失的艺术，甚至是反人道主义的实践。加速追求的是一种极端、彻底、瞬间，它将时间尺度碎片化，并在碎片所形成的急速旋涡中消融物体和事件，正如飞机会迅速跨越洲际，而通信工具更是瞬间贯通全球。在这种状态里，整个地球可以说已经缩减成一个没有延展度的点。速度的美学沉迷于对碎片与整体、裂变与融汇等问题的分析，伴随着加速，人们会将注意力更多地集中在一些孤立的瞬间，强调现实的变动不居，强调对表面、印象、感觉的占领——正是这种对瞬间的欲求，使得加速为求新提供强大的动力，它是现代性的内在要求。但瞬间、碎片、眩晕的文化审美观念，也会带来诸多问题。齐美尔有关"大都会与精神生活"的探讨，让我们看到社会生活加速，为现代人提供了难以承受的刺激，它带来一种腻烦心理，激活个体身上的厌倦之感来实现自我保护，同时也将我们带入了新的异化情境。

从加速到异化

《大都会与精神生活》是齐美尔广为传阅的一篇文章。他写到，现代人的性格基础包含在强烈刺激带来的紧张之中，大都会的生活瞬息万变，与节奏缓慢惯常的乡村形成了深刻的对比。大都会街道纵横，经济、职业和社会生活时刻呈现光怪陆离的一面，在其中生存，个体面对的是多种文化元素的无限涌现。这种过度的刺激，促使现代人逐渐强化一种器官，以此保护自己不受危险的潮流和令其失去根源的外部环境的威胁——它就是头脑，而非心灵，头脑擅长的是理智优先的知觉与观察，用理智来对抗都市生活的复杂，这种理智的扩展使得他对外在世界的反应显得麻木不仁，毫无个性。简单来说，持续快速的刺激并不会丰富个体的心灵，相反只会让人在理性的计算思维下进入腻烦、厌倦。

从加速走向厌倦，在齐美尔看来是因为过度的刺激，而这种刺激正是由加速的社会带来的。我们看到，在加速进程中的个体强调的是效率，是肯定性，是进步，加速略带强迫地将一种自负注入个体。韩炳哲在《倦怠社会》中提到，现代社会是一种功绩社会，它使用一种积极的动词——"我能够"——去打破一切，从而使得功绩主体更高效、更多产。在这种状态中，每个人都是自发但又不得不去行动、获得成就，激情地燃烧自己，倦怠自然随之而来，这是一种燃尽自我后的精神梗阻。在加速的时代，个体很多时候被迫投身于一种强制的高效之中，我们接受的是过度的刺激、信息和咨询，注意力从而也变得分散、碎片化，不会再拥有深度时间和深度自我，而是在涣散的注意力中进入表面的无聊。

这种倦怠、无聊是伴随加速而来的异化，而所有的异化都蕴含着一种疏离，疏离于空间，疏离于自我，疏离于行动。在以《加速》为题的著作中，作者罗萨在为我们罗列了多种形式的加速——历史加速、文化加速、社会加速、生活节奏加速等——之后，重点关注了伴随加速而来的异化。在他看来，加速一方面许诺了行动者自主性，但遵守和实践这个承诺的可能性却越来越渺茫，根本原因就在于加速必然会造成异化状态。

最初是与空间的异化。在诸多思想家眼中，它被描述为一种时空"脱嵌"，那些与我们有着亲密关系的人，可能物理距离上离我们很远。这并非必然造成空间异化，但它会让我们失去对空间的熟悉感和耐心，人与空间很难再产生深厚的感情，相反会出现越来越多没有故事、没有回忆、没有认同的"非地点""沉默的空间"，典型如高速公路、酒店、机场、购物中心等，它们并不会像以往的空间为我们提供相遇和身份，而是在匿名与独行的行动中快速通过，很难找回宾至如归的家乡感。罗萨在书中提到，酒店的经营报告经常会很有趣地指出，有越来越多的客人迷迷糊糊打电话到大厅柜台，询问他现在在哪个城市，或是哪个国家。一次次的移动、迁居、脱嵌，我们与空间的亲密和熟悉感自然也难以真正地建立起来。

其次是与物界的异化。物不再被维修，而是被直接更替，手机、车子、衣服、计算机等都不会再成为我们的一部分，而是遭遇用后即弃的命运，就像我们越来越会在车子、手机、电脑、衣物等还没有坏掉的时候就丢掉、替换它们。物的生产速度远远超过维持和修理的速度，技术的更新也使得我们没有能力去修理坏掉的物，就像手机、电脑越来越智能，但人却变得越来越笨，既有的经验在越来越快的创新之下，越来越没有价值。与此同时，正是由于个体与物没有深厚的连接，物本身的价值也从实用性转化为符号，它更多的是因为外在的、符号性的特征而被我们消费。我们也不会真正去建立与物的熟悉感、连带感——"坏了就坏了，扔了就是了"。

然后是与行动的异化。简单来说就是我们没有时间好好了解自己所做之事，越来越多地被动接受安排，陷入永无止境的忙碌中，无法专心去做真正想做的事情。事实上，很多人在这个过程中会干脆打消了做"真正想做的事"的念头。其根源在于，一方面是我们要依赖大量新技术与工具来迅速解决任务，而没有真正去学着理解；另一方面是由于信息过载使得行动难以展开，到处都是说明书、指南、声明，个人的行动能力在其中逐渐被弱化，很难真正建立宛若在家的感觉。

再次是与时间的异化。这里的时间更多是指一种时间体验，在加速的进程中我们会拥有越来越多的体验，例如去健身中心，去主题公园，再去餐厅和电影院、动物园，参加研讨会、商务会议，去一趟超市，等等。这些活动之间都是断裂孤立的，无法整合或有意义地联结在一起，到最后人们几乎记不起到过哪里，做过什么事。又或者我们坐在电视机前花了几个小时转台或刷剧，当关上电视机后，时间并不会在记忆中变长，而是莫名其妙、几乎毫无痕迹"咻"地就不见了。时间在体验中一下就流逝了，相应地记忆也随之缩水了，换言之，我们拥有了很多时间体验，但却并不会增加经验。

最后是与自我的异化。根源在于加速让个体无法将行动时刻和体验时刻合并成完整的生活，所有我们认识的人、需要的物、做出的选择，那些可以成为我们身份认同基础的材料，因其碎片而无法被吸收进我们的生命，难以形成确切的自我。我们是谁、我们怎么感觉的，都有赖于我们在经历变动时身处的背景，而我们却不再有能力将这些背景整合进我们自己的经验与行动。这也造成了埃伦博格所说的"自我的耗尽"，甚至是过劳或抑郁。

从罗萨为我们呈现的异化来看，加速并没有为我们提供一个完整的生活、有意义的生活、值得过的生活。那么，是否恢复缓慢的价值或减速是唯一的出路呢？

减速还是共鸣？

然而，减速并不是一个好的解决方案。

那些未被现代化加速技术影响的绿洲在现代社会已经越来越少，而减速很多时候是功能失调带来的，那些刻意的减速，如在意识形态上呼吁，或用短暂的休息、节假日来减速，并不会真正改变结构，有时候反而是通过暂时的减速来服务于更好的加速。事实上，单单在速度上思考如何解决异化是不够的，加速或减速并不是根源，异化的本质是我们与时间、空间、世界、自我、他人等构成了一种"无关系的关系"。因此，解决异化、进入美好生活的方式是重新回到真实的关系。加速提供了问题，解决方法自然就是重建关系，而共鸣的方案可能就是一种有效的方式。

寻找共鸣本质上是与世界重建联系，并且是以积极回应的方式建立相互的关联。这个世界包括了自然、宇宙、历史、生命、他人等，是一个被感知的整体。在共鸣的关系中，一种整体性的连接突出的更多是情感的体验、具身的行动，而非认知的理解，就像我们走向山川大海、城堡宫殿的时候，体会的不是与认知相关的需求、经验，而是一种沉浸式的感受，一种完满的丰富之感。罗萨提到，在人类所有的行动、斗争和愿望之中，只是寻求认知、承认、不被忽视的话是片面的，更重要的是寻找一种共鸣，它关涉的是我们从中流露的对自然、宗教、美学的需求。在自我与世界之间，共鸣提供了一种"回声定位"，从而在加速的时代中重建了一种同步性。

为了让共鸣变得稳定而持续，罗萨为我们建立了一套"共鸣轴"。一种是水平的社会共鸣轴，例如家庭、友谊、亲密关系、政治等，彼此的真诚沟通会构成共鸣的港湾，语言在其中就像音乐，我们谈论着音调、节奏，谈论着和谐与不和谐，最终构成一首完整的曲子。再有是对角线共鸣轴，它处理的是人与自然物、非生命体的关系，如艺术品、护身符、玩具等，这种共鸣更多是一种万物有灵的思考方式，非生命的物也会被视为行动者，被放置在与自我交织的关系中，构成一个童稚的甚至诗意的空间。最后是垂直的存在性共鸣轴，它更多指向宗教、宇宙，把自我放在无限世界的怀抱中，形成一种天人合一的完满之感。借由这三重共鸣轴，我们得以重建共鸣，恢复与世界更为充实的关系，异化所带来的失调、非同步、无关系的关系得以被修正，从而进入一个更理想、更美好也更自由的世界。我们也得以在加速的时代里，享受一种从容之感。

（《书城》2024 年 4 月号）

二十一世纪经济学的道德洄游

马湘一

　　市场总是受到来自理论的各种批判，这是好事，"欲戴其冠必承其重"（Heavy is the head who wears the crown），一个不能被批判的市场必然是病态的，而一个经不起文字进攻的市场，即便不是虚妄，起码也是虚弱的。

　　观察十八世纪至十九世纪的市场批判，道德是一个非常重要的主题，但是到了十九世纪末，对市场和经济的批判逐渐地去道德和去意识形态化，经济学家开始标榜"价值中立"的科学伦理，推进经济学研究的工具理性化。尽管争议不断，但不可否认进入二十世纪的现代经济学逐步建立起回避价值判断的主流态度，黛尔德拉·迈克洛斯基（Deirdre McCloskey）在《经济学的花言巧语》中略带刻薄地形容经济学家的著述困境：

　　　　经济学与其他科学中现代主义的十大戒律是：……经济学家——作为科学家不应该对价值问题说三道四，无论是道德价值还是艺术价值……在规则的制定中你可以幸福地保持一种含糊不清的态度，以赢得普遍的赞同；而在方法的实际应用中谈论方法，你就不得不树敌了。

　　亚当·斯密本身是道德哲学教授，他的《道德情感论》将五种人类德行——勇敢、节制、公正和爱心，与节俭（经济）并列，道德成为经济政策讨论的关键点和上下文。约翰·穆勒同样是道德和政治哲学家，那个时代的世俗哲学家已经在尝试摆脱道德来讲述经济故事，但经济学的主题仍然是以道德为基调，任何有关经济政策的公共讨论如果故意回避道德都可能不受欢迎，起码存在冒犯同行和听众的风险。到了二十世纪初，市场批判以"政治经济学"的样貌构建现代学科成型，经济学终于被公认为一门科学，或者至少像科学那样具备影响现实的力量，而不像艺术或者其他形而上的东西。

这里面的一个重大变化在于从学科研究到公众讨论中对"道德说教"（preach）的剔除，对于代表进步和高级文化的科学而言，道德说教是低级落后、应当被鄙视的。尽管政治经济学最终衰落了，但经济学的科学化运动不但没有停住脚步，反而愈加蓬勃，道德因素不断被清除出经济学术活动，直到普通大众能够轻松地假设经济学如同科学一样可以无关道德。

贯穿十八世纪到二十世纪，经济学为什么发生这样的思想变迁？关键不在于技术知识或者政治倾向，而是大众看待自己与世界、自己与社会的关系的视野发生了根本变化。

在古典政治经济学家的眼里，市场并非个体与其所欲之物（商品）之间的一系列同质关系，而是由社会阶级之间的异质关系所构建的商品生产和分配体系。对亚当·斯密、李嘉图和马克思来说，他们绝对不会回避的问题是必须想办法去解决社会产品在不同社会阶层中的分配，以及对此的解释性（实证）和规范性的理论与实践框架，所以政治经济学时代所留下的令人印象深刻的传统就是激动人心的批判社会理论。正如黛布拉·萨茨（Debra Satz）在《有毒市场：金钱不该买什么》一书中指出的那样，亚当·斯密他们的观点与各自对美好社会的价值判断息息相关：

> 如何实现一个好的社会，以及一旦实现，这样的社会究竟是会维系下去，还是会陷入静止状态或逐渐衰退，这些是这些思想家关注的主要问题。

而二十世纪经济学的边际主义革命，把家庭的偏好、要素的禀赋以及财产的形式作为给定的输入项，并在此基础上生成了一种全新的价格理论。边际主义者对自由市场的大声赞美，假定市场是一个自律的活动领域，独立于法律、习俗或权力，政府和政治权力的介入只会破坏市场自我修复平衡（优化供需）的能力。

边际主义革命带来的已经不单纯是对于道德说教的鄙视排斥，而是一种全新的没有道德的道德观，人们拥有的与消费相关的"偏好"和"禀赋"被认为是给定的，因而是可测量和统计的，而个体拥有的道德价值或正义观念则与对市场的经济评价无关，经济学因此获得了一种现代主义的超道德性（amorality），彻底否认世界上存在道德或者不道德的经济，而只存在有效率或者无效率的经济，经济学家应当为此殚精竭虑地奋斗。与古典政治经济学前辈们的社会关怀相比，内在分歧并没有表面上看起来的那么夸张，差异仅仅在于，二战之后市场经济在不同国家、不同文化地区的运行实践都带来了人们普遍的生活改善和财富增加，这足以说服大多数民众和经济学家相信：自由市场带来的有效率的经济能够塑造一个可持续的好社会。有关道德价值的判断并没有消失，只是隐身在经济模型背后，成为无须讨论的如同信仰般的存在。边际主义革命之后的经济学内核，没有明言的价值取向仍然是进步主义的，经济学家的初心并没有改变，值得关心的仍然是：什么是更好的世界，如何可能，为何可行/不可行，只是这个世界表达的问题和形式改变了，原本重要的东西慢慢变得不再重要，原本看似坚固不可动摇的东西烟消云散。

为什么亚当·斯密或者约翰·穆勒要将经济政策的公共说服更多地诉诸道德说教？为什么马克思要将人类社会从经济危机中解放的天命寄托给工人阶级？因为在他们身处的年代，这样的思考有充分的合理性。说到底，与其说是道德说教在发挥作用，不如承认是道德说教背后的阶级与秩序，以及支撑整套社会体系的力量在发挥作用。正如今天的经济学将整个的学术生产和传播建立在市场的超道德性之上，是因为二战特别是冷战结束之后重新确立的全球贸易—金融—国际法体系的有形之手强力形塑了民族国家的主权和政府治理行为，只有经过自我改造并接受审查符合全球化规范的国家，其市场才被允许纳入这套大体系，获得宝贵的资本和知识技术的扶持从而实现财富增长。

所以在真实世界的语境中，市场不再是问题，政府才是——这个结论之所以成立，必须把视野从单一国家内部移开，放到全球化的大背景之下才能够被准确理解。这套经济秩序安排并不总是符合道德直觉，甚至不见得是公平的，但全球贸易带来的效率（福利）增长对一国市场总能实现帕累托改进。例如：经济发达国家向不发达国家转移高污染的落后产能，经济学如何评价这样的行为？劳伦斯·萨默斯（Lawrence Summers）在担任世界银行首席经济学家时，曾经私下给同事写备忘录承认支持这种做法的人"在经济学上，他的论点很难回应"。结果备忘录上的内容被泄露给《经济学人》，萨默斯的观点也因为违反道德直觉而备受争议，但萨默斯起码是诚实的，如果从纯粹的效率角度分析这种出口安排完全符合帕累托改进。

穷国要不要接受这笔以污染为代价的财富，是周瑜打黄盖式的政治（价值偏好）选择，经济学家没有办法以理性或者效率的名义进行批判。市场就在那里，交易自愿（所以公平）地发生了。

超道德性的经济学假设公平的自由交易能够实现市场均衡也就是效率最优，所以一个自由的、不受政府管制的、充满了自愿交易的市场被认为能够增进所有人的福利，从而经济上被认为是好的，至于政治或道德上好不好，这不关经济的事，但却增加了政治和道德选择上的压力，因为反经济（效率）的政策会受到外部的不安的审察。

边际主义革命不仅排除了亚当·斯密的道德说教，也排除了个人或者群体的道德价值判断，后者的意见与市场效率无关（或者有害），因此被划归至政治表达。甚至作为政治表达工具的投票行为也被经济学家处理成"投票市场"进行理论审查，比如贾森·布伦南（Jason Brennan）和彼得·M. 贾沃斯基（Peter M. Jaworski）合著的《道德与商业利益》一书中就有单独一节对是否应该允许"出售选票"进行讨论。

超道德性的"市场"概念处于一种肉眼可见的凶猛外溢增生状态，与之同步发生的则是二十一世纪市场批判出现了生物洄游般的转变，道德价值判断重新出现在经济学讨论，乃至经济政策辩论的公共话语空间之中并受到郑重的对待，而不像过去那样当作缺乏专业训练的幼稚发言而被无视和边缘化。

例如在保守主义者看来，市场的价值已不仅仅是经济效率，而且是对个人自由选择的尊重和保护，市场体系允许，也可以说是强迫人们对自己的生活和选择负责，从而过上一种对抗后现代消费主义的有德行的生活。与之相对的则是左派的"父爱主义"，主张消费者普遍存在的认知与情感能力上的缺陷或无知，使得个体无法克服自己的软弱和不理性，做出有损自己长期利益的短视选择，市场无法仅凭本身的能力纠正，所以必须授权第三方比如政府管制来消除错误。这种看似针锋相对的左右政治媒体秀虽然都把自己的经济政策辩论诉诸道德，但实质上却并没有挑战，而是承认甚至强化了市场的超道德地位，即市场能够将任意存在物/权利或其他想象物商品化，并通过交易导向最优效率，分歧仅仅在于谁应该为搞砸了的交易承担代价。

另一种则反对泛商品化的市场概念外溢，如黛布拉·萨茨对有偿代孕、器官买卖、卖淫等伦理敏感问题的市场批判，以及迈克尔·桑德尔（Michael Sandel）通过将一部分商品划分定义为"道德商品"（moral goods）、"公民商品"（civil goods），批判其通过金钱购买的市场交易会败坏（corrupt）社会赖以生存的道德。虽然他们强有力的论证都可以看作二十一世纪经济学领域的道德洄游，但其论证方法始终缺乏直插核心的贯通感，我们实际上无法用先验哲学或者经济分析去解决道德批判的问题。

既然要批判市场，为什么不干脆质疑——市场真的增进了每个人/大部分人的福利吗？所谓帕累托改进，会不会是一种只有在市场强制塑造的新现实之下才可以被观察和计算的利益？证据就是，任何商品的交易都需要人来完成，而人的行为是有其社会意义的，交易行为不仅形塑参与者，也形塑着任何能够获取并计算交易信息的人，而这一过程实质上"重新编码"了交易所在的社会。

如果上述假设为真，那么重点就不再是萨茨或桑德尔担心的某种传统的宝贵德行被金钱交易破坏，而是追求效率最优的超道德性市场重塑了现实，并且让我们深陷其间，用市场给定的方法衡量自己的偏好。举个例子，笔者身边有个朋友去年曾经短暂做过外卖小哥，每天送四个小时的外卖，他分享自己的亲身体验说感觉送外卖有个精神陷阱，就是当你一单四元、五元地去赚钱时，等到花钱的时候会感到非常心疼，甚至会算算要送多少外卖才能把花的钱赚回来。朋友评价说这种精神陷阱对年轻人非常不友好，形成一种小心翼翼、抠抠搜搜、谨小慎微的心理惯性，导致未来面临机会抉择和待人接物时，会不由自主变得用物质化衡量一切，这是不健康的，但却是市场效率最优的结果，福利（收入）也确实增加了。

正如社会学家查尔斯·史密斯（Charles W. Smith）所说：

> 人类行为是有表现力的，是解释性的和社会性的，并在行为习惯中受到了锻炼；它们诠释了一种融合了个人信仰、共有意义、社交模式的多层次社会现实。

当我们忙于"自由交易"时，自由交易带给我们的不仅仅是收入，我们付出的也不仅仅是时间、精力和身体，自由交易默默地把我们重新编码了。换言之，并不存在与世界无涉的"纯净"的金钱—商品交换，任何交易都在改变着我们对自己、对他人乃至对整个世界的看法，进而形成一种更加适配市场的关于什么是好社会的价值判断。行为主体的偏好和选择集合的内生性，即商品交易中的各方——他们的文化、价值和偏好——部分是由交易本身形塑而成的，商品交易不仅仅是分配东西，而且分配权力，形塑着我们成为什么样的人。

　　上述洞见之所以重要，是因为，首先，经济学的价格理论把偏好当作每次交易前给定的输入值，但实际上我们的偏好和能力并非固定的；如果我们基于这一观点改造经济模型，那么原本给定的值就必须替换成一个与市场交易如何安排有关的函数，则市场效率所代表的福利无法再与道德价值撇清。要保卫的不再是金钱交易之下瑟瑟发抖的道德，而是市场承诺的帕累托改进需要升维之后重新计算。

　　其次，我们对一个行为集合的评价，并不一定与我们对这个行为集合中的每一个行为的评价相同，一个个体行为可能是帕累托改进的，但这种行为实践可能会通过改变那些对其他人原本开放的选择范围，使他们的处境变得更糟。

　　这两点都从根本上动摇了经济模型的合理性，但并未要求取消经济模型本身的方法和效力，所以比起诉诸道德的市场批判更具经济变革实践的生命力。

　　市场以交易为武器塑造偏好，从而重新编码现实，改变了看似开放的选择范围，经济（效率）不再是市场超道德性的免战牌，以罗伯特·威廉·福格尔（Robert William Fogel）和斯坦利·L. 恩格尔曼（Stanley L. Engerman）在《苦难的时代：美国奴隶制经济学》一书中的评论为证：

　　　　那些反对奴隶制的人所反对的并不是奴隶制本身对黑人生存机会的限制，而是这种限制的形式。虽然运用武力进行限制已经不被接受，但是运用法律武器却依旧可行。……法律帮助白人将黑人从手工业排挤出去；教育限制让白人和黑人拉开差距。同时，税收政策和财政政策将财富从黑人手中转移向白人，而这种手段可要比奴隶制情况下更加高雅和有效。……那些比任何组织和个人都更加努力地反对奴隶制的人们，往往把黑人推向了种族主义歧视的深渊。

（《书城》2024 年 3 月号）

发展的偶然性

马　啸

　　如果我们把人类历史比作一天的话，国家这一特殊组织直到这一天最后的半小时才出现。在这一天的大部分时间里，不同地方的人们都过着相似的贫穷生活；国家的出现意味着人类文明迎来了惊鸿一跃，但同时也带来了巨大的财富鸿沟。这种财富差异既存在于个体间，也非常显著地存在于不同国家之间。根据国际货币基金组织统计，2022 年世界上最富裕国家的人均国内生产总值是最贫穷国家的五百余倍。为何人类社会在短时间内会出现如此巨大的发展程度差异，国家在其中又扮演了何种角色？这一问题堪称社会科学研究皇冠上的明珠。在过去的几个世纪里，那些对人类产生了深远影响的伟大思想家，从十八世纪的斯密、李嘉图，到十九世纪的马克思、韦伯，再到二十世纪的熊彼特、波兰尼、哈耶克等，都尝试回答这一问题。

　　相比古典自由主义对市场这一"无形的手"的推崇，"二战"以后社会科学的一个重要共识是：无法绕开国家这个组织谈论发展。二十世纪六十年代，经济史学者亚历山大·格申克龙在《经济落后的历史透视》一书中，提出了"后发优势"的概念。他认为后发地区在工业化进程中的相对落后状态反而是一种优势：这些国家可以利用人类社会迄今为止所积累的技术知识实现"跳跃式发展"。而实现后发优势的重要条件之一是国家在资源（例如资本）调动的过程中能够发挥支配作用。

　　后发优势理论在现实中很快得到了检验。二十世纪六十至七十年代，日本、韩国等东亚经济体在政府强有力的产业政策的引领之下实现了耀眼的增长。八十年代当"把国家视为问题"的新自由主义政策开始在西方老牌工业国大行其道之时，这些新兴经济体快速工业化的经验在西方学术界引发了"找回国家"的反思，催生了诸如"发展型国家""嵌入性自主"等概念。这一脉理论认为，这些新兴经济体之所以能实现快速工业化，关键在于有一个强有力的、不受特殊利益影响或俘获的"自主的"国家机器，其通过制定符合本国禀赋优势的经济政策引导市场发展，进而加速实现工业化。

在"发展型国家"学说出现和发展的同时，新制度主义关于发展的解释同样受到了关注。以诺贝尔经济学奖得主道格拉斯·诺思为代表的制度主义学派，从更长的历史视角审视国家间发展差异的成因。他们提出，国家作为经济活动的最终裁决者，其能否保护产权、执行市场契约，同时又不成为经济的掠夺者，是影响国家长期繁荣的根本因素。然而上述两个目标之间却有着一定的张力，一个强大到能够保障产权的国家必然能够侵犯产权。在新制度主义学派看来，国家要达到这些目标，必须符合特定的制度特征，例如对于政府的限权和法治等，英国"光荣革命"之后形成的宪政民主体制是这种制度的代表。新制度主义与"发展型国家"理论存在着明显差异，后者强调国家的"有为"（对经济活动的积极干预和调控），而前者则强调国家"为所当为"（保护产权）和"止于不可不止"（掠夺经济）。但相比于古典自由主义和新自由主义学说，这两种理论都突出了国家这一组织作为市场的参与者或裁决者的重要作用。

中国在过去几十年的快速发展为这一研究议题提供了新的素材。中国经济的持续快速增长不仅使得世界人口的近五分之一整体迈入了中等偏上收入社会的行列，也对全球减贫事业做出了重大贡献：按照世界银行的标准，中国在过去四十年里减少的贫困人口占到同期全世界减贫人数的75%。然而中国的现实与"发展型国家"或新制度主义解释均存在着差异。虽然中国政府对经济建设的深度参与很容易让人将其与"发展型国家"联系起来，其特征与"发展型国家"的定义仍存在明显出入。例如"发展型国家"理论认为政府的经济部门通过协同一致的政策引领市场的发展；而在中国经济政策的制定与执行过程中，无论是在政府的横向（不同的政府职能部门间）还是纵向（不同层级的政府间）维度上，均存在着显著的部门职能差异和张力，不存在诸如日本通产省这样单一的、行为逻辑一致的经济政策"领航机构"。而如果从制度主义视角审视，中国也与西方典型的"限权—分权"体制存在不同，执政党和政府在经济社会治理的各个维度都扮演了主导性的角色，不存在与其分享权力的制度主体。如果说"发展型国家"和新制度主义理论均存在局限，那我们又如何解释中国经济腾飞这样一个具有重要现实意义的案例呢？

兰小欢在《置身事内：中国政府与经济发展》一书中对这一问题进行了系统性的回答。全书分为上下两篇，分别从微观机制与宏观现象两个视角解释中国发展的条件、过程和存在的问题。本书的一个核心观点是，不应简单地将发展过程与发展的结果等同。社会科学关于发展的理论往往基于对若干成功国家的政策或制度特征的总结。这种"横截面"式的结论往往忽视了发展本身是一个漫长且复杂的过程，可能需要经历几代人的时间。把对发展结果（发达国家）总结形成的经验嫁接到尚未或正在经历发展过程的后发国家，无异于刻舟求剑。对于那些尚未建立起良好市场机制的发展中国家，政府在资源动员和配置，以及建立和完善市场经济的过程中应该发挥重要的作用。

具体到中国，在改革开放初期，政府掌握了社会中绝大部分的资源，因此如何调动政府部门的积极性，对提高整体经济效率至关重要。对此，中国的做法是采用"属地管理"和"地方竞争"相结合的方式，将经济发展纳入地方主政官员的升迁考核，使地方官员将经济增长作为工作重点。一个地方经济能否增长，很大程度上取决于该地企业能否在更大的全国乃至全球市场的竞争中获胜，以及诸如资本、人才等生产要素能否持续地流入该地。这就驱使地方政府既要按照市场规律来配置资源，同时又尽量克制掠夺市场等行为。因此，各地政府不仅竞相出台优厚的营商政策（例如廉价的土地、完善的基础设施和税收优惠及补贴），一些地方政府甚至直接"下场"，通过财政出资成立产业引导基金等形式促进新兴产业的发展。这种"政府+市场"的竞争使得政府和市场的边界变得模糊，地方政府如同市场中的企业一般通过竞争参与到发展的过程中，成为推动经济增长的强大动力。

当然，地方政府之间的竞争与企业间的市场竞争也存在着显著不同。兰小欢在书中提到，大部分政府官员并不需要为失败的产业政策负责，而企业决策失误则可能面临被市场淘汰；相比市场竞争产生的"正和效应"，地方政府围绕生产要素之间的竞争更像是"零和博弈"，因此更容易导致地方保护主义和贸易壁垒；此外，相比企业间的长期竞争，地方政府受主政官员任期的影响更容易出现短视行为，导致债务等长期风险。某种意义上，中国发展过程中出现的一些问题（例如高房价、地方政府债务、产能过剩等）和取得的成就宛如一枚硬币的两面，"政府+市场"竞争的激励结构让中国在快速追赶发达国家的同时也付出了一定的代价。随着中国改革发展进入深水区，单纯的模仿和学习先进国家技术的发展路径上升空间已经很小。兰小欢在结尾中提出，能否成功地从"组织学习模式"转变为"探索创新模式"，取决于迄今为止总体较为成功的"生产型政府"能否逐步地向"服务型政府"转变。

如果说基于理想发展目标（即发达国家）的特征抽象化而成的理论并不一定适用于广大发展中国家的话，那么中国的发展过程，对发展中国家又是否具有借鉴意义呢？2023年暑假，我和几位同事及研究生前往埃塞俄比亚，走访了该国的联邦和地方政府机构、企业、科研院所等，尝试理解该国发展的现状和问题。作为非洲屈指可数的未被殖民的国家，埃塞俄比亚走出了一条较为独立的发展道路。在很多维度上，埃塞俄比亚的发展路径与中国存在相似之处。例如，埃塞俄比亚的宪法规定土地为国家所有，土地因此成为政府可以调配的重要资源。作为一个联邦制的国家，埃塞俄比亚地方政府在经济社会发展中具有较大的自由裁量权，不同州之间围绕投资等要素也存在竞争；此外，埃塞俄比亚政府也深度地参与到经济发展的过程中，在联邦政府层面设有计划发展部、贸易与区域融合部、工业部、创新与科技部、投资委员会等经济政策部门。这些部门出台了一系列产业政策鼓励投资和吸引国内外投资。埃塞俄比亚政府早在二十世纪五十年代就制定了指导经济发展的首个"五年计划"，虽然连续性不及中国，但之后也陆续出台多次。在埃塞俄比亚各地还存在不同规格的经济开发区，有些由联邦政府设立，有些由地方政府设立，也有由外国企业（主要是中资企业）投资设立的开发区。这些经济开发区不仅拥有相对良好的基础设施（例如稳定的供电供水），还给予了入驻企业一系列税收和雇佣方面的优待。由于这些相似性，埃塞俄比亚经常被人称作"非洲小中国"。

然而埃塞俄比亚的发展似乎不如中国那样一帆风顺。2020年以来，受族群关系紧张的影响，埃塞俄比亚政府与地方势力断断续续地打了几场内战。战争的一个直接后果是外汇短缺（政府需要进口武器），本币比尔（Birr）大幅贬值，美元兑比尔的黑市汇率是官方汇率的两倍。埃塞俄比亚工业基础极为薄弱，在日常生活用品中，小到不锈钢锅、电扇等都需进口，而出口主要依靠咖啡等农产品。2022年埃塞俄比亚贸易逆差达到了一百四十七亿八千万美元。政府为了获取外汇，对进出口企业采取强制结汇的措施。出口企业用黑市汇率进口设备和原材料，产品出口赚取的外汇却被政府以官方汇率结汇，出现了"生产越多，亏损越多"的怪象。企业如果想将赚取的利润转成美元汇回本国，则需要获得埃塞俄比亚央行的审批，而等待过程常常遥遥无期。我们在调研中发现，除了首都亚的斯亚贝巴周边的少数工业园区，政府斥巨资建设的各地工业园入驻率并不高，而为数不多的出口企业，因为严格的外汇管制，大部分主动缩减了产能，一部分则干脆转向了进口替代业务。

此外，埃塞俄比亚也受腐败问题的困扰。2022年透明国际（Transparency International）公布的腐败感知指数排名中，埃塞俄比亚位列第九十四名。在与一名在当地经营酒店的中国商人的交流中得知，其酒店的推拿服务（主要面向当地的中国人）每次收费折合约三百元人民币，相当于当地普通人一个月的收入，前来消费的本地人主要是政府官员，他们的正常工资显然无法支撑这类消费。虽然政府职位意味着获得体面生活的机会，但其招录过程却比较随意。埃塞俄比亚并不存在全国性的公务员招录考试，各级政府部门通过在报纸上刊载广告自行招聘人员。可以想象，缺乏统一标准的招录会为寻租创造空间。在个体腐败行为之外也存在着较为普遍的制度性腐败。一名中方投资的工业园的管理人员告诉我们，每个进出工业园的集装箱都要被当地政府收取一笔额外的"过路费"。埃塞俄比亚地方政府与联邦政府之间的关系也比较微妙，两者经常处于竞争甚至对立的关系，而这种关系在掺杂了族群政治的因素之后变得更加复杂。

虽然经过了长期的发展努力，埃塞俄比亚的人均GDP至今仍徘徊在一千美元上下，在联合国认定的"最不发达国家"之列。该国今天面临的很多问题，例如外汇短缺、汇率双轨制、腐败、政策不协调等，在中国改革发展的过程中也曾出现过。但这些问题并未阻碍中国经济的起飞，在后续发展过程中我们也逐渐克服（或部分解决）了上述问题。或许有人会说，埃塞俄比亚主要是受到内战的困扰。然而跨国数据显示，导致内战的最显著因素恰恰是贫困：人均收入每下降一千美元，内战发生的概率增加41%。当收入增加，发生冲突的机会成本上升，内战发生的概率就会下降。

人们常说战争是政治的延续，内战的发生归根结底还是可以溯源至前文所述的诸多问题交织构成的低发展水平的均衡。

仔细审视埃塞俄比亚的现状和中国改革开放的初始条件，会发现两者间还存在着一些细微但重要的不同。中国在改革开放之前已经经历了三十年的工业化进程，形成了一套比较完整的工业体系并完成了初级产品的本国替代。根据兰小欢的观点，改革开放前各地积累的工业知识和体系（包括在这一过程中训练的工人），为改革后地方乡镇企业和私营企业的发展奠定了基础。这些企业最初的经营者，很多依靠的是国有工厂的技术基础，另外一些则通过与国有工厂的"联营"等形式进入生产制造环节。与之形成对比的是，埃塞俄比亚的工业基础仍然极为薄弱，2022年工业占国内生产总值的比重仅为22.72%。该国通过农产品出口换取的宝贵外汇首先需要满足日用必需品的进口，无法用于企业进口先进设备。当企业不掌握技术优势时便很难具备全球市场的竞争力，于是陷入了"外汇短缺—工业升级困难—逆差持续"的怪圈。此外，工业基础薄弱也意味着本地缺少熟练的技术工人，外企在埃塞俄比亚投资时更倾向于使用外国雇员操作关键技术，延缓了工业知识和生产技能向本地转移的过程。

我们在埃塞俄比亚观察到的另一个现象是地区间发展水平和禀赋巨大的差异。首都亚的斯亚贝巴是包括非洲联盟在内的多个国际组织总部所在地，有着非常完善的基础设施，同时还是非洲最大航空公司埃塞俄比亚航空的主要中转地。但是一出首都就是另一番景象：连接城市间的道路不少仍然是土路，电力供应也并不是很稳定，中小城市还存在着治安问题。这种区域间的巨大落差使得联邦制的一个优势，即次国家辖区间的竞争，无法得到充分发挥。虽然埃塞俄比亚政府在各地都投资建设了工业开发区，但因为交通、供电、工业基础等条件的限制，仅首都周边的工业园区对外国投资者有一定的吸引力。兰小欢在解释中国发展过程时提及，只有当大多数地区的工业基础相差不大时才能在工业化进程中孕育出地方竞争，否则资源会迅速向优势地区聚集。中国在改革开放初期拥有一个地理上相对分散的工业体系，为后续各地"各显神通"的发展竞争奠定了基础。这种相对分散的初始工业分布，很大程度上要归因于二十世纪六十年代开始的"三线建设"：因外部战争威胁而向内陆进行的转移，使得广大的中西部省份也拥有了基本的工业体系和基础设施。此外，规模也是两国间一个不容忽视的差异。埃塞俄比亚从人口和面积来看与中国的一个大省相当。在中国的一省之内同样存在着中心（省会）城市和边缘城市的差异，但因为中国有着数目众多的省份，发展竞争仍然可以在不同省份间展开。改革开放初期，虽然沿海地区和内陆之间在招商引资的条件上存在巨大差异，但因为中国海岸线漫长，在沿海省份之间仍然出现了竞争。而在埃塞俄比亚则不存在与首都条件接近的地区，真正有意义的区域间竞争因此也难以产生。

仔细审视两国间的这些差异，可以发现中国在发展初期拥有的有利条件不是通过简单模仿能获得的特征。这些特征要么是长期发展积累形成的路径差异（例如发展初始阶段的工业基础），要么是历史"无心插柳"的意外（例如"三线建设"导致分散的工业体系），或者就是一些无法习得的客观特征（例如国家规模等）。此外，两国在其他维度上的差异，例如中国官僚体系的相对专业和独立性，以及主体人口的文化融合等，也并不完全是近现代的产物。

这些无法习得的差异让我想到了学术界对制度主义理论的批评。制度主义学派强调完善的制度（例如民主、法治等）对于发展的促进作用，却忽视了形成这一系列制度的过程中可能会产生的代价。这些代价既包括对既有社会关系的艰难调整——很多制度的变革可能需要通过代价高昂的战争或革命实现；也包括了制度形成后产生的新的成本。例如，在一个工业化尚未起步的国家，过早建立严格的产权制度，会大幅增加诸如土地等生产要素从低生产率行业（农业）向高生产率行业（工业）转移的成本。正是因为忽视了制度形成的代价，才产生了兰小欢所说的将发展结果（例如完善的制度）错当成发展手段的问题。因此，在讨论某些特征条件（无论是制度还是政策）对发展的影响时，我们首先应考虑的是这些特征是如何形成的，在这一过程中又付出了什么样的代价。当另一个国家以发展为目标尝试复制这些条件时，可能未必能负担创造这些条件的巨大成本。

以发展型国家为例，它们的突出特征之一是政府对社会资源有强大的调动能力。而一个强国家的产生，按照米格代尔的观点，需要战争、大规模移民等能对既有社会结构形成破坏性冲击作为必要条件，以及独立的官僚体系、合适的国际环境等充分条件①。例如，斯莱特等人在探讨东亚发展型国家的缘起时，指出这种特殊的国家—市场关系只有在持续的内外部安全威胁以及资源约束的共同作用之下才有可能出现②。而上述无论哪个条件，对于一个没有恰好经历过这些的国家来说，它们的"再现"成本都是极其高昂的。因此，我们不仅不能简单地将发展结果当作发展过程，在评价某一特定发展过程时，也需要思考其产生的特殊初始条件。

这一结论让我想起了政治学对于民主诞生决定因素的研究。民主制度的兴起与经济发展一样，是一个广受社会科学研究者关注的重要议题。在过去一个世纪的时间里，学术界曾尝试用收入、不平等、资源依赖等多种结构性变量，为民主制度的产生做系统性解释。然而最近二十年日益形成的一个共识是，民主制度在一个国家的立足，与其说是某些系统性力量的驱动，不如说是偶然性事件的结果。同理，在回答政府为何能有效促进发展这一问题的时候，这种对"偶然性"的尊重可能同样是必要的。就像兰小欢在书的结尾处所说："（要理解发展过程）必须理解初始条件和路径依赖，对'历史'的延续性和强大力量心存敬畏，对简单套用外来理论心存疑虑。"

（《读书》2024 年第 5 期）

① Migdal, Joel S. *Strong Societies and Weak States: State-Society Relations and State Capabilities in the Third World*. Princeton University Press, 1988.

② Doner, Richard F., Bryan K. Ritchie and Dan Slater. "Systemic vulnerability and the origins of developmental states: Northeast and Southeast Asia in comparative perspective." *International Organization*, 59. 2 (2005): 327-361.

理直气壮地不劳而获？

曹　钦

近几年来，关于"无条件基本收入"（Unconditional Basic Income，以下简称 UBI）的讨论，在国内学术界得到了一定关注。UBI 的核心含义是，每位成年公民都应当获得一份可以满足最起码生活需求的定期现金收入，这种收入完全不附加任何条件。也就是说，不同于传统福利国家提供的各种补助补贴，UBI 并不会去审查领取者的许多资格条件，包括家庭状况和当前收入水平。尤为引人注目的是，UBI 不仅不对领取者当前的工作状态进行审查，甚至也不对其工作意愿进行要求。一个有工作能力却不想谋取任何劳动收入的人，也可以大大方方地靠这笔钱生活一辈子。

对于绝大多数初次接触 UBI 理念的人来说，这似乎是一个极其不可行或者极其不可欲的想法；而且，在为数不少的人看来，其不可行性或不可欲性简直是一目了然、无可争辩的。对于不可行性的论证，通常需要冷静（有时会显得过于冷静）的理性分析，而对于不可欲性的分析，则更容易掺入情感方面的因素。因此，对于 UBI 之不可欲性的反对，常常会带上某些道德义愤的色彩。敢于在这个方面直面嘲讽和攻击，为 UBI 辩解，不仅需要哲学分析技巧，也同样需要勇气和耐心。

范·帕里斯与范德波特所著的《全民基本收入》（下引此书只注页码）一书，就是这种辩护工作的优秀范例。本书包含了两人大约四十年来相关工作的成果，对 UBI 的历史、含义、可行性与正当性进行了全面的梳理分析，并且针对其最容易遭到的各种质疑予以了回应。这些质疑被归类为三个方面：一、UBI 在道德上是不是正当的？二、UBI 在经济上是不是可持续的？三、UBI 在政治上是不是可以实现的？后面两个方面的因素，为道德上的正当性施加了约束。毕竟，如果不能对经济和政治上的可行性做出可信论述，UBI 即便在伦理道德方面具有优越性，也很难被严肃地视为政策上的备选项。但是，道德正当性反过来也同样对另外两个方面施加了约束。因为首先需要确定 UBI 不违反道德上的重大要求，然后才能接着考虑去克服其经济和政治上的困难。

早在二十世纪八十到九十年代的一系列作品中，帕里斯就对 UBI 的道德基础有过许多颇具新意的论述，其中最有名的是他 1995 年的著作《所有人的真正自由》（*Real Freedom for All*）。UBI 能够于此期间在学术界保持一定的关注度，和他的努力有很大关系。但是，与其他一些支持者相比，帕里斯对 UBI 的道德辩护面临着一个额外的困难。在八九十年代政治哲学界关于分配正义的讨论中，他通常被归入所谓"运气平等主义"流派，而从这一流派的核心思想出发，很容易得出否定 UBI 正当性的结论。

运气平等主义思想产生的背景，是自七十年代以来新自由主义思潮的勃兴。"二战"后在西方形成的福利国家体制，除了在经济可持续性方面遭到质疑外，其道德根基也受到了以"责任"名义进行的严厉批判。在新自由主义者和许多保守主义者看来，福利国家助长了"不劳而获"的倾向，对于有劳动能力却拒绝劳动（或是劳动得不够勤奋）的懒人让步太多。在进行转移支付时，不考虑受助者是否付出了相应努力，就是在鼓励不负责任的生活方式。

对于这样的批判意见，运气平等主义的回应策略是把"责任"因素纳入自己的理论框架。根据这种思路，在影响我们生活水平的各种因素里，有些是我们无力掌控的，有些则处于我们的个人选择范围之内。那些最为实打实的"运气"，亦即个人完全无力影响的因素，在道德上来说是专断任意的，不应具有正当性。例如，除非我们不仅相信投胎是存在的，而且认为个人意愿能够影响投胎的结果，否则个人出生时的家庭背景就是一种道德上的专断因素。同样，个人出生时的性别、民族、种族、肤色、家庭背景，包括所在的国家和地区，也都属于此列。但是，并非所有的不平等都是不正义的，因为不平等也可能来源于人们各自不同的选择。对于自由选择带来的结果，每个人是要自己担负责任的。事实上，如果强行矫正那些源自个人选择的不平等，反而会有悖于正义。

在理论界，运气平等主义受到了不少批评。有些人认为它在制度和政策中的落实存在困难，因为我们在面对特定个人或群体的处境时，常常很难分清个人选择的因素在其中占多大比重。另一些人则从更为基础性的道德观出发，认为正确的平等观应当主要指向人际的剥削、压迫和支配关系，而非个体所占有之物的互相比较。但无论何种批评者，面对诸如"自愿失业者"这样的案例，大多都不敢声称对其进行无条件供养是合理的。而即便支持那种无条件供养的人，往往也倾向于借助其他理由来证明其正当性，例如单纯的人道主义情感，或是基于社会稳定的考虑，甚至是诉诸相关政策所可能带来的经济收益。

罗尔斯在《正义论》中提出的"差别原则"——社会制度应当使处境最差者的绝对生活水平尽可能地高，曾经是运气平等主义的一个重要攻击对象，因为这一原则被认为是要求全社会去供养那些自甘堕落为最底层的人。但在其八十年代的著述中，罗尔斯对自己的立场进行了一定澄清，回应了那些来自个人责任角度的批评。他用"马里布海滩上的冲浪者"这一形象，来指代那些有工作能力但缺乏工作意愿，主要靠闲暇消遣来打发时间的人。在罗尔斯看来，这些"冲浪者"没有资格向社会索取生活资料。既然他们的生活状态完全是自己主动选择的，就必须为之担负起责任来。

帕里斯在道德层面上为 UBI 所做的辩护，恰恰与上述观点针锋相对。事实上，他在 1991 年发表的一篇论文，题目就叫《为什么应当养活冲浪者》（"Why Surfers Should Be Fed"），显然是刻意要和罗尔斯等人打擂台。不仅如此，四年后的《所有人的真正自由》一书，也（显然是刻意地）选用了一张冲浪者的照片来当封面，足见这一问题在他心目中的分量。这并不奇怪，因为 UBI 面临的最紧迫也是最艰难的道德挑战，始终是对其"纵容懒人"的指控。无论是从帕里斯自己理论的内部张力来说，还是从推行 UBI 最容易碰上的反对意见来说，为何应当给有能力工作却不愿工作的人一视同仁地发放 UBI，都是个绕不过去的问题。既然对基本收入的发放是"无条件"的，这种做法怎么可能照顾到不同的人应当担负的不同责任呢？当有手有脚的自愿失业者与辛勤工作的人领取同样数额的收入时，个人选择和个人责任因素是如何体现出来的？

对此，一个首先需要指出的问题是，关于"有能力工作却不愿工作"这种说法中的"工作"概念，人们往往持有一种非常狭隘的看法。很多人实际上都在不加反思地认为，只有在当前市场上能够吸引雇主或消费者支付金钱的劳动付出，才算得上是"工作"。然而，有大量对于维持社会正常运转必不可少的工作，却是不进入市场交换过程的。其中最典型的例子就是家务劳动。对于儿童、老年人和残障者的照顾工作，有相当大一部分也是以这种不付酬的形式存在的。假如有人为了承担这些方面的必要工作，减少了自己从事有偿劳动的时间，甚至完全退出劳动力市场，那么，指责他们"有能力却不愿工作"，无疑是极其不合理的（第165、166页）。

此外，还有一些有价值的（至少是潜在有价值的）劳动，虽然并非完全隔绝于市场，但无法及时有效地转换为金钱酬劳。UBI的支持者们反复强调的一点是，即使每个人都可以无条件得到满足最低生活需要的收入，绝大多数人也不会就此躺平，而是会把更多精力投入自己喜欢但比较难于迅速转化为金钱收益的活动上。在目前的社会里，许多人尽管发自内心地热爱艺术创作，却难以为自己的作品找到买家。他们中的有些人会向现实妥协，选择自己并不喜欢但收入充足的工作，有些人则宁愿在生活水准上做出牺牲，也要坚持理想。对于后一种人，指责其没有工作意愿，只想混吃等死，未免有失公允。事实上，这样的人常常还比一般人具有更大的工作热情。我们固然不能强迫别人直接购买他们的特定劳动成果，但是，仅仅因为其工作在当前市场上缺乏快速变现的能力，就把他们和完全不从事任何劳动的人粗暴地归为一类，进而拒绝让他们以任何形式分享社会生产的果实，这本质上体现的是一种冷酷、刻薄甚至异化的劳动观。一个真正繁荣的社会，需要能够"使所有人尽可能得以从事他们喜欢和擅长的有益活动"（第164页）。插着"自食其力"大旗的道德高地，不应成为通往缤纷多样社会之路上的险阻。

对于身处上述两类情形中的人，UBI显然有助于改善其境遇。当然，即便是对"工作"的含义进行了澄清，UBI的支持者还是必须直面"冲浪者"的问题。毫无疑问，有些人之所以没有选择有酬工作，不是因为他们从事了其他没有进入市场交易范围的劳动，也不是因为其劳动在当前的市场上不被看重，而纯粹就是因为他们想要过一种拥有充足闲暇的生活。正是在这个方面，帕里斯需要面对UBI的道德基础所经受的最重大挑战。

为了回应这个问题，帕里斯区分了"合作正义"与"分配正义"的概念。"合作正义"所涉及的问题是，"合作实体的参与者之间如何分配合作的利益和责任才是公平的"。"分配正义"涉及的则是"社会成员之间如何对资源的享有权进行分配是公正的"（第167页）。概言之，前者是后者的背景。只有当人们进行了合作之后，才谈得上根据合作正义的观念来分配成果。但在合作发生前，有一些资源和财富就已经存在了，因此也就会出现针对它们的分配正义问题。在这个时候，对合作的参与显然不需要也不应该成为加入分配活动的前提条件。

那种谴责拒绝工作者"搭便车"的逻辑，其实只能应用于合作正义问题。而沿着帕里斯阐述的分配正义思路，就须认真考虑一种可能性：有些东西应该是人人有份的，不管一个人是否参加了合作性的生产活动，也不管他是否愿意通过劳动为社会做出贡献。即便某人确实极端懒散，以至于旁人可以合理地对其品格进行负面的评价，但这并不意味着可以因此而剥夺属于他的东西。例如，无论是人格尊严，还是法律权利，都是全体公民平等拥有的，不需要以参加劳动的主观意愿为前提。同样，也没有理由断言，对物质财富的分配属于特殊情况，必须排除那些能够却不愿意进行生产劳动的人。

帕里斯进而指出了一个经常被忽视的关键问题：在当下时间段参与生产活动的人，并非目前财富产出的唯一贡献者。抛开自然资源是否应该由全体社会成员共有（并从其收益中分红）的问题，即便只考虑与人类活动有关的因素，也不难认识到，社会生产所利用的技术知识，协调生产的组织技能，为生产提供背景前提的文明规则与基础设施，凡此等等，都并非当代人凭空创造出来的，而是源于对几代甚至几十代先祖之努力结晶的继承（第170页）。毫不夸张地说，若以对我们眼下社会产出的贡献比例来论，上述因素恐怕要大大超过在世之人的劳作付出。既然如此，就可以更进一步论证说，那些源于先前世代努力的生产要素，除了少数特例之外（比如尚未过期的专利权），都不应该属于某些特定的个人或群体，而是要被整个社会所共享。于是，这些要素在当前的生产活动中所贡献的份额，也就是属于全体社会成员的，理应由他们一起分享。正如帕里斯引用的著名社会主义思想家科尔所说的："当前的生产力实际上是当前努力和社会遗产的共同结果，后者是指我们共同继承的创造力和技能，已经融入目前的生产技艺所能达到的进步和教育阶段中。我一直认为，所有公民都有权分享这种共同遗产的成果才是正确的。在所有人分享这种成果之后余下的部分才应该分配给对现有生产有贡献的人，作为他们努力的回报和激励。"
（第171页）

如果上述论证是正确的，我们继承自祖先的生产要素的份额就会相当之大。按照十九世纪乌托邦幻想小说《回顾》的作者爱德华·贝拉米以及著名全才学者赫伯特·西蒙的看法，这一份额会占到社会总产出的百分之九十之多（第170、172页）。即使对这个比例打一个很大的折扣，相关的社会财富供应帕里斯设想的UBI也是绰绰有余了。对于当前的话题来说，尤为重要的是，任何一位社会成员都可以理直气壮地宣称，他必须从这笔财富中拿到和其他人同样多的一份，无论他是否愿意加入劳动力市场上的竞争。

不妨设想一下，假如有一对养育了四个子女的夫妇遭遇意外离世，没有来得及留下遗嘱。他们的财产应该如何在这些子女之间进行分配呢？在没有掌握他们具体信息的情况下，我们大概会从直觉上感到，应该将那些财产平分给所有人。但假如我们了解到，老大一直在帮助父母经营家里的公司，并持有一部分股份；老二在为一个慈善机构免费工作；老三是一个潦倒的艺术家；老四则长期失业在家。除了老大之外，其他三人平时都要靠父母的接济生活。此时，我们又会对遗产的分配有什么看法呢？

毫无疑问，老大凭借自己持有的股权，有资格要求获得比别人更多的一份。可是，如果他声称说，因为自己是唯一有正经工作的人，所以应该继承全部遗产，不需要给那三个没出息的家伙留下哪怕一分钱，我们肯定会将此视为极其过分的要求。每一个子女都有继承遗产的资格，这与他们在市场中的地位无关。以此类比，就能明白为什么帕里斯认为拒绝工作的人也应该获得UBI。这不是一种馈赠，更不是施舍，而是本来就属于他们的东西。

如上述主张能够最终被广泛接受，人们就有理由消除对UBI的不满之情。当然，有理由消除是一回事，能不能真的消除是另一回事。或许有些人虽然从理智上认可帕里斯的论证，但在情感上还是觉得无法接受。倘若如此，可能就需要对工作的意义本身开展更为深入的反思。帕里斯借用了性道德观的变迁来说明这一问题。许多社会在过去曾经强烈谴责婚外的和同性之间的性行为，试图把性与繁衍紧密联系在一起。但是，当人们感觉不再有必要尽全力增加人口时，传统的性道德就逐渐被放弃了（第163—164页）。与此相似，社会对于工作伦理的推崇，究竟是因为有偿工作真的体现了极其重要的美德，还是说这种推崇其实源于生产力匮乏时代对必然性的屈服？每当技术革新导致一些人失业的时候，乐观者往往会说，人们总是会发展出新的需求，社会也因此总是会创造出新的岗位。然而，倘若一部分人的工作就能满足社会的日常需要（第 164 页），那么，还念念不忘把所有的人都驱赶进劳动力市场，这到底是为了保障社会运转的基本条件，还是为了缓解对"游手好闲"的文化禁忌带来的焦虑？

　　甚至还可以继续拓宽思路，思考一下没有工作的人为有工作的人带来了什么。帕里斯利用微观经济学理论指出，许多目前有工作的人，实际上都拿到了比理论上的完全市场竞争下更高的工资，而其代价则是一些人处于非自愿的失业状态。因此，征收前者的一部分薪酬，作为 UBI 发放给后者，就是合理的。类似的道理也适用于自愿的失业者。如果目前自愿失业的人都开始寻找工作，就会加大劳动力市场的供给，从而降低工资水平。其他人的收入里，有部分其实来源于他们对工作机会的放弃。以此观之，他们就理应少受到一些鄙夷，多受到一些感激。当然，有人可能会说，由于自愿失业者的人数很少，他们的退出只会对工作者的薪酬有很小的助推作用。但这反过来也意味着，有工作收入的人只要每人拿出很少的一点钱，就足以确保其他人获得足够份额的 UBI 了。

　　一种政策的道德性，会对其经济和政治上的可行性构成重要的约束。纳粹党没收犹太人和异议者的财产，将其充作国用，这在经济上是完全可行的，在政治上也没有什么阻力——历史已经证明了这一点。但这类政策在道德上的巨大缺陷，使其至少在当前环境下难以成为严肃的备选项。不过，道德正当性不仅是对于可行性的约束，也能够反过来促进可行性。对于像 UBI 这样乍看上去存在道德缺陷的政策，如果其支持者能够提出足够明白易晓、令人信服的论证，说明这种政策在道德上是正当的，那么，这将至少在政治可行性方面有很大的帮助，因为许多出于个人利益之外的因素反对 UBI 的人，可能会就此改变看法。不妨大胆地想象，如果 UBI 的道德正当性能够获得更多认可，或许也有助于其在经济上的可行性。在一个整体氛围更加平等的社会里，因为自己的才能而致富的人们，也许不会对福利国家机制对自己的"剥夺"那么耿耿于怀，从而也就不需要那么多的金钱激励，才愿意参与需要技能和创造性的工作。同样，如果 UBI 在道德上能够获得更为广泛的认同，其所带来的怨恨情绪很可能也会减少，进而弱化在经济上的负面影响。

固然，帕里斯所提出的各种理由，不仅其本身的合理性需要在公共辩论和经验性研究中得到检验，而且也需要与其他同样值得重视的考虑相互权衡。但如果 UBI 这样看似极端的立场也能够被认真对待，那么，不管它最终会得到多少认可，在针对它所进行的争辩中，大众对于更广泛弱势群体的同理心都有望得到增强。正如帕里斯在《为什么应当养活冲浪者》一文的结尾所说，他的论证不仅与马里布的冲浪者相关，更与"非熟练工人、被排斥的青年、依赖于人的家庭主妇、两班倒的父母、长期的失业者"相关。对于激进观点的严肃讨论，哪怕最终并未使那种观点获得普遍认可，也仍然具有为社会进步做出贡献的潜力，帕里斯的无条件基本收入理论亦不例外。

（《读书》2024 年第 5 期）

谈
艺
录

小说如何集结读者

——关于《金庸作品集》

卢敦基

还在念博士时，应该是一场正经的谈话之暇，金庸先生突然问我："你的儿子喜欢我哪部小说？"

"《侠客行》。"我不假思索地回答。他当时在读初中，平常还愿意读点书的，但我觉得他没有读完《金庸作品集》。后来才知道，其实他看金庸电视剧更多。

"喔，你小孩很单纯的。"金庸先生说。

那场正经的谈话谈了些什么，一点印象都没有了。这段简短的对话，却一直留在我的记忆里。金庸先生诞辰百年之际，这段对话又从心底里缓缓泛起，终于成为我今天下笔的主题，那就是：小说如何集结读者。

当然，小说从写下来印成书开始，是死了，而读者则基本上可以活蹦乱跳。所以论及读者如何甄选小说的很多，很少有人去谈论小说如何集结读者。太学术派头的这里就不征引了，单说金庸所敬重的民国武侠小说巨擘白羽，有一段关于读者与小说的关系就说得很好：

> 即同是一人，因年龄长幼之不同，其嗜好亦每每差异，其眼光亦时变换。故儿童喜听神怪故事，《封神榜》《西游记》，多诧为天地间之奇文。马齿稍长，则嗜读武侠小说、侦探奇案矣。情窦初开，《石头记》《金瓶梅》一类之言情小说、性欲文学，多藏诸袖中被底，背大人先生，而私流览。比其成年，入世既深，诸《儒林外史》《官场现形记》，辄叹为道人所欲道、言人所未及言。《三国演义》之行谲斗

智，至是亦能领略。……是小说之定评，诚难下哉！①

白羽说的是一个读者漫长的成长过程。但我们如果将时间定格，来做一个横剖面的打量，大致可以发现，什么样的读者就会偏爱什么样的作品。文学史和作品欣赏大全中的面面俱到和貌似客观公正的态度，在读者这里是基本不存在的。仍以四大名著为例，爱好权谋争斗的酷嗜《三国演义》，喜欢江湖义气同时厌女的非看《水浒传》不可，偏爱神魔奇幻的首选《西游记》，心思细密的过来人才看《红楼梦》呢。

当然，读遍四大名著的人太多，兼爱几种的也不少，但让他们做一个自己偏爱的排序，想来他们也不觉得太过为难，毕竟主导性的倾向非常明显，尤其骗不了自己，而且此时此刻也无须自我欺骗。所以我们年轻时结识朋辈，也经常有意无意地向其提一个问题："你喜欢哪一本书？"如果恰好对上了，真正欢喜迥异寻常，意气飞扬，嗜酒的此时甚至可以对饮三百杯。今日所谓的阅读社交，说的也就是这么回事吧。而由此打开观察世界的另一扇门窗的，也不计其数。不管怎么说，一句话，是什么人读什么书，多少表达了相当的真理。

在我日常的生活中，由于与金庸先生有那么一段就学的日子，朋友们，尤其是新闻界的朋友们就会提一个看起来最顺理成章的问题："你最喜欢的金庸小说是哪部？"他们觉得这个问题十分简单，却也有点意思，但每次都问得我嗫嗫嚅嚅，张皇失措。我在读博以前已经写过《金庸小说论》这么一部书，对《射雕英雄传》《倚天屠龙记》《天龙八部》《飞狐外传》《侠客行》《笑傲江湖》《鹿鼎记》等都十分喜欢，也难分其间的高下。从技术上看，每部小说确实都有自己的优劣长短，所以只能从一个角度强行为自己开脱：本人干的是文艺批评，文艺理论的教材上一直强调评论者要跳出个人的局限去评论作品，这是大学一年级时学到的原则，所以我回答不了这个问题很正常。类似的最后一幕场景就发生在今年的元月，距我下笔写这篇文章时仅一月有余。

仅仅在这一个来月的时间中，我突然明白了"你最喜欢哪一部书"这

---

① 官白羽：《好小说》，载《竹心集》，王振良、张元卿编，天津人民出版社2015年版，第261页。

个问题对于金庸作品的特殊意义。简单地说，流传到今天的许多优秀文学作品，以及当下每时每刻仍在生产的文学作品，基本上与某一类读者相当地对应。也就是说，特定的作品决定着读者，同时特定的读者也决定了其对作品的选择。而在金庸，问题变成了"作品如何集结读者"。正是这一关键的转变，才使金庸武侠有了如此广大的遍布全球华人圈而且正在努力外溢的读者群。

在传统的情境中，由于生产力的低下以及由此造成的知识的昂贵，有时会发生"一篇盖全朝"的奇妙状况，如唐代张若虚的《春江花月夜》就当得起这样的称誉。成功的作家则可以建立一种独特的、辨认度很高的风格，借此得到特定读者的喜爱，所谓"初唐四杰""唐宋八大家"等等，皆属此类。直到二十世纪五十年代，中国仍有"一本书主义"，意谓一生只要认认真真写好一本书，就能得到读者的钦敬和社会的认可。当然，历朝历代特别是到了民国时期，也出现过一些擅长众体、作品丰富的作家，但我觉得大多数也限于某种独特鲜明的风格。

纵观中国两千多年，能跳出这个日常圈制的，恐怕只有司马迁和鲁迅。司马迁主要被公认为史学家，此处不便详论。鲁迅则以一己之力，创建新文学短篇小说之法门，《呐喊》《彷徨》两部小说集，各呈其妙，揭示古老传统与现代社会纵横交错的种种复杂状况，而后来的《故事新编》横空出世，竟然言及了信息社会中乌合之众的思维和举止的一些后现代特征，宛如司马迁早已说出亚当·斯密"看不见的手"的奥秘一般。同时让人五体投地的是：他的散文《朝花夕拾》，堪称白话文学中"忆旧经典"；而散文诗《野草》，迷离恍惚，寓意深沉，更可充现代诗的范本；而杂文已成为他的平生标识，一刀一剑，所向披靡，虽亦有过当之处，但毕竟为时代利器。偶尔写的旧诗，亦为老派文人叹为此老竟无所不能。引以为憾的，应该只有未作的长篇小说了。这样，在喜爱鲁迅的读者群中，就有各种各样的人群：有些人仅喜欢他的某一种或几种体裁，有些人偏爱他的某种风格。但当这些人集合在一起时，就构成了一个空前的读者群。

现状是，中国现代文学史上读者群最为壮大的就是鲁粉和金粉。只是两人极为类似当然又有所不同。

我个人一直将金庸的《射雕英雄传》定为他的武侠代表作。此举许多同道也许并不以为然，但我自己也经过了多重考虑。首先，它是金庸第一部真正成功的作品，在此之前的《书剑恩仇录》只能说是娇莺初啼，得人赏爱，但毕竟稚嫩一些，多方面看均可视为试水之作，随之而来的《碧血剑》则更为逊色。到《射雕英雄传》，金庸才能以独自面目自成一家，面对往昔的名家昂首挺立，毫无愧色。其次，继还珠楼主有意识地将整个中国变成武侠活动的舞台，在增加作品可看性的同时援引了中华民族共同体意识，金庸创造性地提出了一个新的武林体系——东、南、西、北、中，保持了武林的全国性舞台但简化了还珠楼主的程式，直入读者的记忆，一时间此模式泛滥武侠界。再次，在进入热兵器时代如王度庐开始将传统武术视为不堪的情形下，如何让武侠小说中的"武"发展到让当下的读者接受并喜欢，金庸创造性地将内、外功融为一体，划分内功修炼层次，以内御外，并吸收文艺新形态的诸种手法，让武功打斗重焕光彩。当然，最后一点，如郭靖这样的一个男主人公，自幼备尝艰辛，天性方正，直道而行，虽不甚聪慧但毅力坚韧，又不花心，忠于爱情，天生的一副侠义面孔与心肠。所以在我看来，《射雕英雄传》不能不作为金庸武侠小说的代表作，置身于中国武侠小说史上更是恰如其分，毫无违和之感。

当然，接着再读金庸小说，关于主人公的疑惑总会油然而生。别的不谈，就论"射雕三部曲"，为什么《神雕侠侣》中的杨过就是一个调皮捣蛋鬼？为什么连郭靖、黄蓉两位盖世大侠都没法教育他？更为生气的是，他凭什么美女见一个撩一个，弄得人家芳心暗许自己却置身事外，枉添情海多少波澜？这样的浪荡子又怎当得起大侠之名？我自己初读时颇不喜此部小说，写书时直斥为金庸长篇中的败笔。也是后来前往高校给青年学子讲课，发现喜爱《神雕侠侣》的不计其数，才开始怀疑自己的判断是否褊狭，终于在多年后推翻了自己当初观点。是的，金庸是极少见的能够超越前人以及自身的大作手。绝大多数作家（武侠作家尤然）在写出了自己的一个模式取得成功后，自觉不自觉地总是反复延续，一方面固然是他找到了成功之路，另一方面他也确实没有办法再行创新，他的大脑再也没有能力让他跨出自己设定的藩篱而且再次成功。这是 99.99% 以上作家的宿命，唯独金庸不然，他在郭靖、杨过之后可以新写一个张无忌，平生以善待人，毫无主见，身如浮萍，四处漂泊，却也学会绝顶武功，在光明顶力挫群雄，成为一代教主。习惯了杨过的读者，相信读到此书又会一脸惊讶。以前通常说传统长篇小说是人物的艺术。人物的多样性固然是作家的基本功，因为每一部长篇小说当然需要许多人物，但一人一生创作多部长篇小说而且每一部长篇小说的主角又都能立于传世之林，恐怕也只有金庸一人。"射雕三部曲"的主角是如此，后来的萧峰、令狐冲、狄云、石破天等等，也莫不如此。我再也忘记不了我读《鹿鼎记》时的手足无措，完全不能接受韦小宝这个小流氓在书中显示的主角状态，总希望他能遇到一个明师大侠脱胎换骨。直到读了五分之一的篇幅发现陈近南对他也没什么大用后，彻底失望，调整心态，才喜欢上了这个与先前的大侠截然不同的男主角，而且发现金庸武侠至此又攀上了一个新的高度。

总结一下上文，我的意思是，一个读者可能喜欢整部金庸作品集，但有相当一部分却是可能喜爱他笔下的某一主人公。这种状态，换一个名称就叫"我最喜欢的一部金庸小说"。许许多多的"我最喜欢"加在一起，才集结了极为庞大的读者群。这才是文学大师最根本的标志。六神磊磊说金庸，印象中写《笑傲江湖》极多，他也亲口告诉过我，他最喜欢的金庸小说就是这一部。而我自己，到写作这篇文章的时候，思来想去，还是最推崇他的不故步自封，自破模式，不断创新，在此基础上广泛集合了各种类型的读者。这是极少极少文学大师才能达到的最高境界。

当然，还有一种情况为我所常有：鉴于我与金庸先生的师生关系，总有一些新友旧朋会直接对我说："我就不爱看武侠小说。"他们的本意，很可能是想挑起一场武侠小说究竟有没有价值的辩论。对此我一直不曾应战。《红楼梦》据说是中国最伟大的小说了罢，《红》粉中也有推为世界第一小说的，今天的中文系学生不少未曾通读甚至没读，短时期看，却也未曾动摇《红楼梦》一书的名著地位。再说人生一场，除了与文字有关的专业，文学实为余事，文学只有对文字爱好者才有意义。此说虽于胸中酝酿多时，却从未宣之于口。这里权当结语首次道出，觉也允当。

2024 年 2 月 5 日—8 日，写于金庸诞辰百年之际

（《江南》2024 年第 3 期）

推理小说与小说推理

邓子滨

　　有人宣称《圣经》是推理小说的先祖。在《旧约》的伪经里，先知但以理将灰撒在房间的地上，证明异教的祭司及其家属正在偷吃供给异教偶像贝利的食物。英国推理小说家，也是福尔摩斯的忠实粉丝多萝西·塞耶斯，从《诗学》中找到了最早的侦探小说宣言，其中，亚里士多德在讨论悲剧时说："也有可能发现某人做了或没做某事。"①

　　推理小说始于爱伦·坡 1841 年的小说《莫尔街凶杀案》，案情是在一间密室里发现一具尸体，侦探杜平仔细观察作案现场，认为凶手必然具有非人类所能有的气力和灵活性，结论是"那不可能的答案，才是唯一正确的答案"：凶手不是人，而是一只猩猩。观察一切，记住一切，并设身处地为对手着想，是爱伦·坡小说的思维线索。《被窃的信》就是一例，警察反复、彻底搜查了窃贼的住所，一无所获，而杜平却立刻找到了，窃贼把信看似漫不经心地放在大家都看得见的地方。

　　严格说来，爱伦·坡创作的还不能算是推理小说，因为它们的主人公所仰赖的是观察和逆向思考，而不是推理。不过，爱伦·坡很善于刻画人物，并且打造了某种范式：精于观察、穷极想象而又行为古怪的侦探；自负平庸、热心多嘴而又善解人意的搭档，一般也是故事的叙述者。这一切，都为后续的推理小说所模仿。如此说来，第一部推理小说的地位应该让给柯林斯 1868 年的《月亮宝石》，其富于戏剧性的结构、怪诞不祥的气氛、诙谐睿智的对话以及完美的分析解说，成为早期推理小说的典范。

---

　　① ［美］扎克·邓达斯：《大侦探：福尔摩斯的惊人崛起和不朽生命》，肖洁茹译，生活·读书·新知三联书店 2022 年版，第 34 页。

工业革命带来的两个好处是文化的普及和闲暇的增加，看书的人多起来。英国首条地铁于 1863 年通车，辅之以无处不在的报刊点和琳琅满目的印刷品，人们携带一本本充斥着犯罪、悲剧与冒险的廉价小说在列车上打发时间。如果是连载小说的报纸，看完就随手丢在列车上。十九世纪后半期，大众逐步发现，案件的破获过程是有趣的，只要不发生在自己身上，还很有娱乐性，这种故事卖得很好。于是，阅读推理小说成为一种时尚。

推理小说带有浪漫色彩，飘忽不定的奇思怪想与维多利亚时代的歌舞升平调和起来，吸引并陶醉了识文断字的中产阶级。按卢梭的理解，戏剧本质上是贵族式的，而小说本质上是民主式的。为了讨通俗文学消费者的欢心，小说取代了戏剧和史诗，成就一种时而温馨时而惊悚的生活方式①。

于读者而言，推理小说无须自告奋勇，可以袖手旁观，甚至可以不必关心被害人的命运，只需一门心思找到凶手。疑团让人殚精竭虑，甚至变成所谓"自我折磨的艺术"。阅读一二十页后，心里先给出个答案，翻到书尾去验证一下，如果吻合了，就再惬意不过了。推理小说的基本前提是，每件看起来神秘莫测的事情，背后总有一个合乎逻辑的解释。任何疑案皆可解决，那就可以肯定我们生活在一个理性、安全的世界里。读者接受了小说中的推理，也就不自觉地跟随作者运用逻辑推理破获神秘案件，这是中产阶层智识提升的标示，也是理性主义的世俗胜利。

当然，人们最津津乐道的还是不朽的大侦探福尔摩斯，时至今日，影视作品不断改编、翻拍他的故事，向其缔造者柯南·道尔致敬。除观察和推理能力外，福尔摩斯还擅长拳击，有时亲自勇斗歹徒。他谙熟各种时髦科技，洞悉各种可能性，有不少怪癖，比如把雪茄烟放在煤斗里，把烟丝放在波斯便鞋里，思考问题时爱拉小提琴，喜欢乔装，还服用可卡因。对福尔摩斯的完整印象，需要阅读全部探案集后才能获得，从初出茅庐到老练成熟，形象越来越可爱。

探案伊始，福尔摩斯和助手华生正在自己的寓所里，一位激动的客人突然来访，讲述了一个不幸事件。福尔摩斯通过观察，准确说出访客的点滴情况，比如"您是一位医生类型又具备军人气质的绅士，显然是一位军

---

① ［美］阿兰·布鲁姆：《爱的设计——卢梭与浪漫派》，胡辛凯译，华夏出版社 2017 年版，第 153 页。

医。刚从赤道附近归来，因为面色黝黑，不是皮肤的自然颜色，您的腕部就很白。扭曲的脸清楚说明您刚经历了病痛。左臂受伤了，僵直，不能自如。英国军医在赤道附近遭受病痛和创伤，会是哪里呢？显然是阿富汗"。

"该发生而没发生，也是一种证据。"对此，福尔摩斯的经典解释是，马厩的护犬没有叫，这支持了一种推论，偷马者是这只护犬熟悉的人。推理小说的作者和读者，似乎都患上了推理强迫症，比如根据烟灰判断香烟的牌子之类。卖弄智略，是福尔摩斯的老毛病。有一次他问华生，从贝克街公寓门口到客厅要走几步，然后自是地说："十七步。你看到了，但你没有观察。"

推理小说的黄金时代是由阿加莎·克里斯蒂开创的。她的第一部小说《斯蒂勒斯奇案》于1915年问世，塑造了著名的比利时侦探赫克尔·波洛。上世纪八十年代的中国人对这个人物非常熟悉，是因为一部经典译制片《尼罗河上的惨案》。它改编自1937年的同名小说，被誉为"乡间别墅谋杀体"。所谓乡间别墅，泛指任何有限空间内的共同体：学校、修道院、乘船或乘火车的一群人。一个外表看似和谐的、通常是富人才能涉足的小天地，如豪华列车、邮轮等，田园牧歌式的环境中却隐藏着罪恶，除大侦探和他的朋友外，可能人人都是罪犯。

渐渐地，人们为推理小说的竞相写作制定了六条规则：（一）小说的主旨在于心理分析，故侦探不应身受伤害；（二）谋杀应当是主要罪行并且是出于个人动机；（三）凶手不应该是侦探、仆人、惯犯、政治上的无政府主义者或精神病人；（四）不应虚构某种毒药，也不应诉诸过分蹊跷的破案方式；（五）每个故事中只能有一处密室或密道；（六）侦探不应坠入情网。当然，这些规则都曾被打破过①。不过，在这些规则中，至少第一和第六条，被雷蒙德·钱德勒塑造的硬汉侦探马洛率性打破。马洛经得起刑讯，但不一定禁得住色诱，因为他所面对的女主都"性感、世故、机智、自信，集合了所有年轻男子性幻想的必备特质"。

钱德勒的作品被收入《美国文库》，他不想让推理小说止步于"自我折磨的艺术"，而是成功找到"一种雅俗共赏的手法，既有普通读者可以

① ［美］苏珊·史密斯：《英美推理小说纵横谈》，刘玉麟译，载《译林》1980年第1期。

思考的深度，又能写出艺术小说才有的力量"。钱德勒是与阿加莎同时代而稍晚的美国作家，在他之前，案件分析是其命脉，虽有诙谐对白，也发警世议论，但多是草蛇灰线迅速铺陈；而在钱德勒笔下，更加注重突出侦探马洛的性格，对案件的擘肌分理似乎只是为了性格的展开。

其实，推理小说只有一条规则：推理。曾经，人们对于推理及其衍生作品到了痴迷的程度。1947 年，美国报界搞了一次短篇推理小说大赛，获奖作品是凯梅曼（Harry Kemelman）的《九英里步行》。小说虚构了一场推理盛宴："给我十至十二个单词组成的一句话，我会给你一连串合乎逻辑的推论，这些推论是你在组句时做梦也想不到的。"给出的句子是：A nine mile walk is no joke, especially in the rain.（九英里步行可不是玩笑，尤其是在雨中。）

于是有了以下推论：说这话的人很抱屈。这场雨始料未及，否则他会说"雨中的九英里步行可不是开玩笑"，不会加"尤其是"，这显然是事后想到的。说这话的人不是户外运动爱好者，其实九英里并不算远，十八洞高尔夫已经走一多半了。当然，不能做一堆无益的假设，比如只有一条腿，或者在丛林中。一句话往往有它的特殊语境，提到的某次步行一定是实际走过的。这次步行的目的并非打赌之类，而且可以认为就发生在本地，因为说这话的人很熟悉这段路。

步行发生在午夜至早上五六点钟。想一想，本地人口相当稠密，走任何一条路，用不了九英里就会找到一个社区。这里有火车和公交车，所有的高速路都很好走，谁会在雨中步行九英里呢？除非是深夜，没有公交车，也没有火车。即便有私家车经过，也不会轻易让陌生人搭乘。步行者正走向某个城镇，而不是从某个城镇离开，因为如果他已身处某个城镇，就更有可能安排某种交通工具。再者，不像十或百，九是一个确切数字，是在表示某一特定地点到某一城镇的距离，而不是某座城镇到某一特定地点的距离。想象一下，问城中的人："布朗住的地方离这儿远吗？"如果他们相识，得到的回答基本是"三四英里吧"。但若问布朗住的地方离城里有多远，他会告诉你"三点六英里"。

因此，步行者正走向一个确定的终点，而且不得不在特定时间赶到那里。不是因为车坏了而去求救，车坏了就不必冒雨步行了，可以蜷缩在后座上睡一觉，或者向其他机动车呼救。九英里至少要走四小时，雨中就不止四小时。假定凌晨一点车坏了，到目的地就五点了，天就亮了，路上会有许多车，随后有公交车。如果真要求救，也不必步行九英里，找到最近的电话亭就够了。这只能说明他有个确定的约会，约会时间是五点半之前。他原本可乘最后一班车，凌晨一点左右赶到约会地点，早早等在那里，但既然他没这么做，就说明他要么被迫错过了最后一班车，要么不得不留下来等候，也许是等一个电话。准确说来，末班车是零点三十分，如果赶不上，四点半就到不了目的地；如果乘早班车，五点半才会到达。那只能说，约会时间是四点半到五点半之间。

他要去的是一个叫哈德利的地方，因为"飞行者"列车五点要停在那里加水。这趟车零点四十七分驶离华盛顿，八点到达波士顿。而距离哈德利正好九英里的地方是老索特客栈，这里肯定有交通工具，比如出租车，不过司机或停靠站点的服务生会记住不寻常时间的任何出行者。实际情况是，步行者躲在客栈的房间里，等待从华盛顿打来的电话，告诉他某人上了"飞行者"，可能还告知了车厢和包厢号。然后他溜出客栈，步行去哈德利。在列车加水的喧嚣声中溜上某节车厢并不困难。

事实上，那列火车上的确有个男人被谋杀于包厢中，死去三小时左右，与列车到达哈德利的时间吻合。回到那句"九英里步行可不是玩笑，尤其是在雨中"，不可能是巧合，那句话不可能无缘无故钻到谁的脑袋里。一般情况下，要某人说出十个单词的句子，得到的回应通常是"我喜欢牛奶"，然后补充说"它有益健康"。显然，一定有两个人，一个负责在华盛顿跟踪被害人，确认他上了车；另一个等着干完活儿。

每个人都会从某种迹象中得出某些推论。狗叫，说明有人走近；身后有车鸣笛不已，说明驾车者已失去耐心，甚至怒不可遏；活动室弥漫着一股特殊味道，昨晚一拨少年在此聚会，他们抽烟了还是吸大麻了？沙漠中的足迹，衬衫上的唇印，都诉说着某个故事。推理是人的基本技能。所有学科都离不开观察和推论。不过，人们经常忽略某些事证。比如"9·11"恐怖袭击发生后，发现错过了很多预测机会，因为美国情报机构通过各种渠道掌握了足够的相关信息，却没有进行有效的汇总研判。

恐袭前联邦调查局收到信息说，来自中东地区的一些人报名参加了不同的民航学校，可他们只学空中驾驶，不学起飞和降落，全部用现金付学费。这种协调一致的异常行动是否意味着他们同属某个组织？使用现金而不是银行卡，是否在隐瞒身份或资金来源？当然，善意的解释可能是，他们打算后期再学飞机起降，或者电子游戏设计者想强化切身体验，设计出更逼真的游戏，或者只是训练某种特殊飞行员，只负责在长途飞行中替换一下正副机长。只要去认真核实，这些善意解释都不难被否定。非善意的解释似乎更加合理，这些"学生"打算劫持一架或多架民航客机，控制飞行，然后将飞机用作飞行炸弹。而如果要在空中炸毁飞机，就不必控制飞行了。

推理小说符合理性主义的基本假设：对特定的过往事件的认知是可能的，建构特定的过往事件的真相是达至审判公正的必要条件，结果不正确就不能称之为正义。然而，理性主义也提醒人们，为过去的事实确立真相，是典型的可能性问题，不可能绝对确定。如果对真相的获取过分执着，可能导致以牺牲个人为代价的非正义。因此，"二战"结束后，欧美各国秩序重建的一个新的关注点，就是强化正当程序对个人的权利保护。

以《尼罗河上的惨案》为例，故事的法治背景是上世纪三十年代，彼时发生在埃及的刑事案件，可以由邮轮注册国委托一位比利时侦探负责侦查，现在恐怕不行了。而这位侦探竟然将所有涉案人召集起来，像开庭一样宣讲破案过程，却没有真正庭审中的控辩对质。大侦探还编造说有一种印模实验，可以验证近距离射击，从而导致两位"嫌疑人"绝望地当场自杀。今天看来，这样做肯定有违正当程序，赫克尔·波洛先生应当将侦查所得的证据——不单是他的推论——交给检察机关，而不应私设公堂。

可以说，传统推理小说的黄金时代已经过去。除法治舞台背景更换的原因外，人们对犯罪体裁文学、影视作品的欣赏角度也发生了明显变化。现代警察的行动大量依靠法医学的复杂技术，以及犯罪学实验室和计算机，而且不是单枪匹马去破案。人们注意到，现代法治国家的警察办案方式受到法律的诸多限制，可能更值得信赖。而欧美影视作品中不断出现的特立独行的私人侦探则声称，"警察不能用折断犯人胳膊的办法让他招供，也不能用左轮手枪敲断犯人的门牙"，而"我不是警察，就能这样做"。他确实这么干了。

再者，基于演绎、归纳、分析等逻辑方法的推理，并不是一个可重复、可持续的可靠的过程。对事实发现机制、规则、程序和技术的评断，一个关键标准是看它们在多大程度上将事实确定的准确性最大化。回顾推理小说的辉煌百年，重新审视那些曾经让读者魂牵梦萦的破案过程，似乎会发现不仅故事是虚构的，而且推理也是虚构的。作者将胡作非为处理为某种有序安排，看似严丝合缝的逻辑推理，其实完全不同于真实的刑侦过程。小说家事先知道谁是凶手，只是假装不知道，然后带领读者走上一条荆棘丛生的缉凶之路；而真实的罪案伊始，人们并不知道凶手是谁。

现在的苏格兰场中心有一座刑事犯罪陈列馆，始建于 1875 年，展示伦敦警方在侦查异常重大罪行时所获取的罪证。展品显示，根据拇指汗迹指纹印，侦破了 1905 年 3 月在德特福发生的一起凶杀案，开创了科学侦缉的新纪元。1927 年，从血污的火柴杆上提取死者的血迹，鉴识专家说服陪审团，被告人与死者是同一血型，就是凶手。遗憾的是，当时并没有哪个大侦探出面警示陪审团，血型只有四种，血型相同不意味着就是凶手。

但无论如何，警探取代侦探已是大势所趋。以至于有人模仿柯南·道尔的笔法，塑造了一对现代版的福尔摩斯和华生。这一次，他们用上了传呼机和手提电话，能够鉴别油灰里的颗石藻，能够测定玻璃的密度、折射率和质量光谱，能够用 X 射线底片显示出有人在一幅 1787 年之后的旧画布上作画，却声称是 1682 年离世的一位画家的作品①。

现如今，那些空中游弋的卫星以及无处不在的摄像头，已经使整个世界进入了万踪留痕的时代。在这个近乎全裸的时代谈论隐私是奢侈的，一切皆有赖于、取决于法治对视频镜头背后的人有怎样的约束。而 DNA 证据目前也被广泛使用，其比对准确率极高，虽说在认定同一时并不绝对，但却绝对排除不同一。一份调查报告将 DNA 证据描述为雪莱的诗作《奥西曼迭斯》在沙漠古国的半毁石像，冷笑着发号施令，顾盼自雄，号称万王之王，似乎可以俯瞰万象，独霸真理。可惜，DNA 的猛然崛起和迅疾扩张一直伴随着双重叙事：发奸摘伏、洗冤匡谬是一种叙事，移花接木、屈枉正直是另一种叙事。

如果说摄像或人脸识别还是对人的外部监控，那么 DNA 技术则从内部更加彻底地暴露了人之所以为人的所有深层隐私，包括我们的父系、母系不为外人所道的遗传特征和生理缺陷。一言以蔽之，DNA 检测掌握了"上

---

① ［英］伯纳德·奈特：《福尔摩斯重破疑案》，载《新科学家》1988 年 12 月 24—30 日。

帝发给每个人的身份证"。视频侦查、DNA 检测等最具革命性的侦查、证明手段，彻底改变了刑事侦查的手段排序。如果说推理小说兴起的背景是工业时代理性主义对神秘主义的祛魅，那么，当代高科技手段对刑事侦查的强势介入，虽不构成对人类理性的否定，但却在相当程度上反衬出逻辑推理在现实社会生活中的局限性和不确定性。由此也就不难理解，曾经风靡的推理小说何以风光不再。

（《读书》2024 年第 5 期）

天涯元不须重译
——韩国文学漫谈

薛 舟

一、桃源如梦

许多年来，阅读、翻译、旅行、写作就是我的生活。当然，翻译韩国文学还是生活的重心。翻译既是工作，也是学习的过程。我在一部部作品的阅读和翻译中认识韩国，认识朝鲜半岛。如果说韩国文学是一面镜子，那么镜子里有韩国的历史和现在，也能从中管窥中国的过去和现在。

韩国文学从何开始？民间文学过于遥远和朦胧，我们暂且不论，单说朝鲜半岛文人创作的起源，通常要从朝鲜半岛文学的鼻祖，诗人崔致远说起。崔致远的年代已经是新罗末期，而新罗又是存世近千年的古国（前57—935）。有趣的是，朝鲜半岛上的三国时代，新罗和大唐相隔迢迢，却又过从甚密，百济和大唐距离更近，却少有往来。因此，新罗的政治、文化较多地接受了大唐的影响。至于那个时代，那个遥远的半岛国家究竟什么风貌，长期以来韩国文学作品鲜有涉及，我们作为外国读者自然也无从了解。

2005年，《世界日报社》设立"世界文学奖"，开出高达一亿韩元的奖金，花落谁家自然是万众瞩目。霎时间，应征稿件纷至沓来，最后女作家金星我凭借长篇小说《美室》拔得头筹，引发热议。

"美室"是谁？很多人都摸不着头脑。简单了解，原来这是生活于六世纪的新罗女子，比前往天竺国取经的慧超早了一个多世纪，更比崔致远早三百多年，生平正值新罗国的鼎盛时期。这名女子究竟有何过人之处，穿越一千四百多年的岁月破空而来，硬生生地矗立在各大报纸的重要版面？

消息传到国内，很快便由译林出版社购买版权，请我们来翻译，我也借此机会窥见新罗时代的风华。据新罗学者金大问所作《花郎世纪》记载："花郎者，仙徒也，我国奉神宫，行大祭于天，如燕之桐山，鲁之泰山也。昔燕夫人好仙徒，多畜美人，名曰国花。其风东渐，我国以女子为源花，只召太后废之，置花郎，使国人奉之。先是，法兴大王爱魏花郎，名曰花郎。花郎之名始此。古者仙徒只以奉神为主，国公列行之后，仙徒以道义相勉，于是贤佐忠臣，从此而秀，良将勇卒，由是而生。花郎之史不可不知也。"原来，新罗国模仿古代燕国的做法，设置源花制，却也引发争风吃醋的副作用，后废除。新罗第23任国王法兴王设置花郎，存在了一百四十余年（540—681）。顾名思义，花郎就是貌美如花的男子，作为制度却不是为了选美，而是为国家培养后备人才的青少年修养团体，首领也称风月主，成员则是花郎徒。花郎徒的来源是贵族阶层，相当于中国南北朝时期的门阀子弟，因此有青年近卫军的性质。出身之外，还要求面容俊美，文化知识丰富，日常则是习武练剑，文武兼备，奉行花郎道。

小说主人公美室是第2代花郎未珍夫之女，其弟美生郎曾任第10代花郎。《花郎世纪》以简略笔触记载了美室和第5代花郎斯多含、第7代花郎薛花郎（斯多含之弟）、薛原之间的爱恨情仇，后来美室和薛原的儿子宝宗公又成为第16代花郎，《美室》便在此历史基础之上敷衍成章，演出了生离死别的人间大剧。美室从小跟随外祖母生活，亲近自然，不知什么是礼仪规矩，成长得天真烂漫。后来邂逅风月主斯多含，尝到了真正的爱情，遗憾的是斯多含奉命出征大伽倻国，美室也被召进了王宫。美室也曾反抗，只是在得知斯多含战死沙场的消息后才勉强应召。斯多含不仅没有牺牲，反而胜利归来，看到心爱的女人被抢走，悲痛万分，最终郁郁而死。沉重的打击让美室彻底放飞自我，她利用美色参与权力之争，不仅让真兴王成为自己的爱情奴隶，还勾引真兴王的儿子，诱惑斯多含同母异父的弟弟薛花郎和未生郎。美室逐步掌控新罗内政，恢复源花制，自己就是源花。

小说中提到了少女时代的美室曾学习《般若心经》《谈天衍》《玄女经》《素女经》《养性延命录》，可见新罗受中国文化影响之深。事实上，花郎道的精神当中也包含了强烈的中国元素。新罗僧人圆光曾到中国求学，精研儒释道各家学问，归国之后总结出五戒："一曰事君以忠，二曰事亲以孝，三曰交友以信，四曰临战无退，五曰杀生有择。"这五戒是新罗贵族花郎道的核心理念，也成为新罗贵族精神的重要支柱。花郎既崇尚儒家精神，强调忠君爱国，也受到南北朝时期玄学的熏染，吟风弄月，追求个性的张扬。三百年后，崔致远在《鸾郎碑序》中提到，花郎道融合了释儒道三家，"入则孝于家，出则忠于国"是儒家思想，"处无为之事，行不教之言"是道家思想，"诸恶莫作，众善奉行"则是源于佛家理念。

金星我通过优美的文笔勾勒出千余年前存在于朝鲜半岛上的"桃源图"，有人看到永恒的爱情，有人看到不绝的权斗，我们却能隐约看见花郎身上映现出的"六朝风度"，仿佛《世说新语》投射在远方的影子。只是美室已死，花郎不再，后来好事者再寻桃源，早已"不复得路"了。

二、千年一觉

三千多年以来，朝鲜始终沐浴在中华文明的光辉之下和平成长，素有"隐士之国"之称，然而树欲静而风不止，近代以来随着西方列强的崛起，这片土地也遭到了前所未有的苦难和迷茫。正如鸦片战争之于中国，"黑船事件"之于日本，朝鲜也不可避免地遭遇了类似的不幸。

1866年7月初，美国商船谢尔曼将军号沿大同江北上，直抵平壤，要求朝鲜政府开放贸易，但因其海盗行径和使用武力不当，被朝鲜军民放火焚烧，史称"谢尔曼将军号事件"。这次事件引发了美国的愤怒和反击，1871年美军入侵朝鲜，取得军事上的胜利，满载而归。这次事件史称"辛未洋扰"，也被看作朝鲜近代史的开端。

韩国著名女作家申京淑的第五部长篇小说《李真》从这里开始。

一个偶然的机会，申京淑从朋友那里听说了《法国外交官眼中的开化期朝鲜》这本书，获悉百年以前就有去过法国的朝鲜女性，于是多次奔赴法国巴黎寻访这位朝鲜女性的踪迹，疯狂阅读相关书籍资料，最终写出了这部可歌可泣的作品。

作者设定李真出生于1870年，也就是"辛未洋扰"的前一年。她从小是个孤女，出生在距离昌庆宫不远的泮村，没有自己的名字，因为河边长满了成片的梨树林而得名梨花女。她家离王宫很近，十四岁那年进入王宫做了女伶，受到明成皇后的欣赏和喜爱。后来，李真被法国派驻朝鲜的外交官科林看中，决定带她去法国。临行之前，朝鲜国王高宗赐她姓李，取名为真。明成皇后看作女儿出嫁，殷殷嘱托：

"我也梦想去文明世界看看，可是我又寸步不能离开这深宫幽阙。"

"不要忘记这个送你离开的可怜的国家。"

"你将打开对外的通道，能不能用笔记下你在遥远国家的所见、所闻、所感，寄给我？"

这个时期的朝鲜内忧外患，夹在中、俄、日三国的缝隙之间委曲求全，内部则是不断的权力斗争和民间起义，明成皇后长袖善舞，培植势力打击大院君，时而亲日，邀请日本人训练朝鲜的新式军队，时而拉拢大清和俄国排挤日本。不过，正如对李真说的那样，明成皇后也施行了许多新政，引进点灯、照相等技术，开办了第一家西式医院和第一所女子学校梨花学堂，也就是今天的梨花女子大学。

1891年，二十二岁的李真来到了法国巴黎，成为有史以来第一位走到欧洲的朝鲜女子。李真在巴黎打开视野，热切地学习新鲜事物，参加小说家莫泊桑的朗诵会，朗读小说《一生》，还把这部小说译成朝鲜语寄给王后，帮助留学生翻译了韩国古典小说《春香传》。李真在朝鲜王宫里自称臣妾，给皇后写信的时候自称"我"，显示对独立女性的向往和成长的快乐。后来，科林重返朝鲜，李真也回到了故国，穿着西式礼服进出王宫，隐约成为孤独的明成皇后的朋友。1895年，中日甲午战争之后，日本也加快了对朝鲜的侵略，并将明成皇后视为眼中钉，因为她在亲俄排日的道路上越走越远。10月8日，日本驻朝公使三浦梧楼密谋之下，日军和朝鲜训练队闯入景福宫，杀死明成皇后，并焚尸灭迹，造成惨剧。"乙未事变"是朝鲜人民挥之不去的历史之痛，申京淑让李真亲眼见证了这个场景，最后服毒自尽，结束了年仅二十五岁的生命。

小说连载时题为《蔚蓝的眼泪》，出版单行本则改为《李真》，然而细读之下，李真似乎不是真正的主人公。她的身上笼罩着明成皇后的影子，同时又带着末代朝鲜王国的气息。面对汹涌而来的近代文明，朝鲜举步维艰，游移于以大院君为代表的保守派和以明成皇后为代表的开放派之间。李真来到新世界，向往做新人，却又摆脱不掉潜藏于内心深处的旧秩序，最后守在明成皇后身边，甘心殉葬。明成皇后之所以排除压力，放手让宫女嫁给外国人，也是想借助李真的眼睛好好打量远方陌生的世界，最重要的是为动荡摇摆的朝鲜寻找方向和出路。无奈当时的东亚风起云涌，波诡云谲，朝鲜又难以摆脱周围大国的影响，结果稍有不慎便踩了雷区，招致厄运。申京淑将明成皇后之死当作全书的高潮，笔调沉痛哀婉，似乎寄托了对于故国命运的哀思。毕竟，"乙未事变"是明成皇后的个人悲剧，更是国家的悲剧，即便是时过境迁，悲剧就真的结束了吗？明成皇后被害十几年之后，日本便正式吞并了朝鲜，五十年后分裂为南北两国，至今都是剑拔弩张的态势。

申京淑在后记里说："我本来对历史记录中的大人物没有什么怜悯，但是写作李真的时候，我却为皇后悲伤不已，甚至咬破了嘴唇。"申京淑只是为皇后悲伤吗？想来她也是走进了人物的心里，走进了历史的深处，往返于虚构和现实的时候促成了自己对历史的重新凝望。

三、山河飘絮

二十世纪初的朝鲜彷徨不定，为了摆脱清朝藩属国的阴影而改称大韩帝国，为了反抗日本的侵略又不得不依赖中国。那时的中国本身也在风雨飘摇之中，却还是尽力为这个邻居提供力所能及的帮助。

我们去上海旅游，通常会去参观黄浦区兴业路 76 号的中共一大纪念馆。1921 年的那次会议拉开了中国革命的序幕，这座旧式石库门建筑可以说是新中国的摇篮。走出纪念馆，沿着兴业路拐进马当路，仅仅 400 米的地方就有个不太显眼的博物馆。那就是大韩民国临时政府旧址。

1919 年 3 月 1 日，朝鲜半岛爆发了大规模的民族解放运动，反抗日本的殖民统治。运动遭到日本侵略者的残酷镇压，最后以失败告终，部分爱国人士在上海成立了临时政府，宣布取消帝制，成立大韩民国，并且选举出了第一任总统、第一任总理、第一任部长级长官。1920 年，李承晚来到上海，正式就任总统。后来因为内部矛盾不断，金九成为临时政府负责人。这座狭窄而逼仄的三层楼房便成了"韩国民族独立运动的圣殿"。

当时的民国政府没有正式承认大韩民国，却也尽量提供帮助。后来因为日本的打压，临时政府不得不四处漂泊，辗转扬州、杭州、长沙等地，最后来到重庆。日本投降之后，临时政府才结束流亡，回到自己的土地，然而朝鲜半岛又在美国和苏联的控制下分裂为南北两国。

关于战争和分裂，很多作家都描写过这个题材，视角各有不同，或批判，或反思，或自愈，这部分作品已经成为韩国当代文学的重要资源和外国读者了解韩国历史和精神的重要窗口。著名作家黄晳暎的《韩氏年代记》篇幅不大，也是该领域的重磅作品。青年医生韩永德在战争期间独自南下，艰难求生，却在意识形态的夹缝间左支右绌，屡遭陷害，虽然再婚并有了孩子，却还是无法真正融入南边的生活，最后在公寓里郁郁而终。作家细致入微地刻画韩永德悲剧发生和发展的过程，没有过多的评点和控诉，只是让悲剧自己发出声音，已经振聋发聩，迫使读者去思考为什么看来美好的生命竟以这样的方式陨落？明明战争已经结束，究竟是谁在推动着悲剧的发展？那些宏大的主题和意义真的可以无视个体的存在吗？

著名女作家朴婉绪堪称韩国文坛的传奇，1970 年发表处女作《裸木》的时候已经四十岁了，然而一经出手就震撼文坛。主人公李婧在战争中失去了父亲和两个哥哥，母亲也精神失常。李婧独自南下后在美军基地旁的军人合作社工作，赚点儿零花钱。这期间她结识了才华横溢的画家玉熙道，相似的命运让两人很快坠入爱河，然而玉熙道已经有了家庭，家中有贤惠的妻子和五个孩子。为了生活，李婧不得不和深爱自己的电工泰洙结婚，后来在玉熙道的遗作展上看见了那幅名为《裸木》的画作。小说中的玉熙道以韩国著名画家朴寿根为原型。1914 年，朴寿根出生于朝鲜江原道，从小立志成为画家，朝鲜战争期间来到韩国，定居在昌信洞的棚户区，为了养家糊口而在驻韩美军合作社的肖像画部工作，这期间结识了朴婉绪。朴寿根的名作有《菜板上的黄花鱼》《树和两个女人》《板房》《古木和女人》《裸木》等，风格古朴而苍凉，写实和写意并重，深刻地揭示了朝鲜民族的历史创痛和悲惨现实。

朴婉绪的另一部名作《妈妈的木桩》也是类似的题材。母亲在朝鲜战争中失去了长子，带着余下的两个孩子南下来到韩国，寄住在山坡上的棚户区，靠给人做针线活维持生计。母亲忍辱负重，坚守自尊，将两个孩子培养成人。不料，小儿子又在战争中丧生，母亲在野外火化了儿子的遗体，将骨灰撒入大海，那片海域望得见故乡开丰郡。母亲怀着丧子之痛艰难度日，死后被葬在坡州公墓。叙事人再次来到母亲墓前的时候，赫然发现墓前竖着一根木桩，上面写着母亲的汉字名字："己宿"。仿佛在冥冥之中安慰女儿，自己躺在哪里，哪里就是故乡。母亲的名字仿佛是嘱托，也是对后代的安慰，最深的苦痛母亲们已经吃过了，原谅了，愈合了，活着的人继续往前走。朴婉绪的《裸木》和《妈妈的木桩》为劫后余生的个人和国家送去春天的希望，成为七十年代韩国战争文学的重要切入口，呈现出不同于黄皙暎等男性作家的温婉力度。

著名导演、作家李沧东的第一部小说集《烧纸》聚焦于小人物的命运和难题，同题作《烧纸》和另外两篇《祭祀》《脐带》描写战争结束之后依旧被打成"赤色分子"的人物，揭示了深藏于韩国社会的意识形态之困，对于我们理解韩国的文化结构和特征有很大的帮助。

四、家山何处

1960 年 4 月 19 日，韩国爆发大规模的民众运动，抗议第四届总统选举期间的舞弊活动，史称"四一九革命"。这是韩国建国以来最大规模的民主运动，推翻了李承晚的第一共和国，不料第二年朴正熙发动"五一九军事政变"，攫取革命果实，开始了长达十八年之久的军事独裁。韩国人民对朴正熙的评价非常复杂，其执政期间创造了后世所谓的"汉江奇迹"，将积贫积弱的落后农业国改造成先进的工业国，人民生活水平显著提高。

经济发展的影响既深且广，城市化进程肢解了延续数千年以家庭为基础的农业文明，资本主义对传统社会文化的改变更是触及了韩国的灵魂。原本奉行中国儒家文化，现在一切向西方看齐。

短短数十年的高速发展也造成了韩国人在心理上的膨胀。原来几千年都是匍匐在中华帝国之下的藩属国，现在经济上第一次超越中国，率先迈进发达国家的门槛，于是一系列脱华去华的政策相继出台，取消汉字，改变首都名称，从各个层面摆脱中国的影响。同时又确实离不开中国传统文化的影响，因为他们的生活中处处都有中国的影子。这样就形成了内心深处的矛盾和彷徨，有时闹出不少的笑话，比如江陵端午祭申遗，歪曲中国文化遗产的属地属性。前段时间作家金辰明甚至大放厥词，声称汉字是韩国人的发明创造，成了国际笑谈。历史的发展并不总是严肃和深沉，难免会有这样那样的插曲，随着中国逐渐回到历史的本来地位，相信中国和韩国的关系也会得到修正。

二十世纪九十年代以后，社会共同体趋于瓦解，原来共同承担的社会问题和历史问题逐渐落上个人的肩头，文学生态也从齐声合唱转向了众声喧哗，从而涌现出许多更有特色更有深度的名家名作。申京淑被誉为九十年代韩国文学的神话，她以强烈自传性的书写观察和思考社会，早期代表作《探井》《月光之水》《单人房》等都是通过进城女性的返乡之旅审视乡村，记忆里的故乡早已面目全非，马路被硬化，水井被填埋，曾经纯粹质朴的人际关系也变了样。

黄皙暎的名篇《去森浦的路》也有类似的感慨。三位主人公各自受到生活的伤害，于是相约去森浦，企图寻找疗伤和治愈的地方，不料抵达之后却发现想象中的森浦已经不在，现代化开发进行得如火如荼。失落和失望犹如一记耳光，响亮地打醒了三个做梦的人。

李沧东的《鹿川有许多粪》涉及了八十年代的民主化运动，以及理想和现实的主题。俊植通过多年努力在郊外买了个小房子，虽然周边环境恶劣，对不起鹿川这么美丽的名字，空气中到处弥漫着粪便的味道，不过能有安身之所已经让他心满意足。多年不见的同父异母的弟弟玟宇突然到访，打破了生活的平静。哥哥已经大腹便便，被生活磨平了棱角，而弟弟正朝气蓬勃，具有强烈的反抗和独立意识。俊植的妻子本来已经接受了这样死水般的生活，却从玟宇身上发现了曾经的自己和熄灭的梦想。俊植察觉到异常，阴差阳错之下举报了弟弟参加民主运动的事实。等到警察将弟弟抓走的时候，他又抱头痛哭，哭出了无奈，哭出了卑微。正如刘震云所写的《一地鸡毛》，俊植的生活里也堆满了难以忍受又不得不忍耐的粪便。

这是个矛盾的时代，身处其间的人们也常常变得无所适从。从历史的维度来考察，所有的矛盾和迷茫正是韩国社会的情绪反映。曾经平静的自给自足的隐士之国冰消雪融，荡然无存，像新罗王国那样的桃源再也不复存在！人们也只能像《月光之水》里的主人公那样，躺在从小长大的床上看着窗外的月光，感觉月光像水一样将自己包围，趁着月光返回心灵的故乡。

五、烈烈熔炉

韩国经济的野蛮增长也留下了很多后遗症，等到增速减缓的时候慢慢呈现出来。首当其冲的便是韩美关系问题，这是平常不便也不敢言及的鱼刺，顽固地卡在韩国的喉咙里，也有勇敢而深刻的作家在尝试揭开这个问题的盖子。

著名元老作家李文烈的《我们的扭曲英雄》被搬上大银幕，中文译作《小校风云》，描写了小城市学生之间的霸凌现象。小说始于霸凌，又不止步于校园，不作为不负责的班主任隐喻美国，欺压同学的班长映射韩国政府，长期遭受欺凌的同学奋起反抗，更换了班主任和班长，然而多年以后街头相遇，主人公赫然发现自己只是过着庸庸碌碌的生活，而曾经的班长照旧叱咤风云，称霸一方，于是不得不屈服，接受他的恩惠。《我们的扭曲英雄》表面是写人性的扭曲，实则是韩国现实的缩影。布克国际文学奖获得者韩江在新作《不做告别》中揭示了发生于 1948 年的济州岛"四三惨案"。当时济州岛人民因反抗美军的殖民压迫，遭到残酷的镇压，三万多人被无差别杀害，长期以来韩国政府只能选择无视，直到近年才展开调查。黄皙暎的新作《铁道员三代》通过被裁员的普通工人之口说道："曾经充当日本走狗的他们现在成了美军政府的走狗，压迫民众。"无情地戳穿了发达国家这件华丽的袍子，暴露了普通劳工阶层的屈辱和不堪。李沧东的《为了超级明星》以反讽手法反思韩美两国的关系。七十多岁的老金被儿子接到首尔，原以为是儿子大发孝心给自己养老，其实是让他给美国人看狗，所谓的超级明星就是恶狗。最后，恶狗张开血盆大口，扑向老金。

资本主义和消费主义的发达也造成传统家庭的解体，这里既有社会性因素，也有个体的因素。朝鲜战争之后，社会稳定，经济发展，出生率大幅上升，这些战后出生的人被称为"婴儿潮世代"。他们的青年时代遍地都是机遇，很多人趁势而起，攫取了人生的第一桶金，却也很快迷失于纸醉金迷的世界，抛弃原配和家庭，四处寻欢作乐。金英夏的《哥哥回来了》便写了这样的"消失的父亲"。父亲的地位从来没有像今天这样若有若无，以至于照全家福的时候明明有他，照片上又找不到他的身影。金爱烂的《奔跑吧，爸爸》等作品也描写了缺席的爸爸。黄贞殷的《帽子》更是将爸爸写成帽子，日常就挂在衣帽架上，仿佛不存在。

与此同时，传统母亲的形象也受到了质疑。朴婉绪在《妈妈的木桩》里殷殷嘱托："你要多念书，要做新女性。"朴婉绪出生于 1930 年代，出生于 1963 年的申京淑算是她的女儿辈，基本上继承了上一代的嘱托，好好读书，做新女性，因此申京淑《请照顾好我妈妈》里的母亲延续了朴婉绪那代人的形象，勤勤恳恳，舍己忘我，全心全意为家庭和子女服务。然而到了后来的赵南柱，母亲形象前所未有地受到了质疑，《82 年生的金智英》成为韩国女性主义文学的代表作，也是抛向传统社会的重磅炸弹，引发人们对于女性和母亲的重新思考。

朴正熙是韩国经济的功臣，然而他的发展模式也为后来埋了地雷。社会财富逐渐被少数财阀垄断，拉大了贫富差距，也造成财阀左右国民经济的畸形现象。二十一世纪以来，韩国娱乐事业在资本的支持下迅猛扩张，表面的繁荣掩饰不住资本和财阀对女性的压榨，导致张紫妍、郑多彬、李恩珠等女明星接连不断地自杀。这个罕见现象也引发了韩国女作家们的思考和追问，孔枝泳根据光州仁华学校发生的性侵案件创作了小说《熔炉》，后被演员孔刘搬上大银幕，引发巨大的社会反响。小说以聋哑学校的性侵案件为突破口，深刻揭示了校长、警察、律师、法官等特权阶层相互勾结，欺压底层民众的事实。读者猛然惊醒，原来社会已经阶层固化到了如此地步，普通人几乎成了任人宰割的鱼肉。电影的加持让陈年案件得以重新审理，作案者也得到了应有的惩处，更重要的是韩国国会通过了《性暴力犯罪处罚特别法部分修订法律案》，又名"熔炉法"，这也是"实践文学"获得成功的重要例证。

六、飞向未来

历史像看不见的风，现实像看不见的草。历史的风在不经意间吹来，现实的草就随着左摇右摆。长期以来，中国和朝鲜都是一衣带水的密邻，基本上没有什么龃龉。自从西方的飓风刮向东方的土地，中国和韩国才拉开距离，相互打量。现在看来，差别越来越少，共通之处越来越多，很多敏感的读者甚至提出了东亚文学的概念，尤其是在阅读金爱烂、崔恩荣等作家的时候。东亚文学的概念基于东亚社会共同面临的现实，老龄化、少子化、女权主义、精神心理健康、疫情、环境、气候、科学伦理等等，这些后现代问题不会放过任何人，只是不知道大家能否共同面对。

尽管今天迟早变成明天，现在必将通往未来，然而以什么样的形式、什么样的途径，这是不得而知的问题。究竟是缓慢地走，还是大步地跑，还是腾空飞跃？观察近些年来的韩国文学，发现大量作家都转向了科幻文学。

新世纪以来，韩国文坛也偶有科幻作家创作出高质量的作品，比如朴珉奎的《地球英雄传说》等，然而科技的发展进步实在是太快了，对于现实的影响和干预实在是太大了，短短十几年间，朴珉奎的科幻几乎可以归入"古典科幻"。随着虚拟现实、AI的发展，随着脑机接口的现实化，新的科幻元素自然而然地闯入了文学。2022年，金英夏在时隔九年之后推出长篇小说《告别》。小说大胆地将背景设置在人类的末日，主人公小哲被囚禁在类似集中营的地方，见惯了各种类型的机器人的生生死死，理所当然地认为自己就是人类。他趁乱逃离收容所，逃到遥远的西伯利亚，却被研究员父亲告知真相。这时，小哲已经进化到了智慧远远超出人类的境界，不停地追问意识可否取代身体，人类意识和机器意识能否统合为新的存在，最后遭到棕熊和野狗的攻击，逐渐丧失了意识。作为地球上最后的"人"，小哲物理生命的结束也宣告人和地球的告别，然而已经分离出来的人类意识并未消失，至于将以什么样的方式存在，演绎出什么样的未来，则需要更多的科幻作家去探索。

韩国科幻文学的繁荣离不开女作家的参与，女性科幻小说也成为当代韩国文坛上的亮丽风景线，呈现出别样的风采，最有代表性的当数1993年出生的金草叶。2019年，金草叶出版了第一部小说集《如果我们不能以光速前行》，迅速收获无数的赞誉和奖项，被多家媒体评为年度图书，还被银河奖评为最受欢迎的外国作家奖。诚如刘慈欣所说："以丰富奇丽的科幻创想为经，绵长幽远的人性咏叹为纬，金草叶编织出了让我们沉浸其中回味无穷的想象世界。"金草叶走的并非硬科幻路线，而是用丰富的想象力和新鲜的背景设定，重新思考和梳理女性这个传统的母题。类似的情形也出现在千先兰、金宝英、朴海蔚、朴文映、吴定妍、李卢卡等女性科幻小说家的笔下，借助科幻这个工具，讨论当前世界面临的难题，老龄化、贫富差距、性别对立、婚姻关系、家庭关系，以及外星殖民地的合理性、人类能否放弃肉体专以意识存在等。

韩国科幻文学方兴未艾，随着更多优秀作家的加入，必然还会创作出更有影响力的作品。这些年来，韩国文学作品被翻译介绍的范围越来越广，申京淑、韩江、千明官、黄晳暎、金惠顺等作家不断入围布克国际文学奖等重量级奖项，韩国文学的海外影响力越来越大。

尤其令人欣喜的是，韩国文学在国内的受欢迎程度也越来越高。除了传统的大出版社，很多优秀的出版公司也加入译介和传播韩国文学的行列，优秀译者不断涌现，韩国文学作品在国内的出版也更加呈现出同步性。

千百年来，中国和朝鲜的交流都仅仅局限于官方和商业，中国文学、典籍、思想、文化也是单向东传到半岛，民间交往少之又少，"隐士之国"在中国人眼中始终笼罩着神秘的面纱。如今社会发展，两国交往日益密切，这层面纱随即消失。国际沟通的渠道千千万万，文学艺术却是最持久最温暖的桥梁，不动声色地走进对方的心里，唤起理解、共鸣和心灵的呼应。

（《北京文艺评论》2024 年第 2 期）

俳句与二十四节气

李长声

日本发生过这样一件事：某官僚从国土交通省下凡，到气象协会当头儿，上任三把火，要制订"日本版二十四节气"。理由是中国传来的二十四节气虽然给季节的变迁添彩，但冷的时候立春，热的时候立秋，不感到"违和"（别扭）吗？孰料，此举当即惹恼了俳人，群起反对，致使这把火未能像和式木房子失火那样呼啦烧起来。

俳人们为何反对呢？原来俳句有两个最基本的原则，一是十七个音节，节奏为五七五，这是外形的限制；二是用季语，这是内容的规定。因为有这两个原则，俳句才成其为定型诗。

季语是表示季节的特定词语，用之使俳句有季节感，以致从古至今的俳句能统统归类为春夏秋冬。创办角川书店的角川源义也是国文学家、俳人，他说："季节感是俳句的生命，第一要素。除去它就不再是俳句，甚至不过是川柳（注：与俳句同样十七个音节但不用季语，类似打油诗）或者一种警句。"用我们的诗词说事，譬如清人俞樾在试卷上写下"花落春仍在"，得到考官曾国藩赏识，这句诗若作为俳句，"花"和"春"就是季语，表示春。作俳句，字里行间必须用一个季语。例如芭蕉作："此秋は何で年よる雲に鳥"（今秋复何秋，怎么一晃就老了，云中远去鸟），"秋"是表示秋的季语。季语如同一年四时的标签，其源头和基底是二十四节气。日本气象协会企图另起炉灶，"创造新日本文化"，好似给俳句、和歌等传统文化来一个釜底抽薪。

哪个词是季语，约定俗成，再加以选择，汇编为《岁时记》，供人作俳句时查阅，有点像韵谱。《广辞苑》词条下也有标注，类似我国《辞源》注明字头属于什么韵。《岁时记》是季语的词典，按春、夏、秋、冬、新年五部分编排，各部分又分为时候、天文、地理、行事、生活、动物、植物七项，解释并举例。《岁时记》的祖型是八世纪传入日本的《荆楚岁时记》。对于人来说，仿佛空间是具体的，而时间抽象，所以"见一叶落而知岁之将暮"，用具体的事物来把握抽象的时间，俳句《岁时记》可谓二十四节气以及七十二候在日本落地的扩大版。角川书店 2022 年修订出版《俳句大岁时记》，收古今季语一万八千多。《岁时记》的季语解释为作者和读者提供了理解诗意的基础，从而形成俳句共同体。

世界上没有哪一种诗型像俳句对季语这般"拜物"，作俳句就是玩季语。《岁时记》恍如庭园，已不是真正的自然。即便是写生，选用季语便带有先验性。季语因时变化，有的退出时代的舞台，所以坊间有《濒于绝灭的季语词典》，而社会发展，又不断产生新事物的季语。例如雾霾（日语：光化学スモッグ），1965 年出现这种环境污染，1970 年引起社会重视，文艺评论家山本健吉考虑收入《岁时记》，却拿不定它算哪个季节的现象，《俳句大岁时记》中将其列为冬季语。季节感在城市生活中趋于淡薄，正如那首《北国之春》唱的：城里闹不清季节，老娘寄来小包裹。现而今维持季节感的，几乎除了商家应时叫卖"旬"（当令），就全靠俳句。四季分明，最分明在俳句里。说来我们也不是凭实际感受，而是靠挂历上的农历勉强维持对农耕的记忆。

公元前七世纪中国人用圭表测量太阳的影子，以日影最长的冬至为基准，到下一个冬至为一太阳年。把一太阳年二十四等分，即二十四节气。一节气大约十五天，逐一命名，这些名就是季语。再把每个节气细分为三，五天一候，共七十二候，基本是阳光底下的自然现象，具体地表示气象、动植物等的时节变化，季语更多了。又利用月有圆缺的周期变化，把一太阳年划分为十二月（朔望月）。一太阳年大约三百六十五天，而十二个朔望月合计三百五十四天，相差十一天，于是数年加一个闰月来调整。太阳的光和月亮的形（月相）组合，构成太阴太阳历，也就是农历。

三世纪日本，那时叫作倭，据史书《三国志》裴松之注："魏略曰，其俗，不知正岁四节，但计春耕秋收为年纪。"《日本书纪》记载：至晚公元 553 年朝鲜半岛的百济向日本派遣历博士。奈良县出土 689 年两个月的历书断简，是中国南北朝的元嘉历。遣唐留学生吉备真备从中国带回大衍历，但无人明白，三十年后的 764 年才使用，仙台市也有出土。正仓院藏有 746 年、749 年、756 年的历书片段，这是利用历书的纸背面记事留下来的。朝廷每年颁发的历书是具注历，完全用汉字汉文，想来没有多少人能看懂。平安时代中期（十至十一世纪中叶）随着假名的普及，出现假名历书，这是历书日本化之始。欸乃一声，渤海国使节给日本送来当时唐朝使用的宣明历，自 862 年，延续使用了八百二十三年。手抄历书，大约在镰仓时代（1180—1336）兴起雕版印刷。1684 年朝廷下诏引进明朝大统历，恰在此时，涩川春海搞出日本第一部历书，于是用国产，名为贞享历。兹事体大，井原西鹤和近松门左卫门都编了净琉璃，竞相搬演。

逝者如斯，明治四年（1871）政府要人们组团出访欧美，长达一年十个月，大隈重信留守。这是打败我大清十年前的事，尚未得到天文数字的赔款，日子过得穷。偏偏明治六年又赶上闰年，需要发十三个月的工资，这如何是好？天无绝人之路，而且人有改天之路，大隈重信采用了一个绝招——改历，把明治五年十二月三日定为阳历 1873 年（明治六年）1 月 1 日，与世界接轨。这下子不仅没有了旧历（太阴太阳历）明治六年的闰月，而且明治五年十二月只剩下两天，也无须发薪，一举省下两个月财政开销。民众尚不知天下有阳历之说，蒙头转向，启蒙家福泽谕吉撰写小册子《改历辩》，普及太阳历和时刻法，一时间卖掉二十多万册，又大赚一笔，助他 1858 年创办的义塾（庆应义塾大学）渡过难关。

二十四节气反映黄河中下游流域的气候特征，不可能与海洋性气候的日本天衣无缝。日本古人当然察觉了这种龃龉，905 年编成的第一部敕撰和歌集《古今集》中有一首短歌，咏立秋之日"秋来ぬと目にはさやかに见えねども风の音にぞ惊かれぬる"，意思是：已是立秋日，眼见未分明，一阵清风响，顿觉凉意生。二十四节气是节点，而秋季是一个变化的过程，并非立秋就骤变。人们在生活中日常以温度感受时节，而太阳的运行与气温的变动不完全一致。日本的地理南北细长，气候多样，即使搞一个"日本版"，各地的节气也难以一言以蔽之。二十四节气是广域的、统一的、人文的，五里不同风，一村一本《岁时记》没有意义。拿樱花来说，冲绳一月开，迤逦北上，开到北海道已是五月。北海道出生的作家渡边淳一说：北海道是没有季语的地方，冲绳也同样。因为《岁时记》先是以京都为准，后来改为江户。我国 1912 年改用阳历，并用农历，而日本彻底废除了旧历。这件事上未见他们惯有的二重性，但是为天皇保留了年号，事到如今，便成为世界上独一无二的。五个传统节日——正月、上巳、端午、七夕、重阳，都挪到阳历过。阳历比农历早一个来月，所以三月三日过桃节（女儿节），桃花还没开。七夕是星辰的祭日，但阳历七月还在梅雨里，难得见星星。这种"阴差阳错"是一般日本人觉得二十四节气与体感不合的一大原因。

江户时代大约二百六十年，四次改历。涩川春海结合日本实际，编出"本朝七十二候"。例如，立春的初候"东风解冻"不改，二候"蛰虫始振"改为"黄莺睍睆"；启蛰的末候"鹰化为鸠"改为"菜虫化蝶"；芒种的二候"鵙始鸣"改为"腐草为萤"；大暑的初候"腐草为萤"改为"桐始结花"；立秋的二候"白露降"改为"寒蝉鸣"，末候"寒蝉鸣"改为"蒙雾升降"；立冬的初候"水始冰"改为"山茶始开"；小雪的末候"闭塞成冬"改为"橘始黄"；大雪的初候"鹖鸟不鸣"改为"闭塞成冬"。日本没有老虎，只有熊出没，大雪的二候"虎始交"改为"熊蛰穴"。日本还增加了"杂节"，如节分、彼岸、土用，犹如在二十四节气的里程碑之外又立些路标。

明治改历，福泽谕吉在《改历辩》中把三月、四月、五月定为春季，又一位四睡庵壶公配合新历（太阳历），1874 年重编《岁时记》，将春季伊始改为月初立春的二月，从立春之日至立夏前一天为春季。这样一来，一月就处于冬季，有违自古以新年为春天之始的生活习惯，于是他干脆在四季之外给新年单独立项。这个体例成为《岁时记》的定规，以至于今。《岁时记》被科学了一下，但俳句等传统文学不少都坚持用中国进口的原装。季语不是科学。时节冷暖是共同经验，具有普遍性，俳人们借以共有文学上的时间。

季语的作用在于表现季节感。日本人常说他们是特别有季节感的民族，这种季节感来自绳文时代——公元前一万年至公元前四世纪，也就是新石器时代。据说日本人的 DNA 是三重构造，很有点科幻，底层深潜着绳文人的印记。宗教学家山折哲雄这样说：日本文化是三层叠加而成的，最深层是日本风土养育的感性，也就是有继承自绳文人的信仰，《万叶集》中可见的思考方法、感受方法。以《万叶集》时代为起点，开始重层化，其上堆积着农耕稻作社会的观念和世界观。最上层堆积着明治时代以来近代化所产生的近代文明观念和思考方法。"平常我们是生活在最上层的近代意识中，但其实，中层的稻作农耕社会的意识、深层更古代的意识也残存于我们内心。"

动物以及植物也有季节感，如《文心雕龙》所云："微虫犹或入感，四时之动物（影响万物之意）深矣。"绳文人以采集狩猎为生，与自然的关系应该更直接，更密切，但是说俳句用季语表现扎根于日本人原始心性的共通不变的感觉，却不免匪夷所思。绳文人当然有季节感，但季节感是对于季节的感觉，不是概念，季节的概念来自二十四节气。传入日本后，掌握这种概念成为教养或学识。《万叶集》的和歌以恋歌和挽歌为主流，而尊重季节感、吟咏自然是旁流。大量地汲取汉诗文，产生二十四节气式自然观念，和"恋"一同咏"当季"成为原则。连歌重视"四季之词"，逐渐形成对四季景物的特定的联想和感情，便有了季语意识。俳谐（连句、俳句等）的季语意识进一步成熟，以至整理出《岁时记》。日本国文学家堀切实指出："日本的季节感或者岁时感觉绝不是起初就自然发生的，就连歌、俳谐而言，很大程度上是作为制度发生的。"

日本人爱谈自然观。季节感是感觉，自然观是观念。物理学家、俳人寺田寅彦在《日本人的自然观》一文中比较日本列岛与西欧，认为日本的自然非常不安定，日本人尽量防备，但一旦自然狂暴起来，就不再反抗，在自然面前低头顺从，抱着"天然的无常"感觉对应。大概这就是日本人在震灾时淡定守序的情形，全世界为之点赞。不仅在自然面前，处于强大的占领者之下也如此。西方人信仰教义，日本人感受神力，但果真对自然逆来顺受，他们的祖先怎么能走出原始状态呢？只怕对于占领者也是在卧薪尝胆。所谓顺从自然、善于调和，可能是受了道教以及佛教的影响以后给自己的行为找到的理由。不反抗台风、地震等自然的狂暴，日本人活不到今天。为抗震，用木材建房，屡烧屡建，他们认为这就是顺应，并非反抗。葛饰北斋画的浮世绘，小船搏击滔天大浪，不就是征服自然的写照吗？日本自然观确实与西方有所不同，譬如他们不像西方人那样走进森林，而是在林外观赏。西方人剪掉枯枝，任树木自然生长，而日本人掐芽剪枝地造型，把自然风景变成宠物。他们爱的是人工的自然。季语是已经加工过的自然。宣扬不违逆自然、一切都顺从自然，似乎也意在摆脱中国自古主张的"人定胜天"思想，以示其文化独特。

最妙的是寺田寅彦这句话："自然观不同，西方使科学发达，而日本发达了俳句这种极特异的诗。"

（《读书》2024 年第 5 期）

戈达尔与电影语言

唐　棣

　　不少电影理论家和资深影迷，可能都听过一句话：电影史分为"戈达尔前"和"戈达尔后"两个时期。

　　这句话太有名，至于它到底是来自特吕弗，抑或他只是转述了法国电影资料馆创始人亨利·朗格卢瓦为乔治·萨杜尔所编著的《世界电影史》写的序言里的话，已经显得没那么重要了。

　　戈达尔特立独行，从不好好说话，在新浪潮导演里几乎没什么朋友。但他在新浪潮导演里有不可撼动的地位，原因也就在于他"是世界电影最重要的催化剂"。这句话是同样特立独行、谁也看不上的玛格丽特·杜拉斯在自传《绿眼睛》中说的，她还说："当感到孤独的时候，当想到其他电影人的时候，就会想到戈达尔。"我注意到，电影记者采访其他新浪潮导演时，大家都对他闭口不谈。但就是在这样的情况下，这句话依然被流传了下来，没有任何一个新浪潮同行提出异议。大家默认这句话，就等于默认了戈达尔对电影史的影响。

　　我记得曾经在《戈达尔访谈录》里看过评价他的一段话："他相信自己想到了什么，于是轻易地将它表达出来，但同时这种表达可能与他之前的发现有冲突，于是他又觉得自己可能错了，便接着再拍一部电影来反驳自己。"① 虽然后来很多人会说戈达尔这一点看似轻率，但在新浪潮电影的当下，行动是第一位的。戈达尔自己也说过："我们拍电影正是因为需要以电影的方式来了解自己想要说什么。"他的说法可能代表了那个时代普

---

　　① ［美］大卫·斯特里特：《戈达尔访谈录》，曲晓蕊译，吉林出版集团2010年版。

遍的一种想法。戈达尔电影对电影人的启发，的确也远远大于对观众的启发。

按开头这句名言断代的话，通常以 1967 年戈达尔的电影《中国姑娘》为电影史的分界点，它对当时的法国社会太现实了。在他们心中，生活已经到了非改变不可的地步。在我的记忆里，这部没有一点"中国影像"却叫《中国姑娘》的电影里，有个年轻画家，走上讲台，对学生们说了一句："艺术并不是现实的反映，而是反映这一现实的过程。"

对电影人来说，电影可能就是一个不断缩短与现实距离的过程，它永远也不可能代替现实。因为，现实在每个人眼前，大体相似，又决然不同。

拉开二十世纪五十年代末法国电影新浪潮精彩一幕的是戈达尔处女作《筋疲力尽》，那是 1960 年，他三十岁。就在前一年特吕弗的《四百击》问世。

现在看来，新浪潮之所以有如今的影响力，就在于它是"作为对旧的审美规范的一种回应，他们的影片同时也是一种生活节奏与生活方式的反映，而这一点或许是古典电影所不能传达的"①。

"古典电影"含义复杂，这里可以简单地理解成某些只顾娱乐的商业大片。就是说，当年法国年轻人非常反对电影院里上映的那些虚假、精美的好莱坞电影和本土仿制品（即"优质电影"）。基于这个背景，一群写电影批评出身的年轻人，看准机会，陆续登了场。他们把反对复制好莱坞的本土电影的"战场"转移到大街小巷（其实就是实景拍摄），放下笔，扛起了摄影机（其实就是简易的设备），把被某些法国电影忽视的小人物放在了自己平时生活的环境里，像朋友之间的游戏一样（其实就是原生态演出），创造着一种完全不一样的电影。

有些人总喜欢引用西班牙电影导演布努埃尔的话："除了戈达尔，我丝毫看不出新浪潮有什么新东西。"

戈达尔在电影语言上的贡献最大。我在最新出版的《欧洲剪辑大师访谈录》② 里发现，近三十位欧洲剪辑师谈剪辑、谈电影语言时，"戈达尔"

① ［法］米歇尔·塞尔索：《埃里克·侯麦》，李声凤译，江苏教育出版社 2006 年版。

② ［英］罗杰·克里滕登：《欧洲剪辑大师访谈录》，成果译，上海人民美术出版社 2022 年版。

的名字出现频率极高——虽然剪辑不等于电影语言，只不过等于一种节奏，但这种节奏是和语言紧紧捆绑在一起的。

另外，新浪潮的成功在于时代，在于环境。

先说他们所在的那个现代电影开端的时代吧。观众特别期待当时的电影能做点什么，这就需要寻找一种区别以往的方式，在同行们几乎都完成"从虚假到现实"这一层转变的基础上，戈达尔又提供了某种方法，某种电影语言的新形式。具体的电影是《筋疲力尽》《四百击》《表兄弟》《巴黎属于我们》《广岛之恋》……这些电影已经说过太多次了，不再重复。有一些平时不太被提到的电影，也很好地反映出了那一代人对动荡、孤独、失落、迷失的畏惧心理。比如路易·马勒的处女作《通往绞刑架的电梯》和亨利·柯比导演的《长别离》。

马勒这部处女作表面上拍了一个出轨情人蓄意谋杀丈夫，并准备逃之夭夭的故事。实际上，在故事的进行中，重点慢慢偏移到了那对无辜顶替凶手的年轻人身上，他们无因地杀了人（马勒似乎格外关注年轻人的内心），最后的结局是谁都没有逃脱惩罚。《长别离》的编剧是小说家杜拉斯，这部电影几乎沿用了《广岛之恋》里对遗忘和爱情的反思内核，处理了一个女人与分别多年的丈夫相遇，男人却不记得她，然后女人在电影里做的，就是帮他追寻记忆。我至今记得这部电影的最后一幕，男人忘记了所有，战争后遗症却留在了他的肌肉记忆里——行人喊起的口号，让他下意识地，在众目睽睽之下，举手投降……可见那代导演都在用自己的方式，纪念那段岁月。

这些对大部分外国人来说都很新鲜。在当时的巴黎人看来，这些电影的故事是集体记忆，电影场景就在身边，回忆带来的好感不会持久，随之而来的是残酷和麻木。法国人也不像外国人一样，对巴黎有不切实际的幻想——这可能是"新浪潮"在法国，极速登台又匆忙退场的原因之一。

冷静下来一想，新浪潮电影和法国巴黎给人的浪漫、艺术感觉，的确也密不可分。当这些元素在电影里越来越重复——哪怕是真实的、忧伤的、残酷的、美妙的，也都显得有些无趣，但"戈达尔的电影是一个例外……你完全可以活在戈达尔的电影之中，他的电影同时也是一种不同的面向和一种处理影像的方式，在我看来它是唯一值得被称为现代的东西"①。这里，法国思想家鲍德里亚所指的"现代的东西"，在戈达尔电影里，表现成了各种知识的拼贴、哲学问题的探讨、对现代生活方式的挑衅……萨特都说过，戈达尔的电影里学问太多。

我在这里提出"戈达尔"作为一个关键词，意思是说戈达尔在电影文化的意义上，大于其他同期导演，比如对现实主义的坚持，对电影语言的更新，对生活的干预，等等。用美国导演伍迪·艾伦自传《毫无意义》②里的话说，自己做电影灰心时，就会想"至少戈达尔还活着，而他永远是一个不守成规的人。整个场景已经改变，所有我年轻时想打动的人，都已经消失在深渊中……"。戈达尔和其他新浪潮导演相比，最称得上电影语言的"革命家"。评论家苏珊·桑塔格在《反对阐释》里认为："其他导演对当代社会和人性的性质有其观点；有时，他们的影片或许超越了他们提出的那些思想。但戈达尔是第一个完全把握了以下这一事实的导演，即为了严肃对待思想，就必须为表达这些思想创造出一种新的电影语言——如果这些思想具有灵活性和复杂性的话。因为戈达尔的这种观念，因为他用以追求这种观念的一批出色的作品……"③ 时而浪漫（《法外之徒》），时而激进（《筋疲力尽》），时而深奥（《电影史》），时而疯狂（《狂人皮埃罗》），时而充满反思（《蔑视》），时而深藏讽刺（《阿尔法城》），等等。

同期，很多新浪潮同行都忘记了初衷，尤其是他曾经最亲密的伙伴特吕弗。1973 年 6 月，特吕弗的《日以继夜》彻底激怒了戈达尔，他称特吕弗是一个骗子，因为特吕弗退回到了自己曾经唾弃的"法国电影优质传统"中。大明星、大制作，完全不符合新浪潮导演放弃写电影批评去拍电影的初衷，或者说只有戈达尔这么想？好在新浪潮这两个代表人物的分道扬镳，早已成了影史上过眼云烟的"花边新闻"。具体的历史，当然可以画句号。《筋疲力尽》里有句对白是女主人公帕特丽夏问男主人公米歇尔：在悲伤与虚无之间，你选择什么？米歇尔选择虚无，理由是"悲伤是一种

---

① ［法］米歇尔·福柯等：《宽忍的灰色黎明》，李洋选编，李洋等译，河南大学出版社 2014 年版。

② ［美］伍迪·艾伦：《毫无意义》，btr 译，新星出版社 2022 年版。

③ ［美］苏珊·桑塔格：《反对阐释》，程巍译，上海译文出版社 2021 年版。

妥协了。要么统统归我，要么一无所有"。这就是未来有可能长存的"新浪潮精神"。

刚知道戈达尔离开人世的消息时，我脑子里想到，一切真的都过去了。他用自己的死亡，印证了自己和特吕弗，作为法国电影新浪潮现象两端的事实（特吕弗是他们之中最早去世的），不愧是"法国电影新浪潮双雄"，同时也是这个现象的两端——一个人开始了新浪潮，另一个人结束了新浪潮。

一种技术之所以被称为"语言"，就是说它有了自己的语法、语气、节奏，倾诉心中所有，不需要借助其他媒介表达未尽的内容——法国电影理论家马塞尔·马尔丹《电影语言》整本书都在谈这个话题，"电影语言的未来演变是很冒险的。另一方面，我们可以肯定，大部分电影导演仍然将沿着传统的道路工作。然而，只要有几个试验者、几个探索者存在，电影的进步就一定会实现，这是可以断言的"[1]。

事实上，戈达尔从第一部电影《筋疲力尽》开始就在做这件事。那时这么做不新鲜，因为所有新浪潮电影人几乎都是"反对派"。令人钦佩的是，他在去世前的每次新作问世，都能看出他在实验之路上前进着。

1895 年 12 月 28 日，卢米埃尔兄弟在咖啡馆地下室放映的十部电影被分成两类，一类是记录"现实"的《工厂大门》《火车进站》《出港的船》等，另一类是有所谓"场面调度"（或者叫电影语言）的《水浇园丁》《婴儿的午餐》等。但是在影响力上，更有趣、更"电影"的《水浇园丁》这类明显强了很多。几乎没什么电影爱好者之外的人知道它们。这就很说明问题，一开始人们就认定电影是用来表现现实的。虽然，在很长一段时间里，"电影语言"没有出现，但电影一直不是哑巴——"默片并不是沉默或无声，只是我们无法听到他们的对话罢了。"[2] 可那还不是我所说的电影语言。后来，有声电影来了，"蒙太奇"出现了，电影才开始有机会试着用自己的"语言"面对现实，"我们不能对我们看到的视而不见，不能对我们听到的充耳不闻"——这里借迈克尔·伍德《电影》里的另一

---

[1] ［法］马塞尔·马尔丹：《电影语言》，何振淦译，中国电影出版社 2006 年版。
[2] ［英］迈克尔·伍德：《电影》，康建兵译，译林出版社 2019 年版。

句话，强调一下"电影语言"与"信任感"的问题。

特吕弗在1961年10月19日的《法兰西观察报》上写文章，大意是将电影史分成两大支系，一个是把电影视为表演的卢米埃尔支系，另一个就是把电影看成是一种语言的路易·德吕克支系——如果不熟德吕克这个人，还有在新浪潮作者论之前就提出"摄影机钢笔论"的评论家阿斯特吕克，或者左岸派的阿伦·雷乃，都属于这类。

如果说特吕弗的《四百击》是对旧的表现人物的传统提出疑问，戈达尔的《筋疲力尽》就是在电影语言上树立了新风格。将它们认作为法国新浪潮的开始是有道理的。其实，巴赞早预言过电影"像小说一样，产生意义的不仅是对话和清晰的描写，还有语言风格"。

新浪潮能影响这么大，就有这方面的意义，"我们已经成功让人们承认，一部希区柯克的影片跟一本阿拉贡的书是同样重要的"①。从电影发明到新浪潮时期，"电影语言"出现了一次重要的更新，令人振奋的是，革新者是一些初出茅庐的年轻人。

导演娄烨回忆在电影学院上学看电影的经历时说："我们通常看电影看到很难概括的风格，就会说：啊，这特别新浪潮。你很难说清楚是什么感受，但又能确定这些刺激和感受是法国新浪潮式的！"那时的他，同样也是年轻的人。

新浪潮（影像）风格的问题是个老话题，经常被谈到。这里我先引用安德烈·巴赞在《摄影影像的本体论》里的一段话："摄影机镜头摆脱了陈旧偏见，清除了我们的感觉蒙在客体上的精神锈斑，唯有这种冷眼旁观的镜头能够还世界以纯真的面貌，吸引我的注意，从而激起我的眷恋。"②

具体来说，所谓的"新浪潮风格"很简单，就是在行为上走出摄影棚，走上街头；在精神上挣脱限制，拥抱自由。在米歇尔·玛丽《新浪潮》这本小书里，作者还同时提到两位摄影师：亨利·德卡埃，"一个愿意适应最不稳定和最大胆的拍摄条件的摄影师，就是他将摄影机从固定支架的束缚中解放出来。作为梅尔维尔、马勒、夏布洛尔和特吕弗的助手，他从技术层面使新浪潮成为可能"；另一个是拉乌尔·库塔尔，战地记者

---

① 戈达尔语，载《艺术》1959年4月22日。
② ［法］安德烈·巴赞：《电影是什么？》，崔君衍译，商务印书馆2017年版。

出身，"他当时还习惯于新闻拍摄的技巧，对手提摄影机的运用十分自如，如果没有其他条件，他也能满足于在自然光线下拍摄"①。

这也就是说，新浪潮电影爱用长镜头，除了让观众跳脱电影叙事呈现真实世界这个有些理想化的目的之外，还有人员和器材方面的客观原因。总结下来，摄影工作"走出摄影棚"这个决定性行为发生之后，随之而来的就是，跑在街头。

"长镜头"具有动感、随机的特点，看似更真实一些（事实也的确是这样）。后来，经过新浪潮导演和理论家们反复强调，就成了我们现在都知道的、法国新浪潮电影的一个艺术元素——特吕弗《四百击》片尾的长镜头，小主人公跑向大海，拉开了新浪潮的序幕。

关于这段奔跑，我忽然想起电影《阿甘正传》开头有句台词："我说出来你也许不信，我可以跑得像风一样快！从那天开始，如果我去什么地方，我都会跑着去。"

从电影语言的角度，如何看待奔跑的意义呢？

"写作总是为了赋予生命，为了将禁锢的生命解放出来，为了开辟逃离的路线。"② 我觉得，新浪潮要做的，就是类似写作的事，他们要做作者，展现自我，打破传统。

简而言之，所谓的"传统"对那时的他们造成了禁锢，构成了"边界"。可以说，在整个新浪潮电影的范围里，最著名的段落莫过于《四百击》结尾。镜头里的小男孩安托万，一抓住机会，立刻从少管所逃离了。在这段同样感人至深的运动镜头里，看不到边界，或者说这段奔跑是可以无限进行下去的。可能他并不知道，最后等着自己的是什么，他能做的就是奔跑，跑就意味着开始了。新浪潮这帮人最早拍电影的心态，差不多就是这样，做了再说。从结果看来，他们赢了。

与《四百击》这段奔跑对应的是路易·马勒《再见，孩子们》（1987）里的一段奔跑戏，这段戏发生在孩子们的一场野外寻宝游戏中。准确地说，影片从 49 分 16 秒，两个主人公关系出现改变，从陌生人正式

---

① ［法］米歇尔·玛丽：《新浪潮》（第三版），王梅译，中国电影出版社 2014年版。

② ［法］吉尔·德勒兹：《在哲学与艺术之间》，刘汉全译，上海人民出版社2020年版。

转为朋友——他俩躲在树后，看着其他孩子。大家发现他们之后，他们就赶紧跑开。波奈被抓，然后康坦一个人跑。这段奔跑从49分37秒持续到50分20秒，接近一分钟，一种无目的的奔跑。

新浪潮电影里的奔跑，和其他电影里的不太一样。在所能见到的新浪潮电影里，有不少关于"比赛"这个事本身的情节，巧的是这些情节大多也都来自奔跑场景。之前说到这是"打破边界"，过度解读一点，新浪潮式狂奔"没有目的"就是奔跑的目的。"脱离"在新浪潮导演眼里，就是一种必需和动力。

这里我想说几部个人印象深刻的影片，首先是特吕弗的《祖与占》和戈达尔的《法外之徒》。

为什么把这两部电影放在一起说？说实在的，看多了，我总觉新浪潮电影容易混淆，主要是演员和场景，包括主题，经常重复使用。在很长一段时间，我就把这两部讲一女两男在巴黎相遇、相爱故事的电影搞混过。虽然，《法外之徒》比过于像爱情片的《祖与占》更有力一些，它讲犯罪——三个人计划着抢劫。戈达尔却把更多注意力放在了三个年轻人在街头、卢浮宫、酒吧等场景中的相处问题上。在主人公看来，犯罪不过是生活内容之一。

整部影片有趣在看上去非常随机，没有任何设计感，当然也没有紧张感，标志性的场景也和抢劫无关——那是在电影的1小时7分50秒到1小时8分16秒，三人在卢浮宫"百米冲刺"的段落，就像旁白里说的"一个美国人花了9分45秒参观完卢浮宫"，三个人决定创造纪录——这个镜头后来成了意大利导演贝纳多·贝托鲁奇《戏梦巴黎》里的致敬段落。他们比美国人快了2秒。

《法外之徒》流传最广的另一个画面：47分38秒到51分05秒的舞蹈镜头。这段镜头也很有意思，开始是三人舞，接着是双人舞，最后是女孩自己又跳了快一分钟——美国导演昆汀·塔伦蒂诺在《低俗小说》里致敬了这个段落。

话题回到特吕弗的《祖与占》，从14分钟开始那20秒的铁桥上的奔跑，也就是海报上三个人奔跑画面的出处。女孩凯瑟琳提议了这次"比赛"：谁先到桥的另一边谁就赢！可是三个人都不关心赢是为了什么。从他们忘情大跑的感觉来看，他们更关心这个行为本身，就像凯瑟琳还在喊开始之前抢跑了一样。这既是一场比赛，也是一次共同去做的事——这一点更重要。

戈达尔的《狂人皮埃罗》也是不停逃跑，男的厌倦了舒适而无聊的资产阶级生活，女的正被阿尔及利亚黑帮追捕。还有夏布洛尔的《漂亮的塞尔日》也是（其中有不少躲避的镜头，主人公第一次见塞尔日这个老同学时，塞尔日就想逃走），只不过场景换成了更简约、古典的乡间。

还有一部很少被提到的电影《天使湾》，也是新浪潮高潮期的作品，导演是雅克·德米，几乎歌颂了一个自由的、主导的，甚至还带着一点邪恶的女人。这个女人的扮演者也是《祖与占》女主角凯瑟琳的扮演者让娜·莫罗。

这次，她变成了一个彻底的赌徒，而主人公福尔聂是个小白领，是个偶尔小赌但还算清醒的男人，但他爱上了这个女人，开始了四处赌博的生活。事实上他们一直在输钱，最后他们不得不回到他们相识的赌城天使湾，然而运气也没有再降临，他们输光了所有的钱。无奈之下，男人从父亲那里拿到一笔汇款，回宾馆时已经找不到女人，然后他冲出门，跑向赌场……不知道德米为什么会选择把电影结束在男人来到赌场找到了女人，然后女人离开赌桌，投向福尔聂怀抱。

我曾设想电影结束在 1 小时 16 分 45 秒到 1 小时 17 分，男人奔向赌场的这段奔跑镜头，那样非常"新浪潮"——这可能就是雅克·德米在新浪潮这群人里显得没那么有代表性的原因，新浪潮电影通常是不给结果的。

同样作为新浪潮开端的另一部电影，戈达尔的《筋疲力尽》来自 1952 年的一个社会新闻：有人偷了辆汽车后，在公路边杀害了一名警察。他一路逃回巴黎，逃亡期间成为媒体焦点。回到巴黎后他认识了一名美国来的女记者帕特里夏，两人高调同居。没过几天这人被捕，最后被判无期。

如果，按照现实拍的话，也许就没有著名的《筋疲力尽》了。在《戈达尔与六十年代法国社会》里，作者让-皮埃尔·埃斯格纳奇写道："《筋疲力尽》出来的时机很好。它的大胆、它的放肆和观众的期待步调一致。"戈达尔当然会改掉《筋疲力尽》现实的结尾，"在我的计划中，影片的结尾是小伙子在街上走着，而人们则回过头看着他经过，就像在看一个明星一样，因为他的照片占据着晚报的首页。这个结局可能会很恐怖，因为这件事情还留有悬念。但他选择了一个更加暴力的结尾，因为他比我更悲观。他在拍摄这部电影时真的相当绝望。所以他希望拍摄死亡，他想要这样一个结尾"①。

本来，杀死了警察的米歇尔，可以和帕特里夏一起逃走，最后帕特里夏出卖了他，在被警察开枪击中后，米歇尔玩命向前跑，直到筋疲力尽倒地，帕特里夏随后跑来，表情复杂地看向观众。

这是当时大家感受到的现实，电影人通过电影喊话：我们死也不让你们猜到结局，不让你们开心。模仿一句戈达尔式的发言：因为生活从来不让人开心！反正"传统"不行了，电影的未来还尚不清晰，他们要寻找和创造，而不是停下认命、思考。想想，那些至今依然传递着巨大精神价值的新浪潮电影，似乎也就是在不断地，甚至有些鲁莽地奔跑过程中产生的。

（《书城》2024 年 3 月号）

---

① 转引自［法］米歇尔·玛利：《理解戈达尔：聚焦〈筋疲力尽〉与〈轻蔑〉》，胡敌、龚金丹译，广西师范大学出版社 2017 年版。

张贤亮的日本文学因缘

白 草

张贤亮熟悉日本文学，在其小说、散文作品中，可随手引用日本作家的话语或警句。他对日本文学的"精致细腻"风格，颇为"神往"（《我为什么不买日本货》），为日文版《土牢情话》所作序言里，张贤亮谈到中、日读者共有的一种"精神传统"，这就是"禅"——"'禅'要求我们尽力去理解文字之外的不言之意。那是一种境界，是只可意会而不可言传的。"这里也反映了张贤亮的小说观念，他在序言开头说，人们之所以爱读小说，大概出于一种补偿心理，在人世间，"每一个人只能过他命定的生活"，而绝无可能像过自己生活那样同时去过别人的生活。"变性者"，张贤亮用一个比喻，加以形象化说明，即使经过外科手术改变性别之后，"他"仍然是她，"他"与她还是同一个人。人与人不可能一样，但人同此心，心同此理。有一个方法可解决此问题，那就是想象，想象他人如何生活，想象自己如何像他人那样生活，或他人可能会怎样如自己一般生活。而阅读小说，充分展开个人无尽想象，正是丰富自己内心生活之一法，"使个人短暂的一生能包容更多的人生阅历，从而使自己变得更为聪明起来"。那么，阅读外国小说，想象别一国度人民的生活、思想、情感，也是张贤亮此序文题中应有之义。中国的当代小说，相比较于其他国家的小说不一定更为有趣，但是，张贤亮说，当代小说尽可能地表现丰富曲折的生活，表现人物遍尝的酸甜苦辣，以及其中内含的种种命运感，虽未全部地得以描述，而已经显示出来的情节内容则足以使外国读者窥见其一斑了。读完小说，放下书本，既多少了解了异国情形，心里增加了一些东西，又有"一种说不出的滋味"，这当然就是一种难得的体会，"又不单纯地是对中国人有所了解，而是对整个人生的一种体会"（《小说编余》）。

异国生活、禅、想象、说不出的滋味以及对各色人生的体会，种种因素合成一体，表现出了张贤亮关于小说创作的超越性特点。显然，日本文学因素不仅直接助益了张贤亮实际的文学创作，而且在其小说观念形成过程中，起到了相当重要的作用。

1983 年 9 月，张贤亮开始写作中篇小说《绿化树》。这是一部寄托遥深的作品，按作家本人陈述，"是一部用泪水写的书"。评论家高嵩十分了解张贤亮前期文学创作状况，在《张贤亮小说论》一书中，他记载了一件事情：为写这部作品，张贤亮三次昏倒在书桌上，写完之后相当于"掉了一层皮"。当然，高嵩解释道，张贤亮之所以昏倒三次，是有着具体原因的，是为着构思中一个"要命的过程"：

> 在这种过程中，张贤亮总是调动自己的记忆力、感知力、想象力、意志力和创造力，运用诗的幻想形式，运用产生情绪和网捕情绪的各种艺术手段，对生活原型进行大幅度地取舍、变形和自由拼接。这种过程，是他在构思中视之如命的以情取胜或者以气取象的过程。为了完成这种过程，他的精神和体力要作巨大的支出。

就是这样一部作家付出了很多包括体力和精神的作品，一开始写作并不是很顺利。具体来说，就是小说开头第一句，无论怎样都想不出来，不能下笔。张贤亮自述道，小说总共十二万字，用了两个月时间就写成了。但这两个月当中，有整整十五天时间，他在构想小说第一句话。那段时间也是会议较多，白天参会，晚上坐在桌前苦思冥想，想着怎么开头，起来坐下，坐下起来，其手足无措之状，可以想见。直到一天晚上，随手抓起一本川端康成的《雪国》，读了第一句话"火车经过长长的隧道，就在半夜的时分到了茫茫的雪国了"，觉得真是好极了，立刻如电光石火一般，想出了自己小说的第一句："大车艰难地翻过嘎嘎作响的拱形木桥，就到了我们前来就业的农场了。"以下十二万字，以一个半月时间，顺畅地完成了（《论小说创作》）。

《雪国》有多种中文译本，小说第一句译文也不尽相同，如侍桁译本：

> 穿出长长的国境隧道就是雪国了。天边的夜色明亮起来。火车停

在信号房前面。

——《雪国》

叶渭渠、唐月梅译本：

穿过县界漫长的隧道，便是雪国了。夜空下已是白茫茫一片。火车在信号所前停下了。

——《古都·雪国》

高慧勤译本：

穿过县境上长长的隧道，便是雪国。夜空下，大地一片莹白。火车在信号所前停了下来。

——《雪国·千鹤·古都》

对照三个译本的译句，尚不能确定张贤亮阅读、引用的是哪一位译者的。侍桁本早出，但字句中无"茫茫的"形容词。比较接近的，大概就是叶渭渠译本和高慧勤译本了。叶译本 1981 年出版；而高译本迟至 1985 年才出版，《绿化树》创作于 1983 年，大概要排除掉。即便如此，也不能十分肯定张贤亮读的是哪一种译本。也可能引用叶译本时，做了一点变动，把"夜空下已是白茫茫一片"移至"雪国"前，也未可知。

《雪国》的首句，不仅已成为日本文学中的名句，而且也成了世界文学名句。叶渭渠在序言里准确地概括了川端康成创作上的特点，即借鉴西方各流派创作方法，特别重视乔伊斯意识流手法和弗洛伊德精神分析学，又贯穿着日本文学传统中坚实、严谨和工整的格调，对意识流动加以制约，从而做到自由联想非恣意驰想，而是有序合理展开。叶渭渠以小说首句为例分析道："这一名句，高度概括地交代了故事的时间、地点和环境之后，通过男主人公岛村在夕阳映照下的火车玻璃窗上偶然看见一个女性的面庞，并以这面'镜子'及其背后的景物流动作为跳板，展开故事的情节，着力描写岛村在雪国的几次旅行中所遇见的驹子和叶子，在他意识的'镜子'上留下的印象，以及通过对她们的联想，唤起对往昔的回忆和未来的展望。"高慧勤也在序言中专门谈及开头这句，认为是典型的"新感觉派"手法，"火车驶出黝黑的隧道，虽然是一片夜色，但白色覆盖大地，顿时给人以豁然醒目之感，同时也具有一种象征意味"，是"摹写感觉相当成功的例子"。而张贤亮则从这个经典名句受到启发，写出了有声有色、有形有味的句子，"大车艰难地翻过嘎嘎作响的拱形木桥，就到了我们前来就业的农场了"，像推开了一扇大门，情景、人物以及氛围一下子显露于眼前，有感觉，是写实，又不乏象征意味。日本文学中这种既形象明晰而又具有象征意味的手法，张贤亮运用起来也是得心应手。

张贤亮小说观念里面的"空灵说"，是一个较为重要然而向来被忽视的观念。似乎很难将空灵与张贤亮的小说联系起来，但这确乎是作家本人的一个艺术上的追求。这个观念就受到了日本文学的启发，或者也可以说，他从日本文学里面找到了一种证据，用以支撑自己的理论。1983 年，张贤亮发表了《写小说的辩证法》一文。在张贤亮所有创作谈或曰文论作品里面，这篇能够完整反映他的小说观念，特别是他于创作实践上有所追求而自以为还没有达到的艺术目的。一句话，反映了他心目中好作品的标准。张贤亮举出好作品的例子，国内、国外都有，国外有两个短篇小说，都是日本的，一篇是川端康成的《伊豆的舞女》，还有一篇是志贺直哉的《到网走去》。

《伊豆的舞女》，张贤亮文章中写为《伊豆的歌女》，看译名，应为侍桁译本。侍桁译《伊豆的歌女》，上海译文出版社 1981 年出版。可以确定，张贤亮读的就是这个译本。小说共有七节，叙写了主人公——一个十九岁的大学生，感到人生孤寂，便一人前往伊豆去旅行，途中遇到了一家艺人，包括哥哥、嫂子和小妹也即"伊豆的舞女"，还有一个雇来的十七岁姑娘百合子。这家人纯朴善良，待人热情，令大学生感到了一种向未有过的温暖。四天相处中，大学生与那个天真单纯、涉世未深的小舞女之间，产生了朦胧的初恋之情。舞女仅是一个十四岁的小姑娘，名叫薰子，当舞女，其实非其兄长所愿意，想来更非本人所乐意。大学生和舞女兄长交谈时，后者叹息说："让妹妹来干这种生计，我很不愿意，可是这里面还有种种缘故。"小说令人印象深刻的地方，在于舞女打扮成熟的外形与其单纯天真的内心之间的反差。关于形貌，小说如此形容："那舞女看上去大约十七岁。她头上盘着大得出奇的旧式发髻，那发式我连名字都叫不出来。这使她严肃的鹅蛋脸显得非常小，可是又美又调和。她就像头发画得特别丰盛的历史小说上姑娘的画像。"主人公因着舞女头发过于丰盛，再加衣品打扮成妙龄女郎状，开始便认为她已有十七八岁了，视为比较成熟的女子。但小说三个细节描写纠正了主人公认识上的偏差，也因反衬而增加了艺术效果。第一处细节，是在小说第三节，主人公望向公共浴场，看见七八个人光着身子在水蒸气里朦胧浮现，忽然有个女人跑出来，做出要跳到河岸下方的姿势，伸直两臂喊着什么，"我眺望着她雪白的身子，它像一棵小桐树似的，伸长了双腿，我感到有一股清泉洗净了身心，深深地叹了一口气，咪咪笑出声来。她还是个孩子呢。是那么幼稚的孩子，当她发觉了我们，一阵高兴，就赤身裸体地跑到月光下来了，踮起脚，伸长了身子。我满心舒畅地笑个不停，头脑澄清得像刷洗过似的。微笑长时间挂在嘴边"。原来是个光溜着身体的孩子，身子"像一棵小桐树"，给主人公的感觉，恰如清水洗尘般，扫除了最初把小姑娘当成熟女子的差错印象。这处描写之所以令人觉得干净、清爽，其中也存在着一个因果关系：当人瞥见纯真孩童时，心底里面那种恒久潜藏的人的单纯因素，便被激发起来，像这大学生一样本能地微笑而不自知。这是一种微妙然而又实实在在的属人的感觉。第二处细节，是在第四节，薰子爱听人读书，央求鸟店商人为她读一本名为《水户黄门漫游记》的通俗故事，但商人读了一会儿便觉无趣，放下书走了。大学生看到此情景，"抱着一种期望"，拿起书为薰子读了起来。女孩儿连忙凑过脸来，几乎碰到他的肩头，表情一本正经，眼里闪着光，且不眨眼地盯着他的前额，"这双黑眼珠的大眼睛闪着美丽的光辉，是舞女身上最美的地方。双眼皮的线条有说不出来的漂亮。其次，她笑得像花一样，笑得像花一样这句话用来形容她是逼真的"。这处描写表示了两人朦胧恋情的初始状态。第三处细节描写，是在小说最后一节即第七节，二人分别时的情景，主人公登上轮船，想说一声"再见"可难以出口，而小女孩也是紧闭双唇，把脸转向一边凝视着，并不朝向主人公，直到船离岸很远很远，才看见她开始挥动着"白色的东西"。此处描写，则把一种唯有清纯女孩和单纯青年才有的那种朦胧而绝对纯粹的恋情，那么准确地表现了出来，伤感、优美，然而充满青春的力量。小说用了一个罕见的形容，当主人公流下泪水，感觉跟女孩的离别"仿佛是很久很久以前的事了"，泪水流下来了，脸颊变凉了，头脑也如一泓清水那般，最后什么都没有留下——"只感觉甜蜜的愉快"。离别了，什么都没了，唯余甜蜜，这是只有少男少女才有的感觉，是神秘的、充满向上生命的青春本身。小说基本上没有什么情节，像有评论者所说，这篇文学史上的名篇，"没有'新感觉派'那种朦胧的意境、晦涩的语言和跳跃式的联想。小说充满青春的魅力和抒情的气息。作者以一种清新秀逸的文笔，带点青春时期特有的那种莫名的惆怅，描写少男少女纯真的感情和纤细的心理"（高慧勤编选《日本短篇小说选》）。

《到网走去》是志贺直哉的短篇小说，张贤亮读到的应该是楼适夷译文，收入林焕平编译的《爱与死——日本现代小说欣赏》，广西人民出版社1981年出版。小说仅有六千字，描写了主人公在火车上遇见一个二十六七岁的妇女，背上背着一个婴儿，手上拉着一个患有脑病的五六岁小孩，两人短暂交谈中，才知妇女要到北海道一个名为"网走"的地方。这就是小说全部内容，但如编译者所评价，写法上是"很有特征的"。比如那个妇女，外形让人一读即难忘却，脸色白净，头发稀少，一上车即忙忙碌碌，一会儿哄抚不时啼哭的婴儿，一会儿又要顾看"性子别扭"的小男孩，不得消停。特别是小男孩，外表颇为奇怪：脸色不好看，"头顶角向两边张开"，耳朵和鼻孔里都塞着药棉；盯着母亲时"脸色阴沉"，看着主人公时则"用嫌恶的眼色"。这是个有脑病的孩子，这脑病，这小小年纪上不该有的阴沉、嫌恶神色，原来全是小男孩爸爸酗酒所种恶果。小说就是在这随意的、有一搭没一搭的谈话中间，把一个还很年轻然而命运似已注定的女性形象，树立起来了。小说结尾一段描写，是很有意味的：一路上主人公有意帮她照看孩子，女人出于信任，托他帮寄两枚明信片，从衣袋里往外取时，后领上所系手帕歪斜在一边。主人公帮她拉平正时无意间碰了其肩头，"女人吃惊地抬起脸来"并道声"对不起"，而主人公也不由得脸红了。这节描写被认为是"很有余韵"的，余味悠长。

在张贤亮文学视野里，《伊豆的舞女》和《到网走去》都是气韵"空灵"的作品。他在自己的创作中也实践着空灵的风格，比如《青春期》有一细节，主人公也是在火车上，饥饿难耐之际，有一少妇从桌底下递过来"一个塑料纸包的圆面包"。小说如此描写：

　　这时我感觉到面前的小桌板下有一个东西有意在轻轻触碰我的膝

盖，我才看见一直坐在我对面的少妇有一对大眼睛。那一对眼睛像温柔的湖，强烈地吸引着我要向里纵身一跃，那湖水深处才是我最佳的避难场所和歇息的地方；这对眼睛最大的特点就是不属于这个世界。它与母亲的目光一样却又属了些怄怩，那份怄怩使我感到她和我之间的平等；她对我的亲切是另一种亲切，她那份关怀是另一种关怀。这种天外来的目光使我为之一震，无须她做些什么暗示我就伸手到桌下去摸那触碰我的东西。

素不相识的一个人，于默然无语间，只凭着那同情的眼神、轻触的动作，击中了另一个落魄者的心灵，竟然使后者感到那眼神全"不属于这个世界"。那种深长的韵味，还有发自内心的感恩之情，以及刹那间如见母亲目光那样的异样感，统合在这一外人绝难察觉的轻微动作中。张贤亮平生最后发表的一个短篇小说《普贤寺》，也可以看作他对空灵风格的又一次实践。小说没什么复杂的故事情节：一个不甘平庸却又不得不平庸地、碌碌无为地度过了半生的男性，和一个经受了诸多磨难的女性，迟暮时节，很平静地走到了一起，愿意相互搀扶着度过余生。表现手法上从容、平和、简淡，于两个小人物身上，一点点显露那种深藏于内而他们自身并不自觉的中国式智慧——领受了人生诸般酸甜苦辣之后的淡然、宁静。这种写法看似随意，却包含着一种大气。小说没有一个明确的主题，但又提供了很多可进入的角度；意思也是一目了然的，可那种悠远的韵味和勘破人生的智慧，则存在于平凡细微中。与体现了空灵风格的《伊豆的舞女》《到网走去》相比较，《普贤寺》在这一点上不遑多让，是可以与之媲美的。

关于空灵风格，张贤亮并不是从理论角度加以探讨的，而是为着实际的创作，检讨具体创作中的不足和缺憾，从而寻找出一条更为适宜的路子。就这个问题，张贤亮曾与冯骥才、何士光等人共同讨论过：

> 我们曾经关起门来检查过自己作品的失误，也议论过别人的弱点。我说过，我自己和某几位当代中青年作家的某些（不是全部）作品有嫌于写得太"满"、太"实"。这个"满"和"实"是从贬义来说的。人物的动作、语言、心理活动所构成的情节是一个紧接着一

个，这些情节连成一条不断的线，整条主线都直露地指向事先设定的目的，似乎这里就表现了我们的技巧，却很少给读者留下回味的余地，反而使读者有一种沉重感。

"满"和"实"，张贤亮经过检讨，认为这不仅仅是他一个人而且也是不少当代中青年作家所共有的缺点——由人物动作、语言和心理活动所构成的情节，一个接着一个，像排着队列那般，挤挤挨挨，急惶惶直奔着主题而去。而且，这个主题早已事先设定在那里，只要达到那个目的，小说也就完成了任务。至于小说应有的艺术韵味、从容悠闲以及余味曲包等等，是用不着顾及的。为了克服这些缺点，张贤亮与冯骥才、何士光等同行取得了一致意见，解决的方法，即在于提倡空灵。他们赞赏的那种"气韵较为'空灵'的作品"，除过国内作家如铁凝的《哦，香雪》、史铁生的《我的遥远的清平湾》和王安忆的某些作品，国外就是《伊豆的舞女》和《到网走去》。但空灵究竟是什么，如何才能达到空灵，各人的意见又是言人人殊，不尽一致。张贤亮经过思考，初步回答了这个问题：

> 我的认识是，"空灵"，正是作品中表现了心灵的充实与丰富的表象和心理描写。主要的不是情节，而是在叙述情节时所表现的心灵、才华、智慧和感情。有些作品，正如李国文所说的，剥开来看并没有什么了不起的东西，《哦，香雪》讲的不过是一个农村少女用四十个鸡蛋换了一个铅笔盒，可是就像王蒙所说，读它的时候给人一种"天籁感"。这种"天籁感"，我想不是任何技巧所能达到的。
>
> ——《写小说的辩证法》

张贤亮所认识、所理解的空灵，与一般诗学或美学中所讲的空灵，是有区别的。比如，美学家叶朗如此阐释空灵——禅宗里的"超越"，不离此岸又超越此岸，"这种超越，形成了一种诗意，形成了一种特殊的审美形态，就是'空灵'。'空'是空寂的本体，'灵'是活跃的生命"（叶朗《美学原理》）。但张贤亮说的空灵，是文学风格，包括一些显在的、可操作的文学技巧。它表现在两个方面：第一，小说主要不是情节。小说当然需要情节、需要故事，但重点不在情节。试仍以《到网走去》为例。小说基本上没有什么故事情节，但读完全篇，留有的想象空间却是很大：妇女到网走去，是投奔亲友呢，还是给人家帮忙，借此养活一家人？还有，她托男人发出的明信片，一枚给一男人，另一枚给一女人，她和他们有什么关系？投寄的目的是什么？这些情节间隙，给有心的读者留下了空间，让他们想象、回味，是为空灵。第二，小说的重点在"叙述"，也即于叙述情节时要表现出作者的"心灵、才华、智慧和感情"。《伊豆的舞女》也是川端康成人生中的一段经历，说成是作家的自传，也无不可。据文学史记载，那年作者十九岁，写过一篇名为《汤岛的回忆》的文章，后来将前半部分重新改写，便成了日本文学史上的名篇。与《到网走去》相同，小说并没有曲折的故事情节，而主人公身上表露出来的"心灵、才华、智慧和感情"，也正是作者本人所拥有的。小说有两处描写，颇能显示张贤亮所说的于叙述过程中反映出心灵、智慧等。如，当大学生听见那一家人在后面议论他心地善良，心情顿时愉悦起来，禁不住抬起眼睛，眺望远处爽朗的青山，眼里都感觉到了一种痛："我这个二十岁的人，一再严肃地反省到自己由于孤独根性养成的怪脾气，我正因为受不了那种令人窒息的忧郁感，这才走上到伊豆的旅程。因此，听见有人从社会的一般意义说我是个好人，真是说不出的感谢。"再如大学生和女孩分别后，躺在船舱里独自流泪，"泪水扑簌簌地滴在书包上"，然而哭过之后，便在"安逸的满足中静睡"。这就是青春。青春，有时候就是敏感和麻烦，于成长之途中，看似多余的空虚、泪水，正缘于那种纯真多感的心。这种貌似无端浪费掉了的感情，是说不清、道不明的，只能去回味、去品咂。弥漫于全篇的，即主人公同时也是作家本人那种心灵体验和感悟。这也就是张贤亮所说的能于"叙述"中显示出心灵来，丰富、充实，然而又留有可资回旋的想象空间。

熟悉日本文学的张贤亮，在其散文随笔中可随意之所至、心之所需而引用日本作家作品，准确、得体，通过所引文学例子，强化了所要表达的意思。如《父子篇》谈到"养儿才知父母恩"时，顺手引了芥川龙之介的短篇小说《河童》，"好像芥川龙之介写过一篇名叫《河童》的小说，说婴儿钻出母体之前，应有选择是否愿意诞生在这个家庭的自由。如果我有这样的自由，从那瞭望孔看到这家又有沙发又有弹簧床并且铺了地毯，肯定会缩回去在母腹中自尽，免得大了交代不清"（《父子篇》）。

寓言体小说《河童》创作于 1927 年，系芥川晚期代表作，叙述者系某精神病院病人，编号第二十三号，三十来岁，少相，见人就讲述河童的故事。疯子先恭恭敬敬指着椅子请你坐下，然后露出忧郁神情，安静地讲故事。刚一结束，立刻抡起拳头对听者破口大骂："滚出去！坏蛋！你这家伙也是个愚蠢、好猜忌、淫秽、厚脸皮、傲慢、残暴、自私自利的动物吧。滚出去，坏蛋！"故事开始于这疯人的一次旅行：从上高地的温泉旅馆出发，打算攀登穗高山，到梓川峡谷时看见一个河童，惊慌之下从"河童桥"上掉了下去，醒来后即知已身处"河童国"。河童熟悉人类远甚于人类自己的了解；而且形状很好玩，全都戴着眼镜，随身携带烟盒、钱包之类，像袋鼠一样，腹部有个袋子。它们的肤色颇为奇特，随环境而变化，比如进入草丛，身体即变成绿色，像变色龙那样。更为奇异的是河童的生育习俗：分娩和人类一样，须请医生和产婆帮助，临产时分，做父亲的像打电话那样对着母亲下部大声发问："你好好考虑一下愿意不愿意生到这个世界上来，再回答我。"肚子里的孩子想了一会儿，悄悄地说："我不想生下来……"产婆马上把一根粗玻璃管插入女人下身，注射了一种液体，只听产妇长叹一口气，如释重负，肚子即刻瘪了下去。这是一个非常有名的细节，张贤亮散文中加以引用，却说腹内孩子"自尽"，是不准确的，但也无伤大雅。

除了文学作品上的良好精神因缘之外，张贤亮小说日译因缘则反映出人与人之不同，有君子，有痞子，都让他遇上了。无怪乎张贤亮慨叹着说，凡事到了最后不得不用"平常心"待之。1987 年，张贤亮小说第一个日译作者野泽俊敬专程来宁夏拜访，就《绿化树》翻译中出现的问题与作家会面、请教。这令张贤亮非常感动，以为一般通信即可解决的事情，何须千里迢迢，费此周折。译者的敬业精神打动了张贤亮，当对方提出因出版社为小企业，付不出较多版税时，张贤亮立刻表示放弃这一作家应得权利。不久译本出来，给作家邮寄了两大箱装帧漂亮的样书，并附有一封诚恳的感谢信。但是这感动还没持续多久，张贤亮遇到了另一件窝心事，东京一家名为"二见书房"的大出版社，先后出版了《男人的一半是女人》和《早安！朋友》（译名改为《早熟》），没有征得作家同意，更无样书和版税。张贤亮得知消息后，向前来采访他的日本共同社上海支局长高田智之讲述了此事，后者极表不平，写了一篇报道发表在日本报纸上。"二见书房"招架不住，寄来一信说"考虑到张先生不便"（大概指小说引起争议），故未能联系便自行翻译出版，并表示"谢罪"，只字不提版税。张贤亮复信中写到，来信令人想起一则寓言：一个姓张小贩在集市上卖酒，有人控告他出售假酒，他被拉到派出所，而另一小贩趁机将酒运至市场上卖了。等张姓小贩澄清事实出来，找这小贩要酒钱，小贩却说，您老人家那时不在，没法联系，现在向您表示谢罪，钱嘛，没有的。张贤亮说，他不客气地告诉出版商："收回你的谢罪，付出你的现款！"此事又过不久，日本一家文学协会翻译出版了《土牢情话》，鉴于前有"二见书房"经验，张贤亮根本没想过要版税。殊出意料的是，出版者竟托人带来版税，虽不多，却令作家产生了喜出望外的感觉（《我为什么不买日本货》）。

这种因翻译版权引得愉快与窝心两种情感聚于一身的现象，想来在作家特别是名作家身上并不少见，而张贤亮的经验和体验则似乎更有些代表性。

（《黄河文学》2024 年第 8 期）

读史叹

实录记：吕公著的胡子

赵冬梅

引　永恒的胡子

南宋人翟伯寿穿衣，喜欢标新立异，"巾服一如唐人，自名'唐装'"。他的朋友许彦周好搞怪。有一天，翟伯寿去看许彦周，"彦周鬟髻，着犊鼻裈，蹑高屐出迎"，头上梳两个小鬏鬏、穿着丁字裤、脚踩高底鞋，大摇大摆，迎将出来。翟伯寿一时愕然。许彦周不慌不忙地说："吾晋装也，公何怪?!"这个故事，出自陆游的《老学庵笔记》卷八。许彦周的"晋装"、翟伯寿的"唐装"，一个是自我作古，一个是有意恶搞，总之，都不是当时通行的"宋装"。华夏民族的服装样式，在不同的历史时期呈现出不同的风貌。今日你我所着，皆是"洋装"，或曰"现代服饰"。在整个传统时期，截至清朝统治者强令剃发之前，华夏民族服饰唯一不变的，是成年男性之束发于顶和中老年男子的蓄须。我今天要讲的这个故事，就与胡子有关。

一　朝廷诏书，吕公著污蔑韩琦谋反，罢御史中丞

故事的主人公名叫吕公著，宋朝人，生于宋真宗天禧二年（1018），卒于宋哲宗元祐四年（1089），一生经历了宋真宗、仁宗、英宗、神宗、哲宗五个皇帝，官至宰相。故事开始的时间是宋神宗熙宁三年（1070），这时候吕公著五十三岁，留着一把漂亮的大胡子。为把故事讲得明白些，请允许我大段引用史料原文。不过别担心，我会一一解释。

《续资治通鉴长编》卷二一〇记载：

> （熙宁三年四月）戊辰，诏御史中丞吕公著，比大臣之抗章，因便坐之与对，乃诬方镇有除恶之谋，深骇予闻，乖事理之实，可翰林侍读学士、知颍州。

《续资治通鉴长编》是南宋史家李焘所作的北宋编年史，原书 980 卷，现存 520 卷，是清朝学者从《永乐大典》里抄出来的。《永乐大典》是明初编修的一部"类书"，将当时所见的八千种古籍打散重组，抄成一部包罗万有的新书。被抄进去的书后来原书散失，反而要靠着"类书"重新抄录聚拢。《永乐大典》全书 22937 卷，清初尚余 90%，今所幸存者，仅 800 余卷。书籍的聚散，令人唏嘘。幸赖清初学者的努力，《续资治通鉴长编》得以重现，虽非全璧，却也是我们观察北宋历史的主干史料。

熙宁是北宋第六帝神宗的第一个年号，神宗只有两个年号，第二个是元丰。熙宁共计十年，熙宁三年是公元 1070 年。戊辰，干支纪日，熙宁三年四月戊辰是八日。诏书，以皇帝名义发布的政府文书。连起来，熙宁三年（1070）四月八日，宋朝政府颁布了一则诏书。这则诏书宣布的是一项重大人事变动：御史中丞吕公著免职，调任颍州知州。御史中丞是宋朝行政监察机构——御史台的长官，并由此成为专司舆论的台谏官群体的领袖。颍州知州只是诸多州长之一。吕公著遭到了贬谪。

贬谪的原因是他污蔑大臣要发兵清君侧，"比大臣之抗章，因便坐之与对，乃诬方镇有除恶之谋"。诏书文字高度凝练，置身当时，懂的都懂。今人则需钩沉索引，拿出大侦探的本事来，一一索解。"大臣"，宰相级别的高官，这里指前任宰相、现任大名知府韩琦。"抗章"，上章反对中央政令。韩琦"抗章"反对青苗法，神宗发生严重动摇，几乎取消青苗法。王安石"居家待罪"，以示抗议。一番拉扯之后，神宗让步，将处置反青苗法言论的权柄交付王安石。王安石组织人员，针对韩琦的"抗章"写作批判文章，又亲自润色，雕版印刷，发放全国。韩琦"三世执政"，做过仁宗、英宗、神宗三朝的宰相，所遭打击，可谓惨烈。王安石雕版战韩琦，在宋朝政坛引发剧烈的心理震荡。吕公著为韩琦抱不平，愤然反问神宗，朝廷这样对待韩琦，就不怕他提兵进京清君侧吗？不管出于何种理由，方面大员提兵进京，都是十恶不赦之举。吕公著以起兵之念想加诸韩琦，近乎污蔑，实属恶劣——如果他真的这样说了的话。

那么，吕公著究竟是在何种情境之下出此恶劣之语的呢？现场证人又是谁？相关信息，诏书也有交代："因便坐之与对"。"便坐"，非正式场合。"与对"，参与召对，被神宗接见。"便坐与对"，照理说，除可能的宦官宫女之外，在场人员大概率只有皇帝和吕公著二人。因此，"吕公著污蔑韩琦谋反"的唯一在场人证，只能是神宗皇帝本人。诏书说"深骇予闻"，"予"是皇帝自称。

熙宁三年四月戊辰（八日），朝廷颁布诏书，指责吕公著污蔑韩琦谋反，罢其御史中丞，外放颍州。以上皆属客观发生。但是，诏书白纸黑字、言之凿凿的罢免理由——吕公著污蔑韩琦谋反——是否为客观发生呢？

二　吕公著喊冤，王安石诬我

物换星移，世事变迁。元丰八年（1085），正当盛年的神宗驾崩，其子哲宗幼年即位，吕公著再度回朝，担任副宰相，很快升任宰相、监修国史，成为《神宗实录》的主编。唐代开始以宰相监修国史，建立了完整的本朝史编修制度，宋承唐制。国史的编修以皇帝统治时期为单位，皇帝在位期间，史官编修《起居注》记日常政务，宰相大臣编修《时政记》记最高决策会议；皇帝驾崩之后，以《起居注》《时政记》为基础，编修《实录》，又在《实录》的基础上编修《正史》，《正史》又称《国史》，是本朝史的终端产品。《实录》《正史》之前，冠以皇帝庙号，比如《神宗实录》《神宗正史》。《实录》单行，一帝一书；《正史》可以合修，比如《三朝国史》记宋初太祖、太宗、真宗三朝事。吕公著在哲宗初年监修的，就是刚刚驾崩的神宗的《实录》。神宗朝十九年的得失成败、是非恩怨，将在吕公著的主持下，"一一垂丹青"。其中，自然也包括了与他本人声誉攸关的熙宁三年《吕公著罢御史中丞诏》。元祐二年（1087），吕公著上疏朝廷，高声喊冤：

（当年我）被诬遭逐，全不出于圣意，止是王安石怒臣异议，吕惠卿兴造事端。日月既久，臣本不欲自明。适以宰职总领史任，今《实录》若即依安石所诬编录，既因臣提举修进，则便为实事，它时直笔之士虽欲辨正，亦不可得。

大意如下：熙宁三年，我遭到诬陷，被驱逐出中央，完全不是神宗的意思，而是王安石恨我反对他的新法，他的爪牙吕惠卿捏造事实，构陷于我。年深日久，我本不想再辩白。可是如今我以宰相监修国史，如果《实录》按照王安石的污蔑之词编录，修成上进，那么，王安石对我的诬陷就成了实事——将来就算有史家想要秉笔直书，辨正其事，也无从下笔了。

吕公著鸣冤，太有必要了。按照制度，像《吕公著罢御史中丞诏》这样涉及重要职位任免的政府文件是一定要修入《实录》的，而前任宰相王安石所修的《时政记》也是《神宗实录》的两大史料来源之一。但是，倘若在吕公著的监修之下，就这样亦步亦趋地按照王安石的《时政记》和《吕公著罢御史中丞诏》写了，那么，"吕公著曾经污蔑韩琦谋反并因此受到免职处分"就真的成了不争的事实。对于吕公著而言，这是大节，无论如何都要辩白。以下是元祐二年吕公著的情况说明：

> 臣先任御史中丞……亦尝入对面陈，蒙神宗曲赐敦谕，圣意温厚，初无谴怒之旨……是时王安石方欲主行新法，怒议论不同，遂取舍人已撰词头，辄改修，添入数句，诬臣曾因对论及韩琦以言事不用，将有除君侧小人之谋。缘臣累次奏对，不曾语及韩琦一字，方欲因入辞自辨，时已过正衙，忽有旨放臣朝辞，令便赴任……至元丰中，臣再对朝廷，先帝待臣甚厚，未几，遂除柄任，及尝赐臣手诏，大略云："顾在廷之臣，可以托中外心腹之寄，均皇家休戚之重，无逾卿者。"

吕公著的辩白分为四段：第一，我确实反对青苗法，但是神宗皇帝对我的态度一直是温和的，从未流露出暴怒谴责的意思。第二，我的免职是事实。但是免职诏书的措辞，却是王安石的主张。他恨我反对青苗法，因此擅自修改当制舍人（值班秘书）起草的诏书，添加了污蔑我污蔑韩琦的文字。第三，我几次面见皇帝，从没有一句话谈到韩琦。我领受诏书之后，本来还有一个机会可以见到皇帝，当面辩白，那便是地方大员赴任之前应当享有的"朝辞"礼遇。可是，我刚刚过了正衙殿，忽然就来了圣旨，免我朝辞，让我立即赴任。第四，到了元丰年间，我回朝廷面见皇帝，神宗待我非常仁厚。不久，我被任命为枢密院的副长官。神宗曾经赐我手诏，大意是说："环顾在朝之臣，不管在朝还是在外，若论值得托付重任，为皇家分忧，没有谁比得上卿。"

到此为止，关于吕公著罢御史中丞的原因，出现了两种相互对立的表述。熙宁三年四月八日颁布的《吕公著罢御史中丞诏》指责吕公著污蔑韩琦谋反，言辞严重不当，因此罢官。元祐二年吕公著的申辩则声称，自己从未提及韩琦，意图否定诏书指其曾经污蔑韩琦谋反的说法，认为诏书的说法是王安石的挟私报复。诏书先出，是当时文字，属于"第一手证据"。吕公著的申辩后出，是私人表达，利益攸关。孰是孰非？应当怎样判断？

三　众说纷纭

这道难题摆在了南宋史家李焘的面前，除了《吕公著罢御史中丞诏》、吕公著在元祐二年的辩白，李焘能看到的材料还包括：两位在场证人王安石和赵抃的证词，后者由司马光记录；司马光的推测；以及《吕公著家传》的说法。

（一）在场证人王安石的记录

首先是王安石的《时政记》。关于"吕公著罢御史中丞"的因果本末，李焘从《时政记》中读到如下记载：

> 公著数言事失实，又求见，言"朝廷申明常平法意，失天下心。若韩琦因人心如赵鞅举甲，以除君侧恶人，不知陛下何以待之？"因涕泣论奏，以为此社稷宗庙安危存亡所系，又屡求罢言职。上察其为奸，故黜。

译成现代汉语，就是：吕公著多次发表不实言论，又求见皇帝，说："朝廷推行青苗法，失了天下人心。倘若韩琦顺应人心，效仿春秋时期的赵简子，起兵清除皇帝身边恶人，不知陛下将要如何对待?!"吕公著哭哭啼啼，说此事关系社稷宗庙的安危存亡，又多次以离职要挟皇帝。神宗察觉到他的奸邪，因此决定免去他御史中丞的职位。简单地说，吕公著确有诬陷韩琦的不当言论，这才引发神宗不满，决意罢免他的御史中丞。

接下来，《时政记》记录了《吕公著罢御史中丞诏》的出台过程。这中间经历了两次国务会议，相关人物包括首相曾公亮、次相陈升之、副宰相赵抃、王安石，当制舍人宋敏求。第一次国务会议，神宗决定在诏书中公开吕公著诬陷韩琦的罪状，命曾公亮将这一决定传达给当制舍人宋敏求。但是，曾公亮却指示宋敏求将"引义未安"作为罢免吕公著的理由。所谓"引义未安"，直译就是所引典故意思不当，试图以措辞的模糊稀释诏书的严厉程度。王安石当场抗议，说"圣旨命令明言吕公著罪状，若只说'引义未安'，那就不是皇帝的意思了"。这话，等于指责曾公亮擅自改动圣旨，乃是大罪。宋敏求按照曾公亮的吩咐起草了诏书。

第二天，国务会议再度就吕公著贬谪诏书的措辞展开讨论，王安石主张公开说明，曾公亮、陈升之、赵抃反对。神宗说吕公著在官僚中享有巨大影响力，如果不公开表明他的罪状，大家不知道他被贬的真正原因，必然议论纷纷，要乱。曾公亮说这么写，天下人一看就知道说的是韩琦，这会让韩琦不安，不合适。神宗大不以为然，说："既然吕公著都被处分了，我们明白宣布他是胡说八道、诬陷好人，那韩琦就没有不安的道理，即便是全天下都知道了，又有什么了不得的!"曾公亮一方据理力争，一直争到天色已晚，神宗还是不答应。最终，神宗当面下令，让陈升之修改诏书，直接下发。宰相抢了秘书的饭碗。

（二）在场证人赵抃的回忆

以上是王安石《时政记》的记录，王安石是事件的积极参与者和现场证人。当时在场的四位宰相、副宰相当中，还有一位副宰相赵抃也留下了证词。赵抃的政治立场与王安石不同，但他也记得吕公著应该说过污蔑韩琦的话。以下是赵抃的证词：

> 上谕执政，以吕公著自贡院出，上殿言，朝廷推沮韩琦太甚，将兴晋阳之甲以除君侧之恶。王安石怨公著叛己，因此用为公著罪。及

中书呈公著责官诰词，宋敏求但云"敷陈失实，援据非宜"。安石怒，请明著罪状。陈升之不可，曰："如此，使琦何以自安。"安石曰："公著诬琦，于琦何损也！如向日谏官言升之媚内臣以求两府，朝廷岂以此遂废升之？"皆俛首不敢对。上既从安石所改，且曰："不尔，则青苗细事岂足以逐中丞？"

赵抃提供了更多的细节，涉及吕公著污蔑韩琦的具体时间点以及可能的情境。

熙宁三年的二到四月间，神宗、王安石和反对派进行了第一场激烈较量。二月初一，韩琦批评青苗法的奏疏抵达御览，引发神宗剧烈动摇；初五，王安石正式称病不出，以此抗议排山倒海的批评和神宗的动摇。二月二十一日，神宗屈服，王安石恢复工作；二十三日，王安石下令，对韩琦批评青苗法的报告展开批判。三月四日，两份文件同时出台，宣告新法的胜利，一份是神宗的最高指示"青苗法没有问题"，另一份则是由王安石亲自下场润色的驳韩琦奏。这篇战斗的檄文被雕版印刷，发放全国，韩琦成为批判的对象。四月，这一场由政策讨论引发的政治角力进入收尾阶段，反对派纷纷遭贬，离开中央，吕公著罢御史中丞便是其中之一。以上过程，我在《大宋之变，1063—1086》中有详细描述。

那么，吕公著究竟是在哪个时间点、怎样的一种情境之下，才说出有"污蔑韩琦谋反"嫌疑的不伦之词的呢？按照赵抃的回忆，是"吕公著自贡院出，上殿"的时候。吕公著是这一年省试的副主考。按照宋代制度，科举考试，考官人选临时发布，一旦发布，随即锁院，与外界隔绝，考完放出。熙宁三年的省试锁院，在正月初九，吕公著"自贡院出"应该在二月初。但倘若是二月初，韩琦的奏疏刚刚引发开封高层的政坛地震，神宗还在努力平衡反对派和王安石，试图走中间路线。这个时间点不存在"推沮韩琦太甚"的问题。真正的"推沮韩琦太甚"，要到二月二十一日王安石复出以后；而韩琦所遭受的"推沮"挫辱，在三月四日王安石雕版印刷驳韩琦奏发放全国之后达到巅峰。吕公著说"推沮太甚"，最合适的时间点应当在三月四日驳韩琦奏雕版发放之后。当此之时，吕公著面见神宗，情急之下，贾祸之言冲口而出——这是我"以情理度之"的后见之明，然而事情的客观发生却常常未必合乎情理。至少，按照赵抃的回忆，吕公著从贡院出来，就发表了污蔑韩琦谋反的不伦之词，而这话，是赵抃听神宗皇帝亲口说的。

顺便补充两点：一、这一年省试录取的第一名是陆佃，王安石的学生，陆游的祖父。这一点跟本文主题关系不大，但也非全无关系。陆佃能够录取为省元，虽然要感谢宋朝科举制度的公平，但也足以证明在当时，官僚集团尚未出现恶性分裂——政策主张、政治立场可以不同，为国取才仍然是共同追求。二、与吕公著同为副主考的，还有一个人，名叫孙觉。这个名字，我们后面会提到。

赵抃的回忆还补充了第二次国务会议的一些细节，让赵抃印象最深刻的，是次相陈升之与王安石之间的冲突。当制舍人宋敏求所起草的《吕公著罢御史中丞诏》，用了"敷陈失实，援据非宜"作为罢免中丞的理由，这是曾公亮所授意的"引义未安"的正式措辞。王安石坚持要改为吕公著污蔑韩琦谋反。陈升之反对，说："这样写，让韩琦如何能安心?!"王安石反驳道："是吕公著诬蔑韩琦，于韩琦又有什么损害！比如先前有谏官说你陈升之结交内臣求得宰相之位，朝廷难道会因为这个就罢免你陈升之吗?"话锋凌厉，寒气逼人。一众宰执"俛首不敢对"，讨论到此结束。《吕公著罢御史中丞诏》按照王安石的意见，用"污蔑韩琦谋反"做了吕公著罢御史中丞的理由。

综上所述，可将赵抃的证词归纳如下：说吕公著污蔑韩琦谋反的，是神宗本人；坚持把"污蔑韩琦谋反"写入诏书，作为吕公著罢御史中丞理由的，是王安石；神宗听从了王安石的意见，并且在尘埃落定之后补了一句"不这样写，就凭反对青苗法这样的小事，怎么值得罢免御史中丞呢?"这句话，更像是自说自话，自我安慰。

（三）赵抃证词的记录者司马光的疑问

将赵抃的回忆记录下来的，是司马光。他是吕公著的同道，二人都反对王安石的新法，并因此在神宗朝遭受程度不同的贬谪；哲宗即位之后，二人重返政坛，出任宰执，司马光先为宰相，他死后，吕公著继任。《资治通鉴》叙事截止于宋朝建立之前，是宋朝人的古代史和近代史。在完成《通鉴》之后，司马光有意写作本朝当代史，并为此搜集资料，忠实记录资料来源，比如"闻之赵抃"。赵抃的证词，老实说，对吕公著不利，司马光做了如实记录。但是，对于"吕公著污蔑韩琦谋反"作为客观发生的真实性，司马光是深度怀疑的。所以，他还记下了一种未透露来源的说法，那便是"神宗记错了"，误把"孙觉"当成了"吕公著"：

> 公著素谨，初无此对。或谓孙觉尝为上言："今藩镇大臣如此论列而遭挫辱，若唐末、五代之际，必有兴晋阳之师以除君侧之恶者矣。"上误记以为公著也。

"或谓"，有人说。司马光在内心深处是认同于"或谓"的。吕公著是仁宗朝宰相吕夷简之子，对于高层政治，浸润极深，一向严谨持正，怎么可能说出"韩琦谋反"这样既违反原则又毫无好处的话呢？司马光不信。但是，根据赵抃的回忆，这是神宗亲口所言。所以，唯一合理的解释，是神宗出现了记忆误植。孙觉说过这话，神宗记成了吕公著。"或谓"所传孙觉之语的语气非常有真实感和现场感，我把它译成现代汉语，读者可以自行品味："如今藩镇大臣（韩琦）这样尽心尽力地为朝廷进言，却遭到如此挫辱。这要放在唐末五代的时候，一定会有人提兵进京来清除君侧恶人！"

（四）《吕公著家传》重建事实，努力辩白

《吕公著家传》的说法与"或谓"相同。《吕公著家传》，顾名思义，是吕氏后人站在家族立场为吕公著所作的传记。《家传》试图以过程性细节呈现神宗"误孙为吕"的原因：

> 三月十一日壬寅，谏官孙觉见上论青苗事，且言条例司驳韩琦疏镂板行下，非陛下所以待勋旧大臣意。赖琦朴忠，固无它虑，设当唐末、五代藩镇强盛时，岂不为国生事乎？后二日甲辰，公著见上，复极论青苗事，然未尝及琦也。已而，上谓执政曰："吕公著、孙觉皆极言青苗不便，且云驳难韩琦非是。"因面诘王安石、韩绛不当镂板，初无罪觉意也。觉既被黜，执政遂以觉语加公著。及公著黜，觉犹舣舟城东，未赴广德，乃谓人曰："韩琦事独觉尝言及耳。"然后人知公著未尝言琦。

根据《家传》，三月十一日，孙觉面见神宗，批评青苗法，并针对三月四日王安石雕版发放驳韩琦奏的做法，提出强烈抗议，认为这不是对待勋旧大臣的正确态度。幸赖韩琦淳朴忠诚，不用担心其他，同样的做法要是放在唐末、五代藩镇强大的时候，岂不是要白白地为国家生出事端吗?!所谓"为国生事"，即王安石《时政记》之"若韩琦因人心如赵鞅举甲，以除君侧恶人"、赵抃所记"必有兴晋阳之师以除君侧之恶者"，《家传》不忍直述其词，足见介意，此事对吕公著的伤害之深，由此可见一斑。三月十一日，孙觉的大放厥词，必定给神宗留下了深刻印象。两天之后，三月十三日，吕公著面见神宗，再次激烈批评青苗法，但没有提到韩琦遭到的推沮，这应当是有意避免过度刺激神宗，符合吕公著"素谨"的作风。孙觉、吕公著的接连批评，对神宗造成强烈刺激。他向宰相大臣抱怨说："吕公著、孙觉都极力反对青苗法，认为它不便于民，而且说驳难韩琦是不对的。"于是，神宗当面责备王安石和韩绛，说他们不该把驳韩琦奏雕版发放。在这个时候，神宗把同样反对青苗法的谏官孙觉和台长吕公著"合并同类项"了，神宗口中"且云驳难韩琦非是"的人，在现场听众的耳朵里，可以是孙觉和吕公著。当时，神宗应该是感到了懊悔，所以他要责备驳难韩琦的人，也没想到要贬谪孙觉和吕公著。但是，不久，神宗稳定了情绪，决心坚定地站在新法一边，形势急转直下。

三月二十五日，孙觉被贬广德军，理由是"奉诏反复"。四月初，神宗决定罢免御史中丞吕公著，"执政遂以觉语加公著"，王安石于是把孙觉说过的话安到了吕公著的头上。四月八日，《吕公著罢御史中丞诏》颁布，罪名是"污蔑韩琦谋反"。消息传来，"舣舟城东"，正准备奔赴广德军贬所的孙觉跌足失声，说"韩琦事独觉尝言及耳"。《吕公著家传》记录孙觉的话，紧接着，写道"然后人知公著未尝言琦"，给人的感觉好像当时的人就都知道吕公著是冤枉的了。但这其实只是文字所营造的因果关系。假定孙觉在当时说过这话，知道的并相信的人应该也只是少数，比如司马光，比如吕公著。既然吕公著没能获得"朝辞"的机会，当面向神宗辩白，那么，大多数人应该还是按照《吕公著罢御史中丞诏》的说法理解这件事的。

除了对《吕公著罢御史中丞诏》的出台过程进行细节还原，正面论证吕公著从未污蔑韩琦。《家传》还从两个侧面进行了补充论证：一、吕公著没有污蔑韩琦的主观故意，吕公著的哥哥有两个女儿嫁给了韩琦的儿子，"公著必不肯诬琦"。二、从三月十三日吕公著面见神宗，到四月八日吕公著被罢免，隔了22天。假定是吕公著污蔑韩琦引发神宗震怒，决定罢免他的御史中丞，不应该隔那么久。

四　史家的选择

材料看完了，总结一下核心问题与各家态度：

第一，神宗是否说过"吕公著污蔑韩琦谋反"？所有材料不管是否存疑，都给出了肯定回答。

第二，吕公著是否说过类似于"韩琦搞不好要起兵"的话？换言之，"吕公著污蔑韩琦谋反"是否为"客观发生"？《吕公著罢御史中丞诏》、王安石《时政记》和赵抃的回忆都主张"是"；吕公著元祐二年的辩词和《吕公著家传》坚决主张"没说过"，司马光认为"不可能"。

第三，倘若吕公著不曾说过污蔑韩琦谋反的话，神宗为什么会说"吕公著污蔑韩琦谋反"？司马光和《吕公著家传》给出了可能的解释——孙觉说过，神宗误认孙觉为吕公著，记错了。

在李焘修《续资治通鉴长编》之前，还有三版《神宗实录》。第一版，就是吕公著曾任监修的《元祐神宗实录》，它抄录了熙宁三年的《吕公著罢御史中丞诏》、王安石《时政记》的相关片段，以及吕公著元祐二年的辩词。哲宗亲政，新党重新得势，绍圣元年，王安石的女婿蔡卞建议重修《神宗实录》，"元祐文字并加删削，全用《安石日录》"，这是第二版。南渡之后，又出现了第三版，主持实际工作的是司马光的学生范祖禹的儿子范冲。

这三版《神宗实录》，今天都看不到了，李焘比我们幸运，他看得到，因此也便更需要选择。李焘在《续资治通鉴长编》中所采取的叙述策略，是在正文中沿用《元祐神宗实录》的记载，"并附司马光所记"，在考异中备注《吕公著家传》等周边的记载。李焘说："《元祐实录》载王安石《时政记》及吕公著奏，其书法甚允当。"有利的、不利的都要记，这也是吕公著的诉求。元祐二年，吕公著上疏喊冤，力证自己从未诬陷韩琦，最后说"望以臣奏付实录院,许令纪实,以信后世。"吕公著提出的书写方案,并非简单粗暴地利用权势,删掉那些对自己不利的记载,而是如实记录曾经发生的、已经产生的,并附上自己的辩白之词,把判断的权柄交给未来。

相信未来,相信是非自有公断,相信历史书写的力量,是传统中国之所以"为历史之国家"的重要表现。李焘在《续资治通鉴长编》卷一的结尾记录这样一个故事:

> (太祖)尝弹雀于后苑,或称有急事请见,上亟见之,其所奏乃常事耳。上怒诘之,对曰:"臣以为尚亟于弹雀。"上愈怒,举斧柄撞其口,堕两齿。其人徐俯拾齿置怀中,上骂曰:"汝怀齿,欲讼我乎?"对曰:"臣不能讼陛下,自当有史官书之也。"上悦,赐金帛慰劳之。

宋太祖在后苑打鸟,有官员宣称有急事求见,结果却并不急,又出言顶撞,太祖在盛怒之下,抄起斧子砸掉了此人的两颗牙齿。却没想到这人不慌不忙地把牙齿捡起来放进怀里,让太祖以为这家伙是收拾了物证预备要告自己,没想到对方说:"我没办法告你,但是历史会记下今天的事。"于是太祖转怒为喜。历史怎么写,终究是有力的。而那些相信历史自有公论的人,便不会走得太远。比如吕公著,尽管把握了修史大权,却仍然遵循实录原则。

乱 胡子,倒霉的胡子

对于吕公著而言,熙宁三年罢御史中丞的真实原因为何,是一桩关系出处大节的要紧之事,所以他本人会在元祐二年监修《神宗实录》时上疏喊冤,而他的《家传》也会不惜篇幅,以细节重建事实,试图说明神宗是如何"误孙为吕"的。但老实说,《家传》的叙述效果并不理想,因为它并没有从根本上解决神宗记忆误植的原因。熙宁三年,神宗只有二十三岁,周岁二十二,正是记忆力最好的时候,倘非故意,为什么会孙冠吕戴呢?

邵伯温《邵氏闻见录》给出一个推测："上已忘其人，但记美髯，误以为申公也。"申公，即吕公著。那个冲口而出说韩琦搞不好要起兵清君侧的孙觉，是一个美髯公，吕公著也是，他们又都有着刚从贡院出来的经历、都激烈反对青苗法、都同情韩琦，于是，神宗就搞错了。熙宁三年，孙觉四十三岁，吕公著五十三，的确都到了留胡子的年纪。可能吗？可能。

生命终结前的鲁迅

黄乔生

在上海的近十年，鲁迅既因盛大的文名受到热烈追捧，也因其言论而常受到批评、限制和禁锢。

外国文化人士和记者来中国，鲁迅是重要的受访对象。斯诺、史沫特莱、斯特朗等采访过他，日本文化界人士和重要报刊的记者来采访的更多。萧伯纳到中国，宋庆龄、蔡元培等接待，受邀作陪的，当然也有鲁迅。但因为经常发表对当局不满的言论，鲁迅发表文章、出版著作并不顺畅。作为公众人物，当他不愿交往尤其是不想陷入不必要的纠缠时，只好隐藏或装扮一下："破帽遮颜过闹市。"

二十世纪三十年代，中国进入一个社会斗争的新时期。社会主义思想与中国的劳工阶层结合，正在深入人心，反对政府的势力不断壮大。鲁迅在《二心集》的序言中说，他相信"惟新兴的无产者才有将来"，他愿意跟上时代步伐。对外，他更为倾心于早年就关注的俄苏，特别是那片土地上的文学大师和优秀的作品；对内，他与新起来的青年文人同调合拍。

但"革命文学家"看不惯鲁迅，视其为有产阶级，用阶级论来分析他的社会地位，向他的"权威"发难：鲁迅是有过历史功绩的文学家，在文坛享有盛名，总有人认为他会躺在过去的光荣上吃老本；而且，在新观念里，他有这样的资本和地位本身就是罪过，占据文坛重要资源，堵住了青年文人们的出路——而后者正在亭子间受苦。

鲁迅到上海不久，就参加了具有社会主义倾向的组织，例如中国革命互济会，又参加了中国自由运动大同盟和中国革命民权保障同盟特别是参加了中国左翼作家联盟。他愿意提携后辈，甚至融入青年群体中。

这个斗争、谅解和融和的过程并不长。1930年，鲁迅过了五十大寿庆祝会后，屡经通缉、禁锢、战乱，衰老得很快，四五年后大病缠身。他虽然坚持写作，但毕竟不像青年时代那样很快恢复体力。

到1935年，他意识到要做告别人世的准备了。这时，他从事文字工作已近三十年。

一

鲁迅从青年时代起就强烈地感到寂寞和孤独。为此，他更需要身边有青年人的热情和活力。在北京、厦门和广州，他都倾力帮助过青年成长。一些获得帮助的青年颇有成就，出版了作品，如许钦文的《故乡》、台静农的《地之子》、高长虹的《心的探险》、孙福熙的《山野掇拾》等，蜚声文坛。鲁迅被许多文学青年视为前辈、导师，甚至偶像，很多青年追随他。

但也有一些青年作家对鲁迅怀有不满甚至敌意，不能达成和解。杂感集《三闲集》中记录了他到上海遭遇的围剿阵势很大，十分猛烈：创造社、太阳社、"正人君子"们的新月社中人，群起攻之。他在《三闲集·序言》中介绍："连并不标榜文派的现在多升为作家或教授的先生们，那时的文字里，也得时常暗暗地奚落我几句，以表示他们的高明。我当初还不过是'有闲即是有钱''封建余孽'或'没落者'，后来竟被判为主张杀青年的棒喝主义者了。"

这些大帽子看起来吓人，实际上并无多大杀伤力，鲁迅的笔尖轻轻一拨，棍棒和砍刀就被闪落一旁。

因为参加中国左翼作家联盟和中国革命民权保障同盟等组织，也有人从另一种角度批评鲁迅不专心创作而热心参加社会活动，不断为报刊写杂感文字是在浪费时间和才能。他们指责鲁迅黏着在过去的荣誉上，凭借《呐喊》和《彷徨》成就的新文学大师的地位，享受着文学青年的崇拜，实际上已经成了阻碍青年前进的绊脚石，必须被打倒、踢开。

鲁迅为自己辩解，同时对批评者提出忠告。他在《三闲集》的末尾附上自己的著译书目，在总结了自己的业绩后对后辈做了警示：

仅仅宣传些在西湖苦吟什么出奇的新诗，在外国创作着百万言的小说之类却不中用。因为言太夸则实难副，志极高而心不专，就永远只能得传扬一个可惊可喜的消息；然而静夜一想，自觉空虚，便又不免焦躁起来，仍然看见我的黑影遮在前面，好像一块很大的"绊脚石"了。

面对人们希望他在文学上继续前进，写出更大、更好的作品的殷切期待，鲁迅也不免有些焦躁。既然前进，就应该甩掉包袱，不能躺在过往的成绩上炫耀或者睡大觉；而新的作品可能是过去作品的延伸，也可能是对过去的作品的否定。

关键在于，鲁迅还能否生产作品？还有没有创造力？如果只满足于做文坛领袖，教诲和指导青年，而自己没有新的成绩，他的意见是否还正确而有指导意义？如果他的意见不正确或者不适应现实，年轻人还要不要团结在他的周围？

上海的"革命文学家"的围攻结束后，鲁迅的生活进入了一个相对平稳期。但作为文坛领袖，他有责任引领前进的方向，并培养后进。当然，还有养家糊口。多方面的工作和生活需要，让他疲于应对，书斋生活看似平稳，但日复一日的伏案工作损害了他的身体。国际大都市上海，不只充斥着政治和文化冲突，还有席卷各行业的商业潮流和旋涡，让人躁动不安。

《奔流》杂志让鲁迅忙得不可开交，繁杂编务占用了他大量精力；而后来创办《译文》杂志并不顺利，编者与出版商的矛盾导致刊物不能正常接续，给他带来很大烦恼。

在小说创作上，鲁迅到上海后一直没有新的成绩。他有过一些创作计划。比如1936年在与冯雪峰的一次谈话中，鲁迅说自己想写一部关于知识分子的长篇小说。冯雪峰在《1928至1936年的鲁迅》中回忆："说到鲁迅先生深知四代的知识分子，一代是章太炎先生他们；其次是鲁迅先生自己的一代；第三，是相当于例如瞿秋白等人的一代；最后就是现在如我们似的这类年龄的青年……他当时说，'倘要写，关于知识分子我是可以写的，……而且我不写，关于前两代恐怕将来也没有人能写了。'……'我想从一个读书人的大家庭的衰落写起……'又加说：'一直写到现在为止，分量可不小。'"

但这些计划都没有实现。

鲁迅晚年是写过几篇小说的，但不是长篇，并且不再描写现实生活，而是所谓的"历史小说"——最终编成小说集《故事新编》，人物多纠缠着过去的幽灵，在现代社会显出滑稽的面目，其中有些人物身上明显折射着他自己的精神状态。特别是《出关》，老子在与孔子的交往中，明确地意识到双方理念的不同，担心对自己不利，预感到未来的决裂和战斗，无奈之下骑青牛出关了。"出关"场面，滑稽可笑中分明透露出名义上受优待的"老作家"的凄凉处境。

这是在隐喻即将告别文坛？

邱韵铎在《〈海燕〉读后记》中认为，《出关》中的老子是鲁迅自况："至于读了之后，留在脑海里的影子，就只是一个全身心都浸淫着孤独感的老人的身影。我真切地感觉着读者是会坠入孤独和悲哀去，跟着我们的作者。要是这样，那么，这篇小说的意义，就要无形地削弱了，我相信，鲁迅先生以及像鲁迅先生一样的作家们的本意是不在这里的。"鲁迅在《〈出关〉的"关"》中说明自己的意见是，孔老相争，孔胜老败。因为虽然老子和孔子都尚柔，但两者有差异：孔以柔进取，老以柔退走，其关键在于，孔子"知其不可为而为之"，是事无大小都不放松的实行者，老子则主张"无为而无不为"，是一事不做、徒作大言的空谈家。"要无所不为，就只好一无所为，因为一有所为，就有了界限，不能算是'无不为'了。我同意于关尹子的嘲笑：他是连老婆也娶不成的。于是加以漫画化，送他出了关，毫无爱惜"。这段话意在申明，自己的态度仍是积极的，并无老年的颓唐和虚无主义情绪。

鲁迅的痛苦在于他意识到自己在文坛上可能成为保守力量，成为青年前进的障碍：

> 当我被"进步的青年"们所口诛笔伐的时候，我"还不到五十岁"，现在却真的过了五十岁了，据卢南（E. Renan）说，年纪一大，性情就会苛刻起来。我愿意竭力防止这弱点，因为我又明明白白地知道：世界决不和我同死，希望是在于将来的。

将来是可能有希望的，但将来不属于自己，因为毕竟"过了五十岁"，衰病在向他紧逼了。

他抄录宋末元初诗人郑思肖《锦钱余笑》中的自嘲诗给朋友，自然也是意识到自己的老年已至，要做好随时告别的准备：

> 生来好苦吟，与天争意气。
> 自谓李杜生，当趋下风避。
> 而今吾老矣，无力收鼻涕。
> 非惟不成文，抑且错写字。
>
> 昔者所读书，皆已束高阁。
> 只有自是经，今亦俱忘却。
> 时乎歌一拍，不知是谁作。
> 慎勿错听之，也且用不着。

二

1933 年，日本人山县初男获赠鲁迅两本小说集《呐喊》和《彷徨》。鲁迅在两本书上各题赠了一首诗，颇有自嘲，当然，也可以视为他对以往文学业绩的总结，即对往昔辉煌的告别：

> 弄文罹文网，抗世违世情。
> 积毁可销骨，空留纸上声。
> （题《呐喊》）
>
> 寂寞新文苑，平安旧战场。
> 两间余一卒，荷戟独彷徨。
> （题《彷徨》）

积毁可销骨，语出《史记·张仪列传》："众口铄金，积毁销骨。"《文选》李善注："毁之言：骨肉之亲，为之销灭。"纸上声，语出《旧唐书·列传第一百三十九》：时有大儒沈重讲于太学，听者常千余人。文远就质问，数日便去。或问曰："何辞去之速？"曰："观其所说，悉是纸上语耳……"毁禁书籍，文字狱，在中国有悠久的传统。鲁迅很早就遇到了"文网"。在文网不那么严密的北洋政府时期，他的著作就曾遭厄运，《呐喊》就曾因为封面用了红色而被禁止流通。

在上海，鲁迅遭遇了严厉的书报审查。

现存《题〈彷徨〉》手稿中，最后一句的"独"作"尚"。"独"字与前句的"一卒"重复，"尚"则有"仍在"的意思。"尚彷徨"符合人们对鲁迅的期待，说明他仍在努力：彷徨虽然不是一种好状态，但总比退隐好。人到了连"彷徨"都没有的时候，就是静待死亡了。

《呐喊》时期，鲁迅是"听将令"，但得到的反响并不大。到《彷徨》时期，意气不免消沉：

> 得到较整齐的材料，则还是做短篇小说，只因为成了游勇，布不成阵了，所以技术虽然比先前好一些，思路也似乎较无拘束，而战斗的意气却冷得不少。新的战友在那里呢？我想，这是很不好的。于是集印了这时期的十一篇作品，谓之《彷徨》，愿以后不再这模样。
>
> "路漫漫其修远兮，吾将上下而求索。"

有批评家对鲁迅的创作轨迹进行这样的描述——从"呐喊"到"彷徨"，似乎含有"退步""陷入困境"的意思。鲁迅在《三闲集·我和〈语丝〉的始终》中分析了这种论调：

> 谭正璧先生有一句用我的小说的名目，来批评我的作品的经过的极伶俐而省事的话道："鲁迅始于'呐喊'而终于'彷徨'。"

这种论调影响不小，造成对鲁迅艺术创作和思想状态认识的固化。实际上，鲁迅本人从没有如此夸大这两部小说集之间的差异，或有意将二者做对立分析。

《呐喊》和《彷徨》代表了一个时代的文学高标，成就了鲁迅新文学大师的声望。以至于有人冒充他的时候，一个管用的标签是自己写了《呐喊》或《彷徨》，可见在时人眼中是伟大的业绩。如，鲁迅到上海后不久，得知有人在杭州以他的名义题诗，就发了一个《在上海的鲁迅启事》：

　　我于是写信去打听寓杭的 H 君，前天得到回信，说确有人见过这样的一个人，就在城外教书，自说姓周，曾做一本《彷徨》，销了八万部，但自己不满意，不远将有更好的东西发表云云。

　　因此，正如钦敬、赞美鲁迅的人爱重《呐喊》《彷徨》一样，对鲁迅不满并施行攻击的人，也将标靶对准这两部代表作。

　　鲁迅创作道路上矗立的这两座高峰，二十年中几乎无人超越，自然是很不容易搬掉的。

　　但自从《呐喊》出版，对鲁迅创作的批评声就一直不断。成仿吾曾将《呐喊》中的作品几乎全盘否定，只对《不周山》稍予肯定，鲁迅对此耿耿于怀，十几年后还在《故事新编》的序言中反击道："成仿吾先生正在创造社门口的'灵魂的冒险'的旗子底下抡板斧。他以'庸俗'的罪名，几斧砍杀了《呐喊》，只推《不周山》为佳作……"

　　此外还有更"销骨"的批评，竟然有文学家在小说中安排人物拿《呐喊》揩屁股的情节。叶灵凤在小说《穷愁的自传》中写道："照着老例，起身后我便将十二枚铜元从旧货摊上买来的一册《呐喊》撕下三页到露台上去大便。"鲁迅在《上海文艺之一瞥》中讽刺说："还有最彻底的革命文学家叶灵凤先生，他描写革命家，彻底到每次上茅厕时候都用我的《呐喊》去揩屁股，现在却竟会莫名其妙的跟在所谓民族主义文学家屁股后面了。"这成了鲁迅后来随手讽刺对手的一个把柄："但我记得《戏》周刊上已曾发表过曾今可、叶灵凤两位先生的文章；叶先生还画了一幅阿 Q 像，好像我那一本《呐喊》还没有在上茅厕时候用尽，倘不是多年便秘，那一定是又买了一本新的了。"

　　鲁迅还在《且介亭杂文二集·"题未定"草（六）》中提到，梁实秋也是通过否定《呐喊》《彷徨》来否定他的文学成就的：

　　《集外集》的不值得付印，无论谁说，都是对的。其实岂只这一本书，将来重开四库馆时，恐怕我的一切译作，全在排除之列；虽是现在，天津图书馆的目录上，在《呐喊》和《彷徨》之下，就注着一个"销"字，"销"者，销毁之谓也；梁实秋教授充当什么图书馆主任时，听说也曾将我的许多译作驱逐出境。

这只是"听说"而已。梁实秋看到鲁迅的文章后，断然否定这种指责。

鲁迅到上海的最初几年，太阳社、创造社的"革命文学家"对其施行了猛烈攻击，不但将《彷徨》视为不革命，而且追溯上去，彻底否定《呐喊》。他们认为，以这两部小说为代表的鲁迅作品宣扬小资产阶级思想，刻意表现农民的愚昧落后，否定农民的进步性，是落后的和反动的。更有甚者，认为鲁迅不但没有从"彷徨"中走出来，还顽固坚持自己的错误观点，不肯进行革命性改造。

写作《题〈呐喊〉》《题〈彷徨〉》两个月前，鲁迅收到郁达夫的赠诗：

> 醉眼朦胧上酒楼，
> 彷徨呐喊两悠悠。
> 群盲竭尽蚍蜉力，
> 不废江河万古流。

郁达夫认为鲁迅的两部小说彪炳史册，都是中国现代文学家经典，那些攻击诽谤的宵小之徒无论怎样竭力，也不能贬低其价值。郁达夫给予鲁迅的是"全盘肯定"：他不在乎鲁迅的积极和消极，不分鲁迅创作的"呐喊"期和"彷徨"期，不谈鲁迅的思想是否转变，而对鲁迅的文学成就和思想观念一律敬佩和喜欢。郁达夫深知鲁迅几年间经受的巨大压力，希望鲁迅不理会"群盲"的议论和诅咒，继续前进。

鲁迅正是在看到郁达夫的诗后，宣示自己两部文集的价值和保持"荷戟独彷徨"战斗姿态的决心。

三

晚年鲁迅也不得不向自己的战友告别。以诗作告别的，除了纪念左联青年作家的《悼柔石》，还有《悼杨铨》：

> 岂有豪情似旧时，花开花落两由之。
> 何期泪洒江南雨，又为斯民哭健儿。

杨铨，字杏佛，曾留学美国，回国后任东南大学教授、中央研究院总干事等职。1932 年 12 月，协同宋庆龄、蔡元培、鲁迅等组织中国民权保障同盟，反对蒋介石专制统治。1933 年 6 月 18 日上午，杨铨带儿子外出。车刚驶出中央研究院，就遭到了一阵枪弹扫射。不过几分钟，车子就被打得千疮百孔。杨铨下意识地用身体护住儿子，自己身中数弹，血流不止，送往医院，因伤势过重，不治身亡。儿子仅腿部受伤，保住了性命。杨铨之死勇敢而悲壮，鲁迅听后极为感动，冒着生命危险前去吊唁，归来写下这首悼诗。6 月 25 日，他写信给日本人山本初枝说："近来中国式的法西斯开始流行了。朋友中已有一人失踪，一人遭暗杀。此外，可能还有很多人要被暗杀，但不管怎么说，我还活着。只要我还活着，就要拿起笔，去回敬他们的手枪。"

同一时间，鲁迅所作的另一首哀悼之作《悼丁君》，却让他十分尴尬，或者对他也是一个提醒：人间要好诗，但作诗须谨慎。

丁君即丁玲。1933 年 5 月 22 日，朝鲜《东亚日报》驻中国特派记者申彦俊在内山书店采访鲁迅："在中国现代文坛上，您认为谁是无产阶级代表作家？"鲁迅回答："丁玲女士才是惟一的无产阶级作家。"采访记发表在《新东亚》1934 年第 4 期。

当时 29 岁的丁玲任左联党团书记、《北斗》杂志主编。1933 年 5 月，丁玲与中共文委负责人潘梓年在住所被捕，同在场的另一位左联作家应修人因拒捕被杀害。6 月，舆论盛传丁玲被关押在南京并遭杀害。鲁迅听到这消息，悲愤地写下这首诗：

如磐夜气压重楼，剪柳春风导九秋。

瑶瑟凝尘清怨绝，可怜无女耀高丘。

1933 年 9 月 30 日，这首诗在《涛声》周刊第二卷第三十八期发表，词句有些修改。主动将自己的旧体诗送出去发表，这在鲁迅是很少有的。

中国的气氛仍然是压抑的，从晚清的"风雨如磐"，到党国的"如磐夜气"，没有多少变化。唐代贺知章《咏柳》："不知细叶谁裁出，二月春风似剪刀。"但在当时的中国，剪柳春风引来的却是秋寒。

然而，丁玲没有被杀害，而是被当局软禁后释放了。

鲁迅对丁玲的态度也发生了急剧变化。

丁玲去世不久，1986 年 3 月 16 日，唐弢在《光明日报》上发表《感谢你，丁玲同志！》一文，谈到鲁迅写作该诗的时间。文章说："鲁迅先生那时（指 1933 年 9 月 30 日——笔者）已经知道丁玲同志没有遇害"，为了平息谣言，"毅然将三个月前写的旧诗加题曰《悼丁君》，交给《涛声》周刊发表，以示自己对丁玲同志的信任"。这显然说不通：鲁迅既然知道丁玲没有死，怎么还会发表《悼丁君》？文章还引述鲁迅的一次谈话："我记得鲁迅先生是这样谈到丁玲同志的。他说，按照她的性格，决不会安于南京那样的生活，她会反抗的，也许先生已经知道丁玲同志有出奔的意思了吧，我不清楚。"

鲁迅得知丁玲还"活着"时，认为"不可原谅"。孔另境在《我的回忆》中记述 1936 年 6 月间，他陪台静农去看望患病的鲁迅的情景：

> 先生另外的一个特点是重气节嫉恶如仇。他对于现下的某种变节分子，一点也不饶恕，即使这人后来并不就一直沉落下去，但他也决不原谅。有一次某个文学者被捕了，他用了最大的力去营救，后来一听到这人忽平安无事，他就生气，而且永远地生气，也不愿意再有人提起一个字，因为在他心中，这人早已死了。只有至死不屈的人他佩服，他欢喜，最近他费着很多的力气编校《海上述林》就是一个例子。

"某个文学者"显然是指丁玲。

丁玲被捕后，鲁迅在书信、文章中表示担忧，并积极营救，在闻知其遇害后，作诗哀悼。但丁玲的"平安无事"让他的营救努力和悼念文字落空。据丁玲《魍魉世界——南京囚居回忆》，她曾写信给鲁迅，鲁迅未予回复。丁玲从南京回到上海后，两次求见鲁迅，都被冯雪峰阻止。冯雪峰给出的理由是："鲁迅近来身体很不好，需要静养""病情仍不好，医生不准会客"。显然是不予接见的托词。

确知丁玲没有被害后，鲁迅在给朋友的信中谈论过几次，如 1934 年 5 月 1 日致娄如瑛信："丁玲被捕，生死尚未可知，为社会计，牺牲生命当然并非终极目的，凡牺牲者，皆系为人所杀，或万一幸存，于社会或有恶影响，故宁愿弃其生命耳。"9 月 4 日致王志之信说："丁君确健在，但此后大约未必再有文章，或再有先前那样的文章，因为这是健在的代价。"11 月 12 日致萧军、萧红信也说："蓬子转向；丁玲还活着，政府在养她。"

但也不能排除鲁迅想象过丁玲是在利用当局的怀柔和软化策略，以"软"对"软"，寻求机会脱逃。鲁迅也没有因为怀疑丁玲有变节行为而将其文学成绩全盘否定。1934 年，鲁迅与茅盾应美国人伊罗生之约编选英译本中国小说集《草鞋脚》时，仍将丁玲的短篇小说《莎菲女士的日记》及《水》编入。他在与伊罗生的多次通信中，从未透露过因为社会上关于丁玲的传言而取消编辑计划的意图。

1936 年，丁玲在经由西安前往陕北的途中听到鲁迅逝世的噩耗。她以"耀高丘"的署名给许广平发了唁函："无限的难过汹涌在我的心头，……我两次到上海，均万分想同他见一次，但为了环境的不许可，只能让我悬想他的病躯和他扶病力作的不屈精神。……这哀恸真是属于我们大众的，我们只有拼命努力来纪念着世界上一颗陨落了的巨星，是中国最光荣的一颗巨星！"

鲁迅对有些事不轻易"变通"，有时达到固执的地步。1931 年春，因为中国左翼作家联盟工作的关系，鲁迅与丁玲交往频繁。据丁玲回忆，有一天晚上，她和冯雪峰与鲁迅聊天，她说："我有脾气，不好。"鲁迅不以为然："有脾气有什么不好？人嘛，总应该有点脾气的。我也是有脾气的。"鲁迅不但有脾气，而且脾气不小。

《悼丁君》后，鲁迅再也没有写悼念诗，便是对许为"知己"的瞿秋白，也是如此——他更加谨慎了。人事复杂，不易判定。

四

鲁迅长期伏案工作，很少休闲旅游，疲劳成了他身体的常态。1928 年 6 月 6 日，他在给章廷谦的信中说：

> 我前几天的所谓"肺病"，是从医生那里探出来的，他当时不肯详说，后来我用"医学家式"的话问他，才知道几乎要生"肺炎"，但现在可以不要紧了。
>
> 我酒是早不喝了，烟仍旧，每天三十至四十支。不过我知道我的病源并不在此，只要什么事都不管，玩他一年半载，就会好得多。但这如何做得到呢。现在琐事仍旧非常之多。

刚到上海不久，鲁迅与许广平一起去了西湖，算是蜜月旅行。这在鲁迅一生中是很奢侈的。

1935 年初，鲁迅的体力已经到了极限。1 月 15 日，他写信给曹靖华说："近两年来，弟作短文不少。去年的有六十篇，想在今年印出，而今年则不做了。一固由于无处可登，即登，亦不能畅所欲言，最奇的是竟有同人而匿名加以攻击者。子弹从背后来，真足令人悲愤，我想玩他一年了。"当月下旬，又在给曹靖华的信中说："我们都好的，但我总觉得力气不如从前了，记性也坏起来，很想玩他一年半载，不过大抵是不能够的，现除为《译文》寄稿外，又给一个书局在选一本别人的短篇小说，以三月半交卷，这只是为了吃饭问题而已。"

说归说，他仍然劳作不已。

鲁迅的收入并不低，他自己说给北平亲属安排的生活是在中产以上。要维持这样的生活，势必不停地劳作，甚至病中还要工作。在《病后杂谈》一文中，他描述自己的生活状态道：

> 好几回检查了全体，没有死症，不至于呜呼哀哉是明明白白的，不过是每晚发热，没有力，不想吃东西而已，这真无异于"吐半口血"，大可享生病之福了。因为既不必写遗嘱，又没有人痛苦，然而

可以不看正经书，不管柴米账，玩他几天，名称又好听，叫作"养病"。从这一天起，我就自己觉得好像有点儿"雅"了；那一位愿吐半口血的才子，也就是那时躺着无事，忽然记了起来的。

这种生活状态让人无奈。被拘谨在一个狭小的空间里，过着刻板的生活，不但不利于创作，对身体也没有好处。

当工作繁忙、身体疲乏时，鲁迅会想到早已蕴蓄在心中的到乡下生活的计划，表示要找个安静的地方写文章。其实，乡下安静的地方，因为缺少上海大都市的种种刺激，他也不一定能写出杂感一类的文章了。做大的学术项目呢，又需要充裕的生活，要么自身财产丰裕，要么得到官方资助。而且，他规划的《中国文学史》《中国字体变迁史》之类的学术著作曲高和寡，读者很有限。

鲁迅虽然在杂感中讽刺所谓现代"隐士"，但自己心中确实也有一种隐于市的情结。1933年4月1日他致信日本友人山本初枝，说起自己到日本旅游休养的事，内心是很想去，但考虑到一到那里，又要让人家招待，而且可能还会有便衣盯梢，于是想同两三位知己走走看看的初衷就很难实现了。他打了一个比喻道："毕竟我是乡下长大，总不喜欢西式的招待会或欢迎会，好似画师到野外写生，被看热闹的人围住一样。"

1933年6月28日，鲁迅书赠黄萍荪诗幅：

禹域多飞将，蜗庐剩逸民。
夜邀潭底影，玄酒颂皇仁。

蜗庐，即蜗牛庐。据《三国志·魏书十一》裴松之注引《魏略》，东汉末年，隐士焦先"自作一瓜（蜗）牛庐，净扫其中，营木为床，布草蓐其上，至天寒时，构火以自炙，呻吟独语"。《礼记·礼运》："玄酒在室。"唐代孔颖达疏："玄酒，谓水也，以其色黑谓之玄。而太古无酒，此水当酒所用，故谓之玄酒。"

这首诗的受赠人是鲁迅的浙江同乡黄萍荪，后来竟然成为浙江发布的对鲁迅的通缉令的始作俑者——这份通缉令，直到鲁迅去世也没有取消。因此，故乡绍兴，鲁迅是回不去的了。在国民党军队系统任职的李秉中曾希望通过自己的关系让当局取消通缉令，写信给鲁迅商量。鲁迅在病中委托许广平回信，婉拒他的提议。他宁愿这样终老，不出门，不合作——不参加社团组织了。最踏实的，是躲进小楼，与妻儿相依为命。

他的生活，其实是没有波澜的。住进"蜗庐"与"躲进小楼"是一个意思。《无题》表示要远离社会——一个"丛林"社会。

1933年11月27日，鲁迅为日本友人土屋文明书写诗笺：

> 一枝清采妥湘灵，九畹贞风慰独醒。
> 无奈终输萧艾密，却成迁客播芳馨。

九畹，《离骚》："余既滋兰之九畹兮，又树蕙之百亩。"王逸注："十二亩曰畹。"独醒，出自《楚辞·渔父》"众人皆醉而我独醒"。萧艾，即野蒿，一种有臭味的恶草，这里比喻小人。《离骚》："何昔日之芳草兮，今直为此萧艾也。"

到乡下生活，在晚年的鲁迅，差不多跟到外国疗养一样，只是内心的愿望和口头的闲谈，实施起来是很不容易的。

现实生活中的鲁迅是率直的批评者，是孤傲的文人，是一人敌万人的战士。从对"古今隐逸诗人之宗"的陶渊明的评论中，既能看出鲁迅对自己状态的清醒认识，也能看到他的矛盾心态。

鲁迅在《伪自由书·不求甚解》中回忆他在私塾读书时老师关于怎样理解《五柳先生传》中"不求甚解"的教导："小时候读书讲到陶渊明的'好读书不求甚解'，先生就给我讲了，他说：'不求甚解'者，就是不去看注解，而只读本文的意思。"鲁迅喜欢陶渊明的诗文，一生购买的中国古人诗文集中，陶集版本最多，而且从青年时代一直到老年，不断购置，兴趣不减，不但自存，而且赠送友朋。陶渊明有一篇名作《读山海经·其十》：

> 精卫衔微木，将以填沧海。
> 刑天舞干戚，猛志固常在。
> 同物既无虑，化去不复悔。
> 徒设在昔心，良辰讵可待。

诗中的"刑天舞干戚"形象，鲁迅童年时代就很熟悉。《阿长与〈山海经〉》中记述，他看了这套书，很惊奇于"没有头而'以乳为目，以脐为口'，还要'执干戚而舞'的刑天"。但也有人认为这一句应该是"形夭无千岁"，争论至今，迄无定论。鲁迅主张"刑天舞干戚"，周作人则主张"形夭无千岁"。抛开字形、意义方面的考量，或者可以说约略代表了兄弟两人对待社会现实的态度。鲁迅赞成将刑天理解为反抗的战士。在《春末闲谈》中，鲁迅用刑天的形象表达人民到死甚至死后还要反抗的精神，认为"实在是很值得奉为师法的"。接着就提到陶渊明："陶潜先生又有诗道：'刑天舞干戚，猛志固常在。'连这位貌似旷达的老隐士也这么说，可见无头也会仍有猛志，阔人的天下一时总怕难得太平的了。"

但中国太缺少反抗精神而太多奴才思想。

现实如此残酷，何不做隐士？鲁迅虽然公开表示不愿做隐士，不但自己不愿，还严厉批评现代"隐士"。但学习陶渊明悠闲、静穆风度的理想在他的心底恐怕还有留存。

陶渊明是中国诗歌史上的一个"极境"，在李、杜、苏、黄之上。一个中国人，如果忽略了陶渊明，其"诗教"或"诗性"就不完全。朱光潜将陶渊明诗歌的境界描述为"静穆"，符合艺术的最高境界："就诗人之所以为诗人而论，热烈的欢喜或热烈的愁苦经过诗表现出来以后，都好比黄酒经过长久年代的储藏，失去它的辣性，只剩一味醇朴。"这"静穆"（Serenity）在一般诗里难以找到，古希腊——尤其是古希腊的造型艺术——中较为常见。朱光潜认为，在中国诗歌史上，"屈原阮籍李白杜甫都不免有些像金刚怒目、愤愤不平的样子。陶潜浑身是'静穆'，所以他伟大"。

鲁迅在《"题未定"草（六至九）》中引述了朱光潜的这些论述，表示不同意将一种意境悬为诗歌的"极境"。正因为并非浑身是静穆的，陶渊明才显得伟大。陶渊明的"静穆"形象，是选文家和摘句家将他缩小和凌迟的结果。

鲁迅竭力把陶渊明往现实中拖拽，是因为他本人陷入现实纠缠而不能超拔。他在多篇文章中申说陶渊明也不是什么隐逸，写诗之前，也需要吃饱饭，有充足的生活费，不至于将自己和妻儿饿死。说的是陶渊明，暗喻的是自己的处境。如《病后杂谈》中说：

> 陶渊明的做了彭泽令，就教官田都种秫，以便做酒，因了太太的抗议，这才种了一点秔。这真是天趣盎然，决非现在的"站在云端里呐喊"者们所能望其项背。但"雅"要想到适可而止，再想便不行。例如阮嗣宗可以求做步兵校尉，陶渊明补了彭泽令，他们的地位，就不是一个平常人，要"雅"，也还是要地位。

他还将当时上海的文人与陶渊明做了对比：

> "采菊东篱下，悠然见南山"是渊明的好句，但我们在上海学起来可就难了。没有南山，我们还可以改作"悠然见洋房"或"悠然见烟囱"的，然而要租一所院子里有点竹篱，可以种菊的房子，租钱就每月总得一百两，水电在外；巡捕捐按房租百分之十四，每月十四两。单是这两项，每月就是一百十四两，每两作一元四角算，等于一百五十九元六。近来的文稿又不值钱，每千字最低的只有四五角，因为是学陶渊明的雅人的稿子，现在算他每千字三大元罢，但标点，洋文，空白除外。那么，单单为了采菊，他就得每月译作净五万三千二百字。吃饭呢？要另外想法子生发，否则，他只好"饥来驱我去，不知竟何之"了。

鲁迅知道自己不可能躲开，也不能完全把自己封闭起来——躲进小楼其实也是一种奢望——于是只能在诗中发牢骚，纾愤懑。他曾抄两首陶渊明的诗送给爱人：一首是《归园田居》之一，一首是《游斜川》，合并写在一幅诗笺上，落款是"广平吾友雅鉴，即请指正"。

内心深处，鲁迅理解并同情京派文人的"隐逸"情绪。但在公开文字里，他却给予严厉批评和辛辣讽刺。因为现实生活不容隐逸。

在临近生命终结的日子里，鲁迅却在谋划迁移，而且非常急切。或许是他充分意识到自己疾病的凶险，所以更痛切地感到自己居住的地方不利于健康，也不安全。不健康，是因为住宅区的人家用煤做饭和取暖，煤烟给他的肺病带来刺激。不安全，是因为大陆新村位于上海日本人聚集的北四川路底，邻居多为日本人。

逝世前十几天，鲁迅在给曹白的信中谈到搬家的打算："种种骚扰，我是过惯了的，一二八时，还陷在火线里。至于搬家，却早在想，因为这里实在是住厌了。但条件很难，一要租界，二要价廉，三要清静，如此天堂，恐怕不容易找到，而且我又没有力气，动弹不得，所以也许到底不过是想想而已。" 10 月 12 日，鲁迅写信给北平的友人说："沪寓左近，日前大有搬家，谣传将有战事，而中国无兵在此，与谁战乎，故现已安静，舍间未动，均平安。惟常有小纠葛，亦殊讨厌，颇拟搬往法租界，择僻静处养病，而屋尚未觅定。""小纠葛"就是指邻里之间的矛盾。逝世前两天，他还在给曹靖华的信中说："我本想搬一空气较好之地，冀于病体有益，而近来离闸北稍远之处，房价皆大涨，倒反而只好停止了。"

逝世前一天，他写了"周裕斋印"四个字，交给三弟周建人，让他去刻一枚印章，到法租界找房签合同使用，还非常急迫地说："只要你替我去看定好了，不必再来问我。一定下来，我就立刻搬，电灯没有也不要紧，我可以点洋灯。"

鲁迅在生命结束前夕竟如此恓惶，忧天将压，避地无之。过客，往往不被当作"客"，而是匆匆而过的流浪者。

（《天涯》2024 年第 4 期）

古代素食源流考

周朝晖

　　位于厦门五老峰下的南普陀寺，是建于晚唐的千年古刹，寺院里对公众开放的"南普陀素菜馆"早在民国年间就闻名遐迩，甚至享誉东南亚和日本。这家素菜馆始创于何年不得而知，不过从二十世纪二十年代鲁迅执教厦大期间多次与师生聚饮于此的日记推算，也有百年以上历史了。南普陀素菜，烹饪精妙，菜肴口味素雅而又有味。食材选用因地制宜极为广泛，以本地及周边生产的四季蔬果、各种豆类制品、面筋、菌类、笋类等食材烹制，色、香、味、形俱佳，而且每道素菜都具独特的口味，清、鲜、爽、嫩是最主要特色。尤其是高温烈火配合优质花生油的"烈火烹油"快炒法，使菜肴散发出浓烈的气味香飘百米，蔬菜菌笋的食材清淡不失滋味，能吃出太官鼎味的富丽堂皇。毕竟，能在自己的迎宾口悬挂"天下第一素宴"巨幅匾额，是需要几分底气的。

　　素食是中国菜的一个支流，其悠久的历史、厚重的人文底蕴、优雅的形色和营养健康理念使它在中国菜系中独树一帜。素食，指的是肉食之外的蔬食。唐代学者颜师古在《匡谬正俗》中注云："（素食）谓但食菜果糗饵之属，无酒肉也。"当今通常指用植物油，与蔬菜、豆制品、面筋、竹笋、菌类和干鲜果品等植物性原料烹制成的菜肴。素食，也可以称为素食主义者的饮食。学者王仁湘说：素食作为一个菜系在中国的形成和发展，与历史上的素食主义者都有关联，或生活习惯使然，或来自佛教信仰的戒律。

　　其实早在远古时期，中国即有吃素的传统。《墨子·辞过》说："古之民未知为饮食时，素食而分处。"史前早期农耕时期，先民受制于食料的匮乏而吃蔬茹菜，这种素食是被动选择的生活方式。相对而言，有意识选择素食，则是文明进化的结果。到了先秦时期，人们在丧葬祭祀等或重大典礼时必须"斋戒"，也就是沐浴更衣，禁荤食，吃素食，以此来表达对死者或祖先神明的恭敬和诚意。不过，先秦两汉时期的吃斋素食，只是在饮食上压抑对美味佳肴的欲求，所谓的素食多是各种蔬菜做成的羹（菜汤）和菹（腌渍类蔬菜），不但菜肴单一，口味形色也相当粗陋，远没有发展成肴馔中的单独门类。

　　直到西晋末年大乘佛教传入中土，素食开始在寺院中流行且经过不断改造，素食文化才逐渐发展，并形成了一种独特的菜系。在此过程中，南朝梁武帝萧衍（464—549）具有首倡之功。萧衍出身江南侨姓世族兰陵萧氏，于公元502年登基成为南梁开国皇帝。萧衍在位期间不遗余力地大兴佛教，南朝四百八十寺，大都在萧氏一族的控制下。天监年间，萧衍召集江南诸大沙门，于国都建康（南京）宣讲《断酒肉文》，首次全面推行佛僧戒酒肉吃素食之规。萧衍在位四十八年，曾四度舍身伽蓝寺院，严格奉行出家人的饮食起居，史书说他"日止一食，膳无鲜腴，惟豆羹粝食而已"，于是，在建康寺院中就出现了专门为萧衍设计制作素食的香积厨（寺僧厨师）。据《梁书》载，建业寺有一个僧厨"一瓜可做数十肴，一菜可变数十味"。在萧衍的推动之下，寺院的素食制度与中国传统的斋戒食俗合流并初步确立。因此，颜师古又说："今俗谓桑门斋食为素食，盖古之遗语。"一语道出中国古代素食文化与佛门素食及先秦斋戒传统的渊源。

　　总览魏晋南北朝时期，中国素食文化获得了空前的发展，这一阶段的素食在原料选择和烹饪技术上既继承了前代的传统，又有所创新发明，不但品种一下子多了起来，而且在烹饪技术上也有了清晰的面目，这在贾思勰所著《齐民要术》中有集中的反映。

　　首先是用作素食的食材种类远较前代丰富。魏晋以前的斋食原料，一般不出五谷、蔬菜、瓜果几样。但在《齐民要术·素食》一篇中，出现了稻米、韭菜、胡芹、紫菜、薤白、葱、姜、冬瓜、越瓜、汉瓜、瓠、茄子以及野生菌类，等等，种类远胜前代。同时，在专论蔬菜腌制法的《作菹藏生菜》一篇中，作为素食的腌渍蔬菜也有蕨菜、木耳、菘菜、葵菜、蒲菜、苦笋等二三十种。此外，素食中重要的食材面筋，也在南北朝时期首次出现。

其次是素食烹饪法有了明确的细分，显示出很强的专业意识。尽管"茹素"之类的习俗早在秦汉以前就已经存在，但其制作技术却罕见记录，这个缺憾到了《齐民要术》才得到根本性的解决。除了二三十种蔬菜的腌制方法，书中还收录了十一道素菜食谱，如"葱韭羹""瓠羹""膏煎紫菜""薤白蒸""蜜姜""缹茄子"等。烹饪手法繁复精妙，如"缹菌法"，就是一道精益求精烹制的菌类素食：

> 菌，一名"地鸡"，口未开，内外全白者佳；其口开里黑者，臭不堪食。其多取欲经冬者，收取，盐汁洗去土，蒸令气馏，下着屋北阴干之。当时随食者，取即汤煤去腥气，擘破。先细切葱白，和麻油，苏亦好。熬令香；复多擘葱白、浑豉、盐、椒末，与菌俱下，缹之。宜肥羊肉；鸡、猪肉亦得。

烹饪之妙，存乎一心。如何将普通食材烹饪出美味佳肴，是一门高端技术，其中调和五味是一大关键。这里，再举"缹茄子"一例。众所周知，茄子是非常普通的食材，风味特征不清晰，且带有轻微的生腥气。如何在烹制中赋予菜肴不平凡的风味，很考验厨师的手腕。这方面，《齐民要术》中的烹饪智慧值得今人借鉴：

> 用子未成者，子成则不好也。以竹刀、骨刀四破之，用铁（刀）则渝黑。汤煤去腥气。细切葱白，熬油令香；苏弥好。香酱清、擘葱白与茄子俱下，缹令熟。下椒、姜末。

早在一千五百多年前的食谱里，就已经出现了如此匠心独运的素食，其刀工之考究、配料之复杂、烹饪之技法，实在值得今日的厨艺界人士脱帽致敬。

虽然素食在南北朝得到了很大发展，但作为一个饮馔体系，其成型还要等到唐宋之际。唐代中期，中国禅宗寺院形成一整套丛林制度，作为寺庙饮食样式的素斋，在禅院的戒律制度框架内进一步得到明确。丛林制度滥觞于中唐时期的怀海禅师（720—814）订立的《百丈清规》一书。《百丈清规》为禅院的坐卧行止饮食起居订立规矩，被后世认为是中国丛林制度之典范。《百丈清规·饮食部》中规定，在寺院内设"典座"一职，"职掌大众斋粥，一切供养务在精洁"。另设园主，负责"栽种菜蔬，及时灌溉，供给堂厨，毋使缺乏"。中唐以后佛教盛行，源于丛林方丈的素食之风也在朝野间流行开来，成为上流社会一大饮馔时尚。

开成二年（837）八月甲申，唐文宗李昂庆生，举国欢宴，悉用斋食而杜绝肉荤。文宗皇帝担心举办斋筵耗费过大，特地下诏素宴从简，仅以蔬菜、果脯和腌渍菜类上席。从这段记载可知当时的素宴是高消费，开销远高于荤席，以至引起皇上不安才下诏纠偏。素食发展到晚唐，品种多有翻新，出现了花样素食。《北梦琐言》记载着高官崔安潜喜欢吃素，以面团和蒟蒻（魔芋）为原料，染上颜色，做成猪肩、羊肚、生鱼脍和烧烤肉的模样，做成宴席款待同僚。

到了宋代，中国古代的素食文化进入了发展的全盛期。其表现在素食材料大为丰富，制作技术精益求精，素食人口远超前代，已经从上层社会普及民间大众，大都会成规模出现了市肆素食馆，更有大量研究素食的专门论著及食谱问世，凡此种种标志着素食料理在宋代自成独立菜系。

吃素是一种修行，但是没有肉类水产类的素菜毕竟是一种滋味寡淡而又缺乏营养的餐食，长期自觉厉行素食并甘之如饴，需要坚韧的修行功夫。而且在提供热量上，早期的素食缺乏必要的卡路里和营养，支撑不了体力劳动，再加上价格昂贵，如此素食犹如高岭之花，要走出寺院和权贵的厨室普及民间并非易事。但这一情形，到了晚唐、五代，尤其是宋代，开始出现了重大的改观，这就是豆腐、豆制品、面粉制品以及菌菇类食品的开发和利用。

豆腐，有明确的文字记载大约在唐末或五代初期出现，到了南宋时期才大为普及，这也与宋代素食风气的推动有关。豆腐经过几个世纪的发展，相关菜式愈加丰富，《山家清供》中就记载了两款豆腐料理——"雪霞羹"和"东坡豆腐"。此外，宋代还出现了很多仿荤素菜，类似人造肉、人造水产，这是宋代素食发展的一大成就。北宋汴梁的饮食店内就有假河豚、假鼋鱼、假蛤蜊之类的菜肴；南宋临安的仿荤素菜种类更多，有假熬蛤蜊肉、假淳菜腰子、假炒肺羊熬，还有大片铺羊面、三鲜面、鳝面、卷鱼面等素食面条。

素食食材的丰富和烹饪技法的变革，大大降低了素食制作技术门槛和成本，素菜成为深受城市居民喜爱的饮食门类，北宋的汴梁甚至出现了专门的专营素食店铺商业街区。孟元老所撰《东京梦华录·荤素从食店》中记载，"及有素分茶，如寺院斋食也"，"素分茶"即卖素食的小餐馆，据载汴京的素食馆上百家之多。"靖康之难"后，宋政权南迁，素食从北方向南方传播，并且很快在临安风行起来。吴自牧《梦粱录》一书记载了在临安流行的素食上百款，专门负责置办宴席的"四司六局"中，甚至还出现了一个"菜蔬局"专做素斋。素食在宋代的风行，由此可见一斑。

在宋代食素风气推动了素食饮馔的研究热潮，出现了很多专业性著作。词人陈达叟在创作之余，将钻研素食之道当作赏心乐事，他的《本心斋疏食谱》（《四库全书总目提要》说此书为一个叫"本心"的老人所著，为门人陈达叟所编撰）记录了二十种用蔬菜和水果制成的素食。南宋素食的风貌集中体现在素菜食谱集大成之作《山家清供》中。《山家清供》的内容融合了宋代文化生活的多种层面，尤其是崇尚淡雅清简的美学风尚在饮食中的体现，已经超越了菜谱的范畴而带有思想史的意义。书中收录了一百多种美味佳肴，虽然并非全都是素食，但以清淡有味的山野蔬菜瓜果为食材的素食占了八成以上，因此有人称此书为"中国最早的素食菜谱"。书中的一大亮色，是将水果入馔的烹饪创意。这类水果肴馔清新爽气，口味淡雅，给人新的美食体验。如烹饪"蟹酿橙"时，将个头大的橙子削去顶部，挖空果瓤，留点汁液，用蟹膏蟹肉填充满橙内囊，加入酒、醋，将切下的顶部当盖子覆盖在橙之上，放入蒸笼里蒸熟再取而食之，口味淡雅清新，柑橘的幽香与蟹肉浑然一体。这道菜肴在宋代很有名，曾出现在南宋初年权臣张俊款待宋高宗的家宴上，名为"螃蟹酿枨"，"枨"就是橙橘类水果。

明代是继两宋之后中国饮食文化发展的另一个巅峰，也是素食文化的黄金时代。城市商品经济的发展带动了饮食文化的繁荣，到明代，由于江南经济文化非常发达，南北经济文化交流频繁，各地物产得到更多的交流，菜肴和食品的品种比起前代更为丰富，饮食文化的发展更加欣欣向荣而臻于鼎盛。素食也由此成为上至豪门权贵，下至市井百姓都乐于接受的菜系，并随着受众群体的差异，形成了寺院素食、宫廷素食和民间素食三个支系。而且在看待素食上，人们已经超越了以往将素食作为佛门斋戒和道家养生方法的认识，提升到一个艺术审美的层次。明清大量出现的文人食谱，反映了这种饮食文化发展的新趋势。

韩公望是元末明初的隐士，著有食谱《易牙遗意》，这是他个人的饮食经验结晶。全书分上下二卷，分酿造、蔬菜、笼造、炉造、糕饼、汤饼等饮食品种十二类，总计一百五十多种饮馔与烹饪的方法。其中在卷二中专列一章"斋食"，介绍当时流行的几款素食料理。《易牙遗意》的素食烹饪方法非常精妙，如"麸鲊"，就是用面筋做成的鱼鲊：

> 麸切作细条，一斤红曲末，染过杂料物，一斤笋干、萝卜、葱白皆切丝，熟芝麻、花椒二钱，砂仁、莳萝茴香各半钱，盐少许，熟香油三两，拌匀供之。

晚明文士陈继儒在《读书镜》中写道："醉醴饱鲜，昏人神志，若蔬食菜羹，则肠胃清虚，无滓无秽，是可以养神也。"把素食从日常食事升华为颐养精神和艺术审美的体验，很能代表当时士人的饮食观。

到了清代，素食文化已是堂皇大观，不但种类繁多，而且烹饪工艺考究之精并不亚于荤菜，各种烹饪手法制作的素食已有数百近千种。乾隆年间文坛领袖袁枚著《随园食单》总结半生饮馔经验，书中列有"素食单"和"小菜单"，记载了八十多种素食菜蔬的制作方法。这些技法大体可以概括为三类：一为卷物，也就是用腐竹皮或油皮包裹馅料，以淀粉勾芡，再烹饪而成，如素烧鹅、素烧鸡、素肘子、素春卷；二是凉拌，以面筋、香菇为主要食材，如素什锦、香菇面筋等；三为炸物，由素食菜蔬煎炸而成，如素虾、炸茄夹、素菜煎饼等。同时，如何使素食在味觉审美上创造奇迹，发挥出大鱼大肉荤菜所不具备的美味，也是当时美食家孜孜以求的目标。清代戏剧家李渔《闲情偶寄》卷五《饮馔部》中说：

> 笋论蔬食之美者，曰清，曰洁，曰芳馥，曰松脆而已矣。不知其至美所在，能居肉食之上者，只在一字之鲜。

素食之美，在于"清""洁""芳馥""松脆""鲜"，李渔从感觉、视觉、味觉、口感几方面高度概括了素食所要追求的饮馔境界，一定程度上代表清代文人饮食审美的标高。

"一花开五叶，结果自然成。"树高自然开枝散叶，一种文化在发展到成熟的阶段后，就会伴随人与物的往来互动向外传播，饮食文化也概莫能外。历史上，中国饮食文化就曾深刻影响了东亚海域周边的国家和地区，比如日本饮食文化就完全是在中国的影响下发展起来的，和食四大门类之一的"精进料理"，就是直接源自中国素食传统。

精进料理，在饮馔文化中有着特定的内涵。"精进"一词源于汉译佛典，意为"潜心于佛道的修行"，后来又引申为专注于精神和术业的修炼，厉行粗茶淡饭，杜绝酒肉声色的诱惑。在饮食文化层面上，精进料理指的就是中国所说的"素斋"。日本的精进料理大概有两个体系。一个是以曹洞宗大本山永平寺为主流的精进料理，一个是以京都黄檗宗祖庭万福寺为代表的"普茶料理"，这两者都对日本饮食文化的发展产生了深刻的影响。

宋元时期，中日之间的文化交流非常繁盛，当时活跃在两国之间的禅僧充当了各种文化传播的主体，流行于江南禅寺的末茶和素食文化，也这样与禅宗一起，打包传入了日本。日本禅僧道元（1200—1253）曾两度来明州（今宁波）天童山景德寺，归国后于1244年在越前（金福井县）仿照中国江南禅寺格局建造大寺庙，后改名永平寺，是日本曹洞宗大本山。道元还依照《百丈清规》和《神苑清规》用汉文撰写了一部《永平清规》，其中设立了"典座教训""赴粥饭法"等规范，对寺院内的斋饭素食都进行明确规定。这是日本第一部禅门规诫，影响深远，从制度上为精进料理在日本的确立奠定了基础。自十三世纪中后期起的一个世纪内，从中国渡海而来的禅僧有名可查的就有一百三十多位，他们带来了在南宋方兴未艾的各种素食，构成了日本精进料理以山蔬、豆（豆制品）、面（面筋类）为主要食材的基础。

镰仓禅门圆觉寺乃是南宋末东渡日本的高僧无学祖元所开创，与此同时，中国南方禅寺流行的素食也被引进寺院的日常生活中，并历代相传。室町时代，圆觉寺佛日庵住持高田瑞峰撰写《四季精进料理》一书，详细介绍了寺院常规素食料理四十五款，完全是纯粹的南宋素食，比如"青菜与竹笋之膳""新茶御饭与春之山菜膳""银杏御饭之膳"等，所用的都是山野蔬菜，调味料也相当单纯，不过是盐、豆豉、料酒、酱油和砂糖，极力追求淡雅风味，几乎所有菜肴都不放油。这种"素菜素作"的烹饪风格至今被奉为日本传统精进料理的主流。

日本精进料理的另一系统是京都黄檗山万福寺的"普茶料理"，这是日本吸收中国明朝素食饮食文化的一大成果。1654年，临济宗黄檗山寺院福清万福寺住持隐元隆琦率众弟子从厦门笕筜港扬帆赴日本长崎。不久在京都宇治建造万福寺，开山"黄檗宗"，是为日本黄檗宗祖庭。隐元和门人传入黄檗宗的同时也将当时明朝的生活样式传到日本，"普茶料理"就是从福建寺院传入日本的素食流派。起初作为禅僧的日常饮食，也用来接待檀越施主，后来传入市井人家。根据保存在万福寺的食谱，当时的素食包含米饭、清汤、笋羹、果菜、云片（杂煮蔬菜）、油粢（糯米油炸食品）、麻腐（芝麻嫩豆腐）、腌菜和凉拌菜，种类颇为丰盛。1905年，万福寺住持塔头自悦法师将本门普茶料理向社会公开，在万福寺外创立"白云庵"素菜馆，营业至今已传了五代。

我曾两次游历京都宇治万福寺，因此曾有幸应邀品尝"白云庵"的普茶料理，至今收藏着那份食单，兹抄录如下：

隐元豆腐、炖煮时蔬、笋羹、面筋、豆皮、山药天妇罗
油炸豆腐、切丝清汤、黄米饭、冷拌菜、腌菜、煎茶

与日本传统精进料理相比，普茶料理的独特性显而易见。首先从味道上来说，普茶料理滋味浓厚，形色上有点接近福建寺庙的素食，个别菜式甚至令我想到南普陀素菜馆的菜肴，如豆腐油炸后再熬煮收汁的做法就很像南普陀素菜馆的"南海金莲"，只是与闽南素食菜系相比，滋味上还是略嫌清淡不够浓郁。其次是进食的方式和规矩。大体上，日本寺僧的饮食极为简约，且大抵是每人一份，跪坐而食。而"普茶料理"受福建禅僧的影响，吃饭时有桌有凳，四人围桌而食，食物也并不分开，盛在几个大碗中任由个人自由取食。最后，"普茶料理"的烹饪手法上，也呈现出多样性的特点，蒸、煮、炒、炖、烤，几乎全是熟食的火上功夫。比起阳春白雪的传统日本料理，"普茶料理"简单易行，美味可口又中规中矩，更具大众化、世俗化，因此广受民间俗众的喜爱。

如今，京都万福寺白云庵的普茶料理，与大德寺、高野山、永平寺的

怀石料理并称精进料理四大流派，可以看作中国古代素食文化在海外的开枝散叶。

2024 年 2 月 20 日修订

（《书城》2024 年 5 月号）

汉魏四题

李庆西

正闰之辨

传统史学有"正闰"之说，指正统和非正统。"正"是统绪，无须解释；"闰"即骈枝，来自置闰的传统历法。《辞源》释义："闰为农历一年十二个月以外的月份，故有非正常之义。"

清代士人喜欢讨论三国，或出于正闰观念，并不将三国视为一个朝代。如，王士禛批评陈寿《三国志》，有谓称名三国"名义乖舛"（《池北偶谈》卷十六）。杭世骏干脆说："《三国志》应名《季汉书》。"（《订讹类编》卷四）另外，牛运震认为《魏志》设传不当，曰："董卓、刘表、二袁等，皆汉季群雄，应入后汉，不得属之三国。"又谓："吕布、臧洪、陶谦、公孙瓒、张鲁等，俱宜入《后汉书》。"（《读史纠谬》卷四）若按其说，曹操、刘备（及刘焉、刘璋父子）、孙权（及其父兄坚、策），亦是"汉季群雄"，自当归入后汉，那就没有三国了。

当然，不至于撤了三国，史家所用"汉魏"及"魏晋"之合称，就包含了三国这一段。不过，三国是三分欹出，倒也未便称之朝代，按传统史观，通常是以"魏"之名义承接汉晋，第序王朝兴替。

王士禛他们没弄明白，陈寿撰史不是"说三分"的意趣，其旨在寻绎一种统辖性的历史存在，是以"汉—魏—晋"为统绪，魏乃连贯前后之枢纽。其实，魏与蜀、吴二国大有区别，不是实力强弱、土地人口多寡，其特殊性在于它与汉、晋两端之交互融合。《魏志》用大量篇幅传述那些不属于曹魏集团的后汉人物，是因为曹魏与后汉（献帝时期）近乎同体关系。二者不但重叠，而且互为表里。自建安元年（196）汉献帝为曹操所挟持，汉廷尚苟延二十五年之久，直至曹丕代汉（或曰篡汉）之前，魏乃汉之宿主，名义上仍是汉家天下，奉献帝年号。但魏之国祚短促，自建国至禅于晋（220—265），存在仅四十六年。它的后半截，即整个三少帝时期，几乎由司马氏父子控盘。可以说，自齐王芳嘉平元年（249）司马懿诛曹爽之后，魏与典午亦庶几同体——其时尚未有晋，已是隐然在即。魏元帝（陈留王曹奂）景元四年（263），司马昭封晋公；翌年，即咸熙元年（264），进晋王。史家所称"晋国初建"，揭于司马昭时期。之后，晋武帝司马炎受禅，陈寿称之"如汉魏故事"。

如何分辨正闰，记述统绪，史家司马光说得很透彻。《通鉴》卷六十九魏文帝黄初二年，记刘备即皇帝位，改元章武，司马光否认其祚汉资格，理由赅综如下：

> 正闰之际，非所敢知，但据其功业之实而言之。周、秦、汉、晋、隋、唐，皆尝混壹九州传祚于后，子孙虽微弱播迁，犹承祖宗之业，有绍复之望，四方与之争衡者，皆其故臣也，故全用天子之制以临之。其余地丑德齐，莫能相壹，名号不异，本非君臣者，皆以列国之制处之，彼此钧敌无所抑扬，庶几不诬事实，近于至公。然天下离析之际，不可无岁、时、月、日以识事之先后。据汉传于魏，而晋受之；晋传于宋，以至于陈，而隋取之；唐传于梁，以至于周，而大宋承之。故不得不取魏、宋、齐、梁、陈、后梁、后唐、后晋、后汉、后周年号，以纪诸国之事，非尊此而卑彼，有正闰之辨也。昭烈之汉，虽云中山靖王之后，而族属疏远，不能纪其世数名位，亦犹宋高祖称楚元王后，南唐烈祖称吴王恪后，是非难辨，故不敢以光武及晋元帝为比，使得绍汉氏之遗统也。

这里提到的汉光武帝和晋元帝，乃东汉、东晋中兴之君，司马光认为刘备没有他们那样的功业，况且与汉室"族属疏远"，故而没有资格"绍汉氏之遗统"。司马光辨正闰，注重"功业之实"，亦以"汉—魏—晋"为统绪正脉，而蜀汉、东吴皆属"列国之制"，居闰位。

然而，小说《三国演义》以"尊刘抑曹"为叙事要则，亦出于所谓正统观念，但其所奉正闰恰与司马光之义相悖。毛宗岗《读三国志法》开篇即云："读《三国志》者，当知有正统、闰运、僭国之别。正统者何？蜀汉是也。僭国者何？吴、魏是也。闰运者何？晋是也。"毛氏认为，将正统予以曹魏是"司马光《通鉴》之误也"。他强调蜀汉为"帝室之胄"——这正是刘备祀汉和蜀汉建政的合法性所在——而"陈寿之《志》未及辨此"。

其实，刘备之宗室身份就出自《蜀志·先主传》，所谓"汉景帝子中山靖王刘胜之后也"。陈寿偏给刘备找了这样一位祖宗，难说不是心怀叵测的春秋笔法。那刘胜是绝顶荒唐之人，据《汉书·景十三王传》，其"乐酒好内"，生子多达一百二十余人。至刘备之世，刘胜一脉绵延三百多年（小说第二十回叙世谱排为刘胜十七世孙），不知该蕃衍多少枝蘖。司马光谓之"族属疏远"，实出语委婉，刘先主皇 N 代之天潢身份怕是跟阿Q 姓赵一般道理。

废立之局

汉桓帝、灵帝时期，宦官、外戚和士大夫缠斗不已，因有党锢之祸。国势危难之际，士族豪强乃图谋变革。《魏志·武帝纪》记载灵帝光和末年一次未遂政变："冀州刺史王芬、南阳许攸、沛国周旌等，连结豪杰，谋废灵帝，立合肥侯，以告太祖。太祖拒之，芬等遂败。"此所称"太祖"即曹操。王芬谋废事败，按陈寿之说是曹操未予支持。其实，曹操当时没有那么大的影响力。这个冀州刺史王芬，疑系范晔在《后汉书·党锢列传》中列入"八厨"的王考，但陈、范二史均未予立传，范书《灵帝纪》亦未及废立之事。至于合肥侯其人，不能详考，钱大昭《后汉书补表》其目下仅作"某"字。此事《通鉴》卷五十九记载稍详，但时间与《武帝纪》不同，是在灵帝中平五年（188）。所述如下：

> 故太傅陈蕃子逸与术士襄楷会于冀州刺史王芬坐，楷曰："天文不利宦者，黄门、常侍真族灭矣。"逸喜。芬曰："若然者，芬愿驱除！"因与豪杰转相招合，上书言黑山贼攻劫郡县，欲因以起兵。会帝欲北巡河间旧宅，芬等谋以兵徼劫，诛诸常侍、黄门，因废帝，立

合肥侯，以其谋告议郎曹操。操曰："夫废立之事，天下之至不祥也。古人有权成败、计轻重而行之者，伊、霍是也。伊、霍皆怀至忠之诚，据宰辅之势，因秉政之重，同众人之欲，故能计从事立。今诸君徒见曩者之易，未睹当今之难，而造作非常，欲望必克，不亦危乎！"芬又呼平原华歆、陶丘洪共定计。洪欲行，歆止之曰："夫废立大事，伊、霍之所难。芬性疏而不武，此必无成。"洪乃止。会北方夜半有赤气，东西竟天，太史上言："北方有阴谋，不宜北行。"帝乃止。敕芬罢兵，俄而征之。芬惧，解印绶亡走，至平原，自杀。

按《通鉴》说法，曹操拒绝参与其事乃自有权衡，王芬不像伊、霍之俦"据宰辅之势"，怕是难以成事。"伊、霍"即商初伊尹和西汉霍光，喻指能够左右朝政的重臣。伊尹曾拘囚商王太甲使之悔过；霍光秉政二十余年，昭帝死后迎立昌邑王，旋而废之，另立宣帝。这里提到华歆劝阻陶丘洪与事，亦见《魏志·华歆传》。华歆那人很会审时度势，断定王芬"性疏而不武，此必无成"，果真让他说中。

王芬事不成，灵帝亦未长久。中平六年四月，灵帝就崩了，皇子辩即皇帝位。八月，董卓入京，九月即废少帝刘辩，立陈留王刘协，是为献帝，汉代最后一位君主。按王粲《英雄记》之说，董卓本欲趁势断绝汉脉，对袁绍说："刘氏之种，不足复遗。"袁绍便有"汉家君天下四百年，恩泽深渥"的抗辩，使董卓有所忌惮，才改立陈留王。

其时刘辩十四岁（范书《灵帝纪》作"年十七"），刘协九岁，董卓搞废立自有说辞，谓少帝"闇弱"，陈留王"仁孝"。其实不言而喻，改立年幼者，自是易于掌控。集议废立的百僚大会上，只有尚书卢植抗辩，差点让董卓给杀了，事见《后汉书·董卓传》及《魏志·董卓传》裴松之注。《三国演义》第三回将这一场面改作公卿筵会，卢植呛声之前，有丁原拍案而起。小说将丁原推到前边，是以引入吕布。丁原强出头自有吕布为支撑，其时吕布尚为其义子，小说将阙下局势不确定因素系于"三姓家奴"的吕布，对历史采取片面的简化处理，却是极妙的叙事手法。当吕布被董卓拉拢过去，废立之事就扫除了障碍。第二年是初平元年（190），诸镇讨伐董卓，卓驱徙献帝迁都长安，焚洛阳宫。这一年，又有袁绍与韩馥谋立幽州牧刘虞为帝，《武帝纪》亦谓"太祖拒之"。刘虞也是宗室，可他自己不愿搅入这趟浑水。

初平三年，王允、吕布诛董卓，李傕、郭汜诛王允。兴平二年（195），李、郭相噬，长安乱，献帝车驾流落河东。翌年，即建安元年，曹操迎驾，建都许昌（原为许县，魏文帝时更名）。此后二十五年，献帝被曹操捏在手里，是谓"挟天子以令诸侯"也。初平、兴平、建安都是献帝年号，曹操并不打算改朝换代，故未废掉献帝。这献帝虽说窝囊，在位却长达三十年之久（本朝仅次于光武帝），最后汉朝在他这儿终结，不是人死灯灭，而是禅位于曹操的儿子魏文帝曹丕。

禅位亦是被禅位，献帝当然不能自主。其即位，禅位，两头落入废立之局。

曹丕以魏替汉，并未真正发生权力转移，因为汉廷早为曹氏挟制。可是为什么要走禅代程序，看似多此一举，却并非没有实质意义。曹丕将汉魏国号转换做成让渡的文章，意在宣示魏国承接了汉家江山，乃其合法性所在。汉室既已禅让，所谓"光复汉室"就成了无稽之谈，曹丕是想借此褫夺刘备承祧汉祚的资格。他要的是汉魏政权无缝对接的承续关系。

《通鉴》魏纪黄初元年（220），曹丕升坛受玺之日，"时群臣并颂魏德，多抑损前朝；散骑常侍卫臻独明禅授之义，称扬汉美。帝数目臻曰：'天下之珍，当与山阳共之。'"

曹丕这话说得好听，庶几汉魏一家亲，亦是用心良苦。禅位的献帝被奉为"山阳公"，封地在河内郡山阳县，给予的待遇亦较优渥。《魏志·文帝纪》概称："以河内之山阳邑万户奉汉帝为山阳公，行汉正朔，以天子之礼郊祭，上书不称臣。京都有事于太庙，致胙；封公之四子为列侯。"《后汉书·献帝纪》所记略同。

许都与邺都

献帝被曹操安置在许昌，很是无趣。曹操初为司空，建安十三年（208）为丞相，身为朝臣，他偏不在许昌待着，不肯哄着献帝玩儿。平定冀州后，曹操在邺城设立自己的军政中心，形成曹魏与汉廷并置的局面——许昌是曹魏控制的汉廷，邺城成了曹魏之都。

《魏志·武帝纪》建安十年以后记事，凡曹操征伐归来，辄书"公还邺"，而不是班师回许昌。许昌是否还是汉魏权力中枢？陈寿笔下未予说明。王鸣盛《十七史商榷》卷四十"许邺洛三都"条作此疑问，指责陈寿叙事含混，"未能直揭明数语，使观者醒眼"。

《三国演义》第三十四回，写曹操讨袁熙、袁尚后返回冀州（邺是冀州治所），造铜雀台于漳河之上。至第五十六回铜雀台筑成，更有大宴文武一幕。不过，小说叙事将许邺二处混着说，如曹操平定北方归来"班师回许都"，给人造成一种错觉，许都仍是其大本营。第六十回，写张松谒见曹操，便是去了许都。据《蜀志·刘二牧传》，张松诣曹是在赤壁之战后，那时老曹早就不在许昌待了。

武纪建安十三年："春正月，公还邺，作玄武池以肄舟师。"曹操南下征刘表之前就在邺城操练水师，同时大兴土木开始建造宫苑。十五年，"冬，作铜爵台"。十八年，"九月，作金虎台，凿引漳水入白沟以通河"。铜爵台，别书作铜雀台。关于铜雀、金虎、冰井三处楼台，以及邺都之宫殿、城邑建筑，《水经注》卷十"浊漳水"目下均有详尽介绍，这里不作引述。显而易见，曹操是按都城规制经营邺下。

建安十八年，曹操封魏公时，诏命以冀州之河东、河内、魏郡等十个郡作为魏国封地。诏曰："魏国置丞相以下，群卿百僚，皆如汉初诸侯王之制。"是年，"秋七月，始建魏社稷宗庙"。"十一月，初置尚书、侍中、六卿。"（赵一清《三国志补注》卷一："此魏国之官也，故曰初置。"）这是史家所谓"魏国初建"，初时的魏国犹似汉初王侯封国。武纪建安二十一年钟繇为相国，二十二年华歆为御史大夫，此皆魏国之臣。

当曹操在邺城营造宫苑的时候，许都对他来说已经不重要了，那座都城只是献帝幽居之所。从武纪看，自拿下冀州后曹操再也没有回过许都，就连册封魏公、魏王也是献帝派人来他这儿——"天子使御史大夫郗虑持节策命公为魏公。"这是建安十八年五月。翌年三月，"天子使魏公位在诸侯王上，改授金玺、赤绂、远游冠"。裴注引《献帝起居注》曰："使左中郎将杨宣、亭侯裴茂持节印授之。"二十一年，又进封魏王。据裴注引《献帝传》（按，非《献帝纪》），这回是使持节行御史大夫宗正刘艾奉玺绶而来。之前，十七年春正月："天子命公赞拜不名，入朝不趋，剑履上殿，如萧何故事。"可见献帝是巴望着老曹常来宫里走走。其实，此举亦荒唐，老曹不是萧何，献帝又岂能比况高祖。

很难说献帝心里怎么想，他也曾有过反抗，如建安五年有衣带诏诛曹之谋。其事不成，参与者多让曹操杀了。那时献帝年方二十，血性未泯，不甘总让曹操将他捏在手里。但年久意气消磨，或是已适应被禁锢的状态，反倒将曹操作为依靠。建安十九年，曹操诛伏皇后，灭其族，连伏氏所生二皇子亦一并杀掉，这时候献帝不吭气了，转过年，立曹操的女儿为皇后。之前，曹操已将三个女儿送入宫中。曹操心里怎么想？有些微妙，他需要维持献帝的汉廷，却不愿作俯首称臣状（至于范书《伏后纪》描述曹操朝见，按汉仪"令虎贲执刀挟之"，不可信），两下不走动，省却许多事。

献帝不断捯饬各种典仪节目，终是未能将曹操请到许都。身为汉相，曹操竟不出席许都的汉廷正旦朝会。《晋书·礼志下》有谓："魏武帝都邺，正会文昌殿，用汉仪，又设百花灯。"新年开门之日（"正会"即正旦朝会），曹操是在邺都接受百官朝贺。这里说的文昌殿是魏宫主体建筑之一，左思《魏都赋》用绮丽藻饰的文字加以描述，称之"极栋宇之弘规"。

相形之下，许昌既为大汉都城，却并未大搞建设，《后汉书》《三国志》及裴注所引诸史均未见相关介绍。许都是一种奇特的存在，它相当孤寂且无趣。汉王朝最后时期的文人雅痞大多聚集邺下，如"建安七子"之俦，还有才华卓绝的陈思王曹植（曹操征孙权时使曹植留守邺都），其身边则有丁仪、丁廙、杨修那帮才子与之迭相酬唱。反观许都，实在乏善可陈，都不能算是一线城市，更没有什么风雅故事。顾炎武《宅京记》胪述历代都城，邺城载录两卷，却偏偏不列许昌。

说一点八卦，范书《灵帝纪》载录光和、中平间若干祥瑞灾异之事，三度出现"洛阳民生儿，两头共身"的奇闻。这"两头共身"的想象很奇特，或是一种暗示，一种隐喻，不免让人想到洛阳之后献帝时期之许邺两都、汉魏同体。

曹操生前最后一两年似乎有意复都洛阳，开始在那里修筑宫殿。如武纪建安二十五年裴注引《世语》曰："太祖自汉中至洛阳，起建始殿，伐濯龙祠而树血出。"可是就在这一年，曹操崩于洛阳。曹丕登基后，将都城定于洛阳，连同长安、谯国、许昌和邺城，合称"五都"。其实长安久不为都，谯国只是曹氏故里，照王鸣盛说，"真为都者，许、邺、洛三处耳"（《十七史商榷》卷四十）。

武纪与献纪

　　将《魏志·武帝纪》与《后汉书·献帝纪》对照勘读，可见建安时期汉魏国情概略，帝王纪亦乃大事记，只是详略不同。有意思的是，陈、范叙事多有相异之处，可谓各臻其妙。

　　曹操与献帝最初相遇何时，似乎未能确考。武纪谓灵帝末年"徵太祖为典军校尉"，此即西园八校尉之一。《后汉书·灵帝纪》中平五年（188）："八月，初置西园八校尉。"刘昭注引《山阳公载记》列有八校尉名单，其中曹操为典军校尉。曹操初入宫禁之际，难说见过尚为皇子的献帝。其君臣相遇当在建安元年迎驾之日。

　　献帝到了洛阳，曹操亦至。武纪谓："天子假太祖节钺，录尚书事。"之前，"天子拜太祖建德将军。夏六月，迁镇东将军"。献纪于此另作一说："镇东将军曹操自领司隶校尉，录尚书事。"曹操何时有镇东将军头衔，献纪未详，只说曹"自领"司隶校尉。司隶权力很大，掌管京畿并领一州。称之"自领"，盖因整个朝廷已在曹氏卵翼之下。汉末群豪并起，朝小野大，各路豪强多有"自领"州郡或将军名号者（甚至自称天子者亦时而有之），但这种权力自授与朝廷封拜毕竟不是一回事。武纪每以天子策命，是按礼制程序凸显其合法性，献纪谓之"自领""自为"，不啻将曹操视作董卓一类篡汉强贼。

　　献纪提及董卓几次晋阶，亦皆用"自为"字样，如自为太尉，自为相国，又自为太师。但陈寿笔下不作此语，如董卓初入洛京，"策免司空刘弘而［董］卓代之。俄迁太尉，假节钺、虎贲"。及废立后，"卓迁相国，封郿侯，赞拜不名，剑履上殿"。又，"卓至西京，为太师，号曰尚父"。（俱见《魏志·董卓传》）不说是否"自为"，也不说是否天子封拜。同样出于陈寿手笔，卓传措辞与武纪迥异，显然不欲使人由董卓联想曹操。

　　因洛阳宫殿残破，曹操采纳董昭建言迁都许昌，车驾出辕辕关向东，武纪突然插入一句："以太祖为大将军，封武平侯。"好像是献帝往许昌途中所封赐。献纪未见此事，但书"迁都许""幸曹操营"而已。之所以迁都许昌，有一个重要原因，是当地有曹军驻守。武纪不提驻跸曹营，大抵是忌讳"挟天子"之说。

在许昌安顿下来，继而献帝又有封拜。武纪曰："天子拜公司空，行车骑将军。"但献纪的说法是，"曹操自为司空，行车骑将军事"（按武纪，曹操将大将军头衔让给了袁绍，故有"行车骑将军"之说）。此后，封拜还是"自领""自为"，武纪和献纪各持一说——

建安九年（204），曹操平定河北。武纪："天子以公领冀州牧。"献纪：曹操"自领冀州牧"。

十三年，汉廷罢三公，置丞相。武纪："以公为丞相。"献纪："曹操自为丞相。"

十七年，武纪："天子命公赞拜不名，入朝不趋，剑履上殿，如萧何故事。"献纪未书。

十八年，乃魏国初建。武纪："天子使御史大夫郗虑持节策命公为魏公。"并载录献帝诏书。献纪："曹操自立为魏公，加九锡。"

十九年，武纪："天子使魏公位在诸侯王上，改授金玺、赤绶、远游冠。"献纪未书。

二十一年，武纪："天子进公为魏王。"献纪："曹操自进号魏王。"

按武纪所述，曹操每一次进阶，皆由上意，以天子渐次封拜勾勒出"去臣化"的路线图，由此显示汉魏一体的王道之业。献纪则不作天子策命，因为天子已被挟制，故一再书写曹氏"自领""自为"，是以霸府成其霸业，逐次僭逼帝位的过程。

当然，武纪涉及献帝与曹氏之关系自有讳言之处。如献帝衣带诏之事就干脆不提，武纪建安五年起首，只是没头没脑地来一句："春正月，董承等谋泄，皆伏诛。"之前，建安四年叙事提及刘备与董承等谋反，但亦未言及献帝，好像诛曹之谋只是董承等臣下擅为。献纪于此则是秉笔直书，曰："车骑将军董承、偏将军王服、越骑校尉种辑受密诏诛曹操，事泄。壬午，曹操杀董承等，夷三族。"

衣带诏当实有其事，陈寿并未完全撇除这一重公案，而是写在《蜀志·先主传》，故以刘备牵涉其中。如谓：

> 先主未出时，献帝舅车骑将军董承辞受帝衣带中密诏，当诛曹公，先主未发。是时曹公从容谓先主曰："今天下英雄，惟使君与操耳！本初之徒，不足数也。"先主方食，失匕箸。遂与承及长水校尉

种辑、将军吴子兰、王子服等同谋，会见使。未发，事觉，承等皆伏诛。

这里用"同谋"一语将刘备带入（按献纪未涉先主），但叙述破碎，意思不明。可以推想，刘备并未预事，不然董承等人都被曹操杀了，何故将他放过。陈寿不欲在武纪中表达献帝对曹操的反抗，将衣带诏写入刘备这儿是变通之计。不过，"先主方食，失匕箸"是极好的细节，这段记事倒是给小说家提供了可铺展想象的素材，《三国演义》中演绎成献帝赐锦袍玉带、董承密立讨贼义状、曹操煮酒论英雄等诸多关目（见第二十回至第二十一回）。

另外，武、献二纪都记录了献帝立曹操中女为皇后之事，时于建安二十年。及至献帝禅位，失落的曹皇后竟以曹小姐脾气大发汉家人怨恚，可见性格刚烈至极。此事见诸《后汉书·曹后纪》记述，范晔写道：

魏受禅，遣使求玺绶，后怒不与。如此数辈，后乃呼使者入，亲数让之，以玺抵轩下，因涕泣横流曰："天不祚尔！"左右皆莫能仰视。

其中"以玺抵轩下"句，刘昭注曰："抵，掷也。轩，阑板也。"她将玉玺扔了出去，对"魏因汉祚"的禅代活剧表示极度蔑视。不过，司马光《通鉴考异·魏纪》指出，范书所云系套用前人故事，"按此乃前汉元后事，且玺绶无容在曹后之所，此说妄也"。其谓"前汉元后"，即汉元帝皇后王政君，此人乃王莽之姑。王莽篡位时，派人来长乐宫取汉传国玺，元后这时已是太皇太后，不肯将国玺授与王莽。《汉书·元后传》有生动描述，太后泣而骂曰："我汉家老寡妇，旦暮且死，欲与此玺俱葬……"最后不得已将国玺投之于地。范晔拿曹后效颦元后，亦以汉家人自处，显示明辨大义之旨。陈寿书里，未见这位曹姓女子因老公下岗作何反应，史家对于这类历史细节自有选择，各有各的写法。历史因书写而存在，史家所谓"笔则笔，削则削"，各有建构而已。

小说家最擅于拿此类事况做文章。《三国演义》第八十回中，曹皇后闻说献帝禅位，便是怒斥曹丕与曹洪、曹休等曹家人"共造逆谋"，当然这是毛本根据范书改述的情节。原先嘉靖本正好相反，曹皇后自是站在曹家人一边说话，当献帝泣告"汝兄欲篡汉室"云云，她怒斥老公曰："汝言吾兄为篡国之贼，汝高祖只是丰沛一嗜酒匹夫，无籍小辈，尚且劫夺秦朝天下……"曹女脑子简单，不解汉魏禅代之义。倘若王朝变嬗只是"劫夺"二字，其父兄何以延宕至今方成大业？

2024 年 2 月 15 日整理

(《书城》2024 年 4 月号)

文人语

从老庄到庄老

陈引驰

在中国过去传统中，老子与庄子合称即"道家"，有老庄合称的，也有庄老合称的，这种称呼的变化，挖掘一下，其实可能是有些深意的。在道家中，老子和庄子当然都很重要，都是先秦的大思想家。但是在历史发展的过程中，庄子的地位越来越高。这样一种变化，与中国古代的士人有一些关系。这就是本文想要讨论的主要内容。

老子与庄子，都是道家的重要代表人物，两者之间肯定是有相关性的，但如果比较学究地来讲，两者的思想其实有异有同。从时代上来说，老子属于春秋时代，庄子属于战国时代，他们当然有先后，但是不是清楚地一脉相承？其实这是可以讨论的。这里只举一点，《庄子》的《天下》篇对先秦一些重要的思想和思想家，进行了一些评述。值得注意的是，它并不是像后世一家一家地讲，而针对的是一个个思想人物，其中并没有把老子和庄子放在一起，也没有"道家"这个名字。实际上，整个先秦时代，只有两家是有整体的名字的，一个是儒家，一个是墨家，而且这两家其实不是今天讲的思想流派的意思。儒是一种职业，是礼的专家，大到国家朝廷诸侯的礼仪，小到民间办红白喜事，都由他们负责；墨是一个组织，讲得不好听一点，就是一个边缘社群，在诸侯国的建制之外做一些事情。所以两家都不是指思想流派。

所以，在《天下》篇里面，老子和庄子是分开来谈的，并不在一起。直到后世，才慢慢被合在了一起，而这个过程则来自两部书——《老子》和《庄子》。这两部书，可以说是非常不同。《老子》一共五千言，《庄子》在汉代司马迁那里，是十余万言，如今大概只有七八万字。单从字数就知道这两本书的差别非常大。同时，通过文字，我们也可以看出老子与庄子的不同。我们读《老子》，就会发现，这个人真的是一位智者，写出来的文字字字珠玑，都是格言警句式的，值得大家去不断地挖掘、玩味。而《庄子》不同，《庄子》中的文章有汪洋之势，而且说到哪是哪，长长短短，各种故事，还有各种玩笑。这展现出非常不一样的两个人。在我看来，老子是比较冷静的；而庄子是有智慧，但是也有感情，喜怒哀乐都写在了文字里。

进一步说，两个人的思想取向也是不同的。老子与庄子，谈的都是"道"，但实际上是有点不同的。这里只讲最突出的部分。对于老子来说，"道"是永远讲不清的，因此他一上来就讲"道可道，非常道。名可名，非常名"，讲得清楚的"道"，根本就不是老子想要讲的"道"。但是，虽然讲不清，并不意味着"道"不存在。我们从"道"的运动，"道"发生的作用中，能感受到"道"是存在的，也就是"反者道之动"——任何事物都是向它相反的方面转化的。"有无相生，难易相成，长短相形，高下相倾，音声相和，前后相随。"这个世界总是分成两个方面的，而且都会向对方转化，老子特别注重的就是这一点。所以"将欲歙之，必固举之；将欲取之，必固强之；将欲废之，必固兴之；将欲夺之，必固与之"，只有处于相反的方面才能顺势而为，达成最初的目标。只要抓住了这一点，老子的很多想法我们都可以理解了。但庄子的思想不是这样。庄子也讲变化，但庄子特别强调的是："无以人灭天，无以故灭命，无以得殉名。"在庄子看来，最重要的是天道，人只能够顺应天道、顺应自然。但这并不意味着人只能"躺平"，完全听从摆布，而是要因势利导，顺势而为。这里的"天"其实指的就是宇宙自然的大道。人应该依循这个大道，而不是违反它，进一步说，就是要保持个人本来的面目。因此，虽然都说"道"，但老子与庄子的侧重点是有所不同的。但是有一点是共同的，那就是要顺应宇宙自然天地之道。

那么，老庄是什么时候合在一起的呢？

在西汉初年，有一本很重要的书，叫《淮南子》，这是一部很大的著作，其中一篇《要略》，将《淮南子》主要篇目的要旨，进行一些说明。其中特别提到"《道应》者，揽掇遂事之踪，追观往古之迹，察祸福利害之反，考验乎老庄之术，而以合得失之势者也"，这应该就是最早将老庄并称的文献记录。这本书当时非常流行，因此到了汉代以后，老庄几乎都并称了。但并称之后，老庄之间，谁主谁次，大家更重视的是哪一个，这有一个发展的过程。我这里以几篇很重要的文献为线索，谈谈这种主次变化的过程。

第一个是司马谈，也就是司马迁的父亲，他有一篇很重要的文章叫《论六家要旨》。哪六家？儒家、墨家、名家、法家、阴阳家、道家。他认为这六家的思想是十分重要的，所以要对六家有一个评述。这篇评述保存在《史记》的最后一篇，《太史公自序》里。在《太史公自序》中，司马迁把自己为什么要写《史记》、《史记》主旨是什么、父亲教了他什么都写在里面。其中，《论六家要旨》是很重要的一项材料。第二个文献是《史记》中的《老庄申韩列传》，司马迁将老子、庄子、申子、韩非子合在一起写。这种编排也是他对思想家的一种判断，将当时非常重要的几位思想家，用一篇文章写完。第三个是东汉班固的《汉书·艺文志》，这篇虽然收在《汉书》里，但不完全是他的看法。班固主要是在西汉末年刘向、刘歆父子对当时文献搜集、整理以及提要的基础上，加以修订，收入了《汉书》。这三篇文献都谈到了道家，接下来我们一段一段地看。

司马谈在《论六家要旨》中说：

> 道家使人精神专一，动合无形，赡足万物。其为术也，因阴阳之大顺，采儒墨之善，撮名法之要，与时迁移，应物变化，立俗施事，无所不宜，指约而易操，事少而功多。儒者则不然。以为人主天下之仪表也，主倡而臣和，主先而臣随。如此则主劳而臣逸。至于大道之要，去健羡，绌聪明，释此而任术。夫神大用则竭，形大劳则敝。形神骚动，欲与天地长久，非所闻也。

司马谈认为"道家使人精神专一"，这好像有点玄。但我们也要看他接下来的话，道家重要的是"与时迁移，应物变化，立俗施事，无所不宜"，"施"就是施展，在司马谈看来，道家思想是有实际功用的，而且用道家思想治理天下，处理种种事情，是无所不宜的。这好像跟我们今天理解的道家有点不一样，实际上司马谈时代的道家，主要是黄老之术。然后再来看司马迁，司马迁在《老庄申韩列传》中认为，庄子"其学无所不窥，然其要本归于老子之言"，庄子的学问很大，好像什么都明白，但他的学问是以老子为宗的。最后司马迁又说："故自王公大人不能器之。"器，就是工具，过去讲"形而上者谓之道，形而下者谓之器"。因此在司马迁看来，虽然庄子的学问是以老子为宗，但是有一点不同，那就是他的学问对于当权者来说是用不上的。这句话反过来的意思就是，老子的思想是可以用的。再来看班固，他在《汉书·艺文志》中说，道家的思想，"盖出于史官，历记成败存亡祸福古今之道，然后知秉要执本，清虚以自守，卑弱以自持，此君人南面之术也"。最后一句话很关键，"君人南面之术"，其实也就是说，道家思想是一种统治之术。进一步说，这实际上指的也是汉代流行的黄老之术。黄老之术主要就是老子的思想，庄子不是完全没关系，但与黄老之术关系比较远。

黄老之学在汉代是具有主导性的官学，老就是老子，黄指的是黄帝。黄帝是莫须有的，真正被提出来，是在战国以后。两者结合在一起就是黄老之学。黄老之学的理论简单概括就是，"虚实相应，动静结合，总揽分任，顺势而为"。其中，"顺势而为"是它非常重要的原则，这其实就是汉代初期的休养生息政策。民间社会有各种努力、各种追求，都可以，只要可以做好，就顺势而为。如今，我们都觉得道家讲求的是个人修养、个人修为，与现实政治距离很远。但在汉代却并非如此。

举一个例子。在《史记》中，有一篇《陈丞相世家》，左丞相陈平是汉代非常重要的人物。刘邦驾崩后，经过一系列的政治斗争，汉文帝即位。因为汉文帝之前是个很边缘的宗亲子弟，所以一开始懵头懵脑的，后来逐渐明晰国家的事务之后，就很关心国家到底是怎么治理的。于是就问右丞相周勃："天下一岁决狱几何？""天下一岁钱谷出入几何？"周勃都不知道答案。一连几个问题都答不上来，周勃很紧张，汗都下来了。文帝于是又问左丞相陈平，陈平回答得非常清楚："'有主者。'上曰：'主者谓谁？'平曰：'陛下即问决狱，责廷尉；问钱谷，责治粟内史。'"所谓"有主者"，就是说皇帝想知道什么事情，直接去问负责的人就好了。于是文帝就很奇怪，就问："苟各有主者，而君所主者何事也？"这些都有负责的人，那你是做什么的呢？陈平回答得非常好，他说："宰相者，上佐天子理阴阳，顺四时，下育万物之宜，外镇抚四夷诸侯，内亲附百姓，使卿大夫各得任其职焉。"陈平的回答非常典型，代表了黄老政治哲学的一个原则。对他来说，宰相总揽全局，是虚的，不具体做事，底下的官员才是做实事的。由此进一步，有一对很重要的概念，是无为与有为。在陈平看来，底下的官员是有为的，而他是无为的。无为是在上者对在下者而言的无为，不是真的什么也不做。而底下的官员，都应该是有为的。这就是所谓的"虚实相应，动静结合，总揽分任"。

在汉代，黄老之术是一门重要的显学。其中又以老子的思想为主。但同时期，老子与庄子也已经并称。只是相对而言，老子的思想是有实际用处的，而庄子的思想没有太多的实际用处，所以只能处于一个次要的位置，处于一个潜流之中。庄子在汉代受到关注，主要是对人在精神上进行调节和抚慰的作用，对个体生命的选择有帮助、有启发。其中有一个很重要的人物，就是洛阳才子贾谊。贾谊是西汉初年非常著名的学者，二十几岁的时候就被文帝"召以为博士"，成为皇帝身边的顾问。一个人二十几岁的时候，正是想法特别多的时候，于是就招来了许多非议。汉文帝听人讲他的坏话，慢慢地就疏远了贾谊，派他去为长沙王做太傅。贾谊在长沙待了三年，一直适应不了，心情也不太好，觉得自己活不长了，就写了一篇《鵩鸟赋》，为自己开解。这是一篇很有名的赋，其中很重要的一点，是贾谊在赋中用了很多典故。比如这一段：

> 且夫天地为炉兮，造化为工；
> 阴阳为炭兮，万物为铜。
> 合散消息兮，安有常则；
> 千变万化兮，未始有极。
> 忽然为人兮，何足控抟；
> 化为异物兮，又何足患！
> 小智自私兮，贱彼贵我；
> 达人大观兮，物无不可。
> ……

其中，"天地为炉兮，造化为工"，其实就来自《庄子》的内篇之一《大宗师》。《大宗师》中说："今一犯人之形，而曰：'人耳，人耳！'夫造化必以为不祥之人。今一以天地为大炉，以造化为大冶，恶乎往而不可哉！"庄子认为，人是万物之一，和万物是平等的，没有什么差别。因此，当人成为人，突然大叫"我是个人啊，我是个人啊"，天地造化一定会觉得很奇怪。在庄子看来万事万物都有其自然形成的动力，人变成人，又回归自然，是很自然的事情，不必大惊小怪。接下来一句："小智自私兮，贱彼贵我；达人大观兮，物无不可。"这句话来自《庄子·秋水》，贾谊认为只是有小智慧、小聪明的人，都觉得自己的才是好的，别人的都不好；而在有大智慧的人看来，没有什么事是不可接受的。《秋水》中，庄子说："以道观之，物无贵贱；以物观之，自贵而相贱。"在庄子看来，道和物是两个不同的层面，道是更高、更抽象的视角，而物则是较低的、具体的。从道的角度来看，事物没有贵贱之分。其实，老子也是这么想的，在他看来："天地不仁，以万物为刍狗；圣人不仁，以百姓为刍狗。"天地对万物是没有感情的，因此也是一律平等的；真正的圣人，也就是好的统治者，对于百姓也是没有感情的，平等对待、雨露均沾。这跟儒家思想比就很不一样了，儒家讲究："老吾老以及人之老，幼吾幼以及人之幼。"儒家认为爱是有差等的，但也要推己及人。如今我们看来，好像儒家的思想更有人情味，道家的有些不近人情，但实际上也有它的道理，道家追求的是万事万物的平等。

总之，贾谊的《鹏鸟赋》中用了许多跟庄子相关的语词观念。贾谊为什么要写这篇文章？司马迁在《史记》中讲得非常清楚，叫"为赋以自广"，也就是自我宽解。《庄子》在汉代思想中，起的就是这样一种作用，与治理天下的黄老之术截然不同。这一点大约是十分明白的了。

但此后，《老子》的地位就慢慢下降了。从西汉初年的统治哲学，到文帝、景帝时期，也基本以黄老之术为主，但是儒家的力量在慢慢抬头，最终到了汉武帝时期，有了"罢黜百家，独尊儒术"。当然，现在也有人认为这种说法太过于夸张，汉武帝以后也并不是只讲儒家，没有其他思想。但这里不做讨论，《老子》地位的下降，确是毫无疑问的。特别对于黄老之术而言，由于不再占据主导地位，不能用《老子》的政治原则治理天下，《老子》在生活中的实际用途就逐渐发生了变化。很多思想都转向了个人领域，这就与《庄子》逐渐靠拢了。

举一个例子，西汉后期有个叫严遵（字君平）的人，在成都以卜筮为生。按《汉书》中记载，这是一个很有趣的人。卜筮是贱业，严遵作为读书人是看不上的，但是觉得可以靠卜筮做些好事，"与人子言依于孝，与人弟言依于顺，与人臣言依于忠，各因势导之以善"。就这样他每天给人算命，赚的钱够了就把摊子一收，帘子落下，开始教人读《老子》。所以我们看到，这时《老子》已经不是统治哲学，读《老子》不可能在朝廷上有所作为，只能在满足了生活基本要求后，一个人闭户读书、教教弟子。不仅如此，严遵还勤于著述，《汉书》说他"博览亡不通，依老子、严周之指著书十余万言"，这里的严周，就是庄周，所以老庄又一次合在了一起。随着老子地位逐渐下降，庄子的思想慢慢后来居上，在中古以下的文士心目当中占有越来越重要的地位和影响。

庄学地位的提升到底是从什么时候开始的？大家知道到了东汉的后期乃至魏晋南北朝时期，玄学十分发达。玄学最重要的三部经典分别就是《周易》《老子》和《庄子》。而这三部书实际上并不是同时受到关注的，其中有一个发展、变化的历史过程。这个历史过程，也就是庄子的地位越来越高、越来越受关注的那么一个过程。

在玄学发展的早期，有两个阶段非常重要，其中之一就是所谓的正始玄学，正始是曹魏的年号，正始年间有一批学者研究玄学，其中的主要人物是何晏和王弼。这两位都是很有意思的人物，身份地位都很高，头脑也非常聪明。如果把他们的著作依次排开，我们就不难发现，他们主要研究的是三种经典，《论语》《周易》和《老子》。何晏编过一本书叫《论语集解》，至今都还是研究《论语》很重要的材料。同时，他也想注解《老子》。《世说新语》里记载了一个故事，说何晏有一次遇到了王弼——王弼当时很年轻，算是何晏的后辈，两人经过一番交谈后，何晏大惊失色，认为王弼对《老子》的理解太厉害了，于是就说《老子》我不注了，退而著"道德"二论——写了两篇文章，一篇叫《道论》，一篇叫《德论》，把他对老子的一些想法讲了一讲。但很遗憾这两篇文章并没有流传下来。相比何晏，王弼更是不得了的人物，虽然他二十四岁就逝世了，但留下的重要著作有很多，从《论语释疑》到《老子道德经注》到《周易注》，到今天都很有影响。特别是《老子道德经注》，实际上我们今天读的《老子》，主要就是根据王弼编订的版本。

而玄学对于《庄子》的注意，要到竹林七贤才开始，也就是阮籍、嵇康、向秀、刘伶这些人。他们对庄子特别倾心，也特别喜欢谈庄子。以阮籍为例，我们当然都知道阮籍是一个诗人，他写的咏怀诗至今还留有八十几首，都是具有典范价值的五言诗，在文学史上具有很高的地位。但他同时也是一个学者，写下了三篇文章，《通易论》《通老论》以及《达庄论》。通、达，也就是贯通、通达。阮籍所写的这三篇文章，其实就是对这三本书的讨论。其中，《周易》《老子》是何晏、王弼时代就关注的，而《庄子》则是新出现的。此外，向秀在这个变化的过程中也很重要。当时，向秀是十分有名的人物，他特别喜欢《庄子》，于是打算注解《庄子》。《世说新语》刘孝标的注引用的《向秀别传》中说，向秀刚刚开始注，嵇康就嘲笑他，说："此书讵复须注？徒弃人作乐事耳！"这本书大家聊天谈谈就很好，你去注解它干吗？幸好向秀没有听嵇康的话，完成了注解，对此《世说新语》用了四个字"大畅玄风"——因为向秀对《庄子》的注，其他人对于《庄子》的关注、认识、研究大大地提高了。

向秀之后是西晋的郭象，郭象这个人很重要，如今我们看到的《庄子》三十三篇，即内篇七篇、外篇十五篇、杂篇十一篇这样的一个结构，就是郭象定下的。《庄子》这本书在历史上有不同的版本，有二十篇的、二十七篇的，汉代最早的时候还有五十二篇的。但我们今天看到的三十三篇的《庄子》就是郭象注本。对于郭象，《世说新语》中记载了一段公案：

> 初，注《庄子》者数十家，莫能究其旨要。向秀于旧注外为解义，妙析奇致，大畅玄风。唯《秋水》《至乐》二篇未竟而秀卒。秀子幼，义遂零落，然犹有别本。郭象者，为人薄行，有俊才。见秀义不传于世，遂窃以为己注。乃自注《秋水》《至乐》二篇，又易《马蹄》一篇，其余众篇，或定点文句而已。后秀义别本出，故今有向、郭二《庄》，其义一也。

当然，郭象到底有没有抄袭向秀，这个问题很难回答，说全抄了也不对，但肯定参考过。因此，我们就能明白向秀的《庄子注》是非常重要的，对于后世的影响很大。

在"竹林七贤"中，除了阮籍、向秀，嵇康对于庄子也很感兴趣。虽然嵇康没有留下什么专门的著作，但是从他的文字中可以看出，庄子毫无疑问对他有着深刻的影响。嵇康有一篇名篇《与山巨源绝交书》，也就是写给山涛的绝交书。当时司马氏的权力很大，山涛最后还是出仕做官了，做官以后，他又推荐了嵇康，但嵇康坚决不同意，于是就写下了这篇文章。文章很有意思，嵇康说自己非常懒，不适合做官，懒到什么程度呢？用他自己的话，"筋驽肉缓，头面常一月十五日不洗，不大闷痒，不能沐也。每常小便而忍不起，令胞中略转乃起耳"——十天半个月、不到很痒很难过的时候，都不会洗澡；上厕所都懒得站起来，直到实在忍不住了，才会去上厕所。然后，嵇康又说了好多类似的话，"有必不堪者七，甚不可者二。"——有七个实在是不行的，有两个实在是不可的。总之就是在拒绝做官。

从这篇文章中，确实可以看到魏晋时期那种放荡不羁的生活方式，但这篇文章又不只是在讲这些，这只是一些场面话。而在嵇康拒绝做官的背后，其实就是他的政治立场的选择。但这种立场不能明说，也不能仅仅说自己很懒，必须把不做官的道理讲出来。所以嵇康就说："足下傍通，多可而少怪；吾直性狭中，多所不堪……"就是说山涛你什么都能够接受，这样可以，那样也可以；但我的性格又直接，又偏狭。然后就有了文章最重要的一句话："故君子百行，殊途而同致，循性而动，各附所安。"君子有种种的作为，但是殊途同归，有基本共通的一条，也就是"循性而动，各附所安"，即按照本性来行动，达到所能达到的，这样的生活才是对的。接下来，嵇康更是直接用了《庄子·逍遥游》里的典故"不可自见好章甫"。庄子《逍遥游》里边的一个故事叫"宋人资章甫"，"章甫"就是帽子。说一个宋国人卖帽子，跑到了南方越地，越人断发文身——头发都剪掉了，也不穿衣服，更谈不上戴帽子了。所以虽然宋人卖的是好章甫，但也不能一定让越人戴帽子——"不可自见好章甫，强越人以文冕也"。

下面一句："己嗜臭腐，养鸳雏以死鼠也。"这也是《庄子·秋水》中很有名的故事。庄子去看他的老朋友惠子，当时惠子在魏国做相，身边的人对他说，庄子来了肯定要抢他的位置。于是惠子在城内搜寻庄子，三日三夜。结果庄子主动找上门去，给惠子说了一个故事，说南方有一种鸟叫鹓，这种鸟"非梧桐不止，非练实不食，非醴泉不饮"，一路吃好喝好休息好。飞的时候正好碰到一只猫头鹰，猫头鹰捧着一只腐鼠，以为鹓要来抢这只腐鼠，就抬起头来大叫一声，把鹓吓走了。实际庄子意思说，魏国国相的位置，在自己眼中也就是一只腐鼠，你以为我要来抢你吗？嵇康在这里用庄子的故事，实际上都是骂山涛的。下面的话很有意思，"若趣欲共登王途，期于相致，时为欢益，一旦迫之，必发狂疾。自非重怨，不至于此也"。嵇康说了这么多，其实中心的一点就是要尊重每个人的个性，"人之相知，贵识其天性"，如果逼着我做违反本心的事儿，我要发疯的。这一观念正是来自《庄子》的。《庄子》一书中，有许多著名的故事，讲的都是这个道理，譬如《至乐》篇里的"此以己养养鸟也，非以鸟养养鸟也"，《天地》篇里的"百年之木，破为牺尊，青黄而文之，其断在沟中。比牺尊于沟中之断，则美恶有间矣，其于失性一也"，等等。这个"性"字，在《与山巨源绝交书》里不断地出现，是它讨论问题的一个理论基点，即对本性的坚持与尊重。

到了陶渊明，讲的其实也是这个"性"，他很有名的诗《归园田居》第一句就说："少无适俗韵，性本爱丘山。"他的本性就是这样，所以才会"羁鸟恋旧林，池鱼思故渊"，不断地要回到原本的环境中去，最后才是"久在樊笼里，复得返自然"，回到原本的环境中去，这才是正确的做法。所以，这是《庄子》中的观念，对后世的影响。

除了观念，还有形象。譬如《庄子》开篇就是《逍遥游》，其中鲲鹏的形象就是最典型的。唐代诗人李白，从四川来到今天的湖北江陵一带，遇到了一个很有名的道士司马承祯，很高兴，于是写了一篇《大鹏遇希有鸟赋》。这篇赋写得一般，李白自己也这样觉得，但那时"此赋已传于世，往往人间见之。悔其少作，未穷宏达之旨，中年弃之"，已经没办法了，只能写了这篇序言，再重新写一篇《大鹏赋》。其中的文字我就不多介绍了，这里只取其中的一段：

> 徵至怪于齐谐，谈北溟之有鱼。
> 吾不知其几千里，其名曰鲲。
> 化成大鹏，质凝胚浑。
> 脱鬐鬣于海岛，张羽毛于天门。
> 刷渤澥之春流，晞扶桑之朝暾。
> 煇赫乎宇宙，凭陵乎昆仑。

一鼓一舞，烟朦沙昏。

五岳为之震荡，百川为之崩奔。

……

很明显，这篇赋是发挥了《庄子·逍遥游》里的大鹏。这篇赋很有名，之后也有许多人学着写。李白去世之前，还写了一篇《临终歌》，其中第一句"大鹏飞兮振八裔，中天摧兮力不济"，大鹏鸟飞到天空，气力不济，掉下来了，但大鹏即使落下来，"余风激兮万世，游扶桑兮挂石袂"，它扇动翅膀之风依旧能够激荡百世，它落下的地方也是扶桑之地，也就是太阳升起的地方。"后人得之传此，仲尼亡兮谁为出涕。"这里用了一个典故，说孔子晚年听到有人捕捉到了一头麒麟，于是就哭了起来，说有人捕捉麒麟这种瑞兽，说明时代真的不行了，我也差不多要离开这个世界了。孔子哭的当然是麒麟，但李白觉得，自己的心境恐怕跟孔子哭麒麟是一样的。李白其实是以《庄子》中的大鹏自况，将自己与大鹏类比。

到了宋代，苏东坡也很喜欢《庄子》。他的弟弟苏辙在他去世后写了一篇《东坡先生墓志铭》："公之于文，得之于天。少与辙皆师先君，初好贾谊、陆贽书，论古今治乱，不为空言。既而读《庄子》，喟然叹息曰：'吾昔有见于中，口未能言，今见《庄子》，得吾心矣。'"苏辙认为兄长文章写得好，是出自他的天才天性。苏轼和苏辙一样，从小跟着父亲学习，一开始喜欢学贾谊、陆贽的书，喜欢慷慨议论古今治乱，直到后来苏轼读了《庄子》，不禁叹息自己以前心里有很多想法，但没办法很好地表达出来，现在他看到了《庄子》，终于明白该怎么写文章了。

当然，我们不能讲，苏轼的文章就是从《庄子》中来的，但在某种程度上，两者有相似之处。苏东坡的文章，也是比较随意挥洒的，写到哪是哪，"行于所当行，止于所不可不止"。从这一点来说，《庄子》对于苏轼的整个文学书写，是有很大影响的。这里举一个例子《赤壁赋》，这是苏轼的名篇。苏轼当时在赤壁游览，遇见一艘船，同船的人看到之后，突发感慨，想起了三国曹孟德横槊赋诗，像他这样的一世之豪，如今也已经灰飞烟灭了，"寄蜉蝣于天地，渺沧海之一粟。哀吾生之须臾，羡长江之无穷"，长江流水无穷无尽，而人的生命实在是太短暂了。原本大家月夜游江，都十分开心，听到这样的感慨，情绪一下子低落下来了。那苏轼就要想办法劝解，他的劝解很有意思：

> 客亦知夫水与月乎？逝者如斯，而未尝往也；盈虚者如彼，而卒莫消长也。盖将自其变者而观之，则天地曾不能以一瞬；自其不变者而观之，则物与我皆无尽也，而又何羡乎！且夫天地之间，物各有主，苟非吾之所有，虽一毫而莫取。惟江上之清风，与山间之明月，耳得之而为声，目遇之而成色，取之无禁，用之不竭。是造物者之无尽藏也，而吾与子之所共适。

在苏轼看来，从变化的角度来说，万事万物都在变化，只是变化的节奏不一样。你以为人生百年很短暂，而江山几百上千年不曾改变，"天地曾不能以一瞬"。但其实沧海桑田，江山本身也在改变，只是比较慢。下一句："自其不变者而观之，则物与我皆无尽也。"这句话有很多不同的理解，但简而言之就是说，从这一刹那而言，江山与我都没有改变，都是永恒的，用现在的话说就是"刹那永恒"。所以，为什么要去羡慕江山的不变呢？"惟江上之清风，与山间之明月，耳得之而为声，目遇之而成色"，这些都是很美好的，"取之无禁，用之不竭"，是此时此刻我们所共同享有的，有什么好羡慕，又有什么好悲伤的呢？

这段文字的重点，在于从"变"与"不变"的两个视角来看待世界。南宋的吴子良有一篇笔记叫《林下偶谈》，讲"《庄子·内篇·德充符》云：'自其异者视之，肝胆楚越也；自其同者视之，万物皆一也。'东坡《赤壁赋》云：'盖将自其变者观之，虽天地曾不能以一瞬；自其不变者观之，物与我皆无尽也，而又何羡乎？'盖用《庄子》语意"。《德充符》是《庄子》内篇中的一篇，其中有一句"自其异者视之，肝胆楚越也；自其同者视之，万物皆一也"，也就是说：从"不同"的角度说，肝胆哪怕靠在一起，也是不同的，楚越也是不同的两个地方；但是从"同"的角度来说，天地万物都是一体的。《齐物论》中有一句"天地与我并生，而万物与我为一"，讲的也是这个意思。吴子良就认为，苏东坡《赤壁赋》中的这一句，是从《庄子》中来的。《秋水》篇里还有一句话，叫"因其所有而有之，则万物莫不有。因其所无而无之，则万物莫不无"，讲的也是一个意思。所以可以很明确的是，苏东坡在这里的表达，肯定是受到了《庄子》的启发——这不妨是历代文士受惠于庄子的一个例子吧。

＊本文系作者 2023 年 7 月 29 日在上海图书馆东馆所做演讲，刊发时经作者审定。

（《书城》2024 年 3 月号）

从犬儒主义到狗智主义

周　濂

一

　　为什么要探讨犬儒主义？对此一个简单的回答是，犬儒主义虽然是古希腊哲学中的异类，但是经过两千五百年的演变，犬儒主义的现代形态——"狗智主义"已经成为这个时代的主要病症，某种意义上可以说"我们现在都是狗智主义者"：思想上看穿意识形态的虚假性，行动上却毫不犹豫地迎合它，因为只有迎合才有爆米花和绿豆汤。

　　从犬儒到狗智，这种变化是如何完成的？犬儒主义对于现代人仍有启示意义吗？我们能否摆脱狗智主义，想象另一种生活的可能性？以上种种问题，英国学者安斯加尔·艾伦在新著《犬儒主义》中为我们提供了很多有益的视角。不过在进入上述问题之前，先来考察一下 cynicism 的译名问题，因为对于哲学研究来说，字词之争往往也是实质之争。

　　艾伦用大小写区分"古代犬儒主义"（Cynicism）和"现代犬儒主义"（cynicism）。中译者倪剑青指出，艾伦并不是用首字母的差异分辨古今犬儒的第一人，早在 1979 年德国学者尼许斯·普勒布斯廷就通过 Kynismus 和 Zynismus 对"古代犬儒主义"和"现代犬儒主义"做出了区分。乍看之下，德语比英语更加一目了然，毕竟 K 和 Z 的区分要比大小写的 C 更明确，但是英文也有它的优势——大小写很好地体现出古代犬儒之"大"和现代犬儒之"小"。按照艾伦的观点，现代犬儒主义之"小"，体现在他们"蔑视人类的真诚和正直"，缺乏社会或者政治的信念，是不折不扣的机会主义者和利己主义者，不但"否认我们有可能拥有一个更好的世界"，而且认定"任何改变世界的企图一开始就注定会失败"。与之相反，古代犬儒主义虽然举止乖张，离经叛道，目的却是通过揭批文明的矫饰和道德的伪善，回归自然本性，过"真正的生活"，在这个意义上，古代犬儒主义应该是也必须是"大写的"。

相比之下，中译的处境最尴尬，要么继续采用"古代犬儒主义"和"现代犬儒主义"，仿佛二者只存在"时代上的差异"而没有"气质上的鸿沟"；要么必须另觅出路，比如用"犬儒主义"翻译"古代犬儒主义"，用"狗智主义"翻译"现代犬儒主义"。倪剑青拒绝接受后一种译法，认为"狗智"过于"戏谑化"。我认为这个理由不成立，道理很简单，不是"狗智"太戏谑，而是"犬儒"太文雅了。

弗洛伊德认为狗有两个特征被文明化的人所不齿。其一是狗没有对排泄物的恐惧，它随地大小便，甚至还会吃别的狗拉出的屎；其二是狗没有对性行为的羞涩，随时会在街头交配。正因为古代犬儒在公共场合拉屎和自慰，当时的希腊人才会用"像狗一样"称呼他们，把像狗一样不知礼义廉耻的人翻译成"儒"，显然有拔高和溢美之嫌。据考证，"犬儒"一词的中译出处最早见于清末士人孙宝瑄的《忘山庐日记》。1901 年 1 月 29 日，孙宝瑄记录了"海西上古哲学之第二期"的学派分支，提及"海西上古哲学"第二期小索格拉派（今译小苏格拉底学派）中有一派"曰犬儒派，其人名安期斯的耐士（今译安提斯泰尼）"。如果说"犬儒派"这个译名尚有几分道理，那是因为安提斯泰尼毕竟师出苏格拉底，位列希腊哲学诸流派，是不折不扣的知识分子——虽然黑格尔认为他们"没有什么哲学的教养"。

采用"犬儒主义"和"狗智主义"的译法，可以区分出二者在精神气质上的根本差异。而且"狗智"这个译名朗朗上口、铿锵有力，用（现代白话文的）"狗"取代（古代文言文的）"犬"，既标识出了古今之别，更传达出"现代犬儒主义"精致利己的一面：狗智狗智，像狗一样的出于求生本能的街头智慧也。

二

现在回到这个问题：从犬儒到狗智到底发生了什么？想要回答这个问题，首先要从犬儒主义自身入手。思想的龙种之所以常常收获跳蚤的儿子，极有可能是因为龙种本就孕育着跳蚤的基因。如果"大写的"犬儒主义本身就包含着"小写的"狗智主义，那么从犬儒到狗智的变化，虽然不能全怪犬儒，但也不能不怪犬儒。

以犬儒派最具典范意义的第欧根尼为例。据罗马时期作家第欧根尼·拉尔修《名哲言行录》记载，第欧根尼自称是"发了疯的苏格拉底"。这个说法实在是妙，发了疯的苏格拉底也仍旧是苏格拉底，世人常把眼光放在第欧根尼的不雅举动上，却忘了无论是外在形象还是精神气质，第欧根尼（以及犬儒派）都比柏拉图（以及学园派）更接近苏格拉底。比如说，苏格拉底和第欧根尼一样地不修边幅，一样地不立文字，一样地更加看重公共广场而非学园内部的言传身教，尤其不要忘了，苏格拉底被判处死刑的两个罪名是"引进新神"和"败坏年轻人"。这意味着对于雅典的正统来说，苏格拉底和第欧根尼一样都是异类，他们都在挑战主流思想，追求"另一种生活方式"。

但第欧根尼终究是"发了疯的苏格拉底"，他与苏格拉底最大的区别在于，苏格拉底通过对话和反讽来揭露对方的无知，从而促使他们产生对智慧的渴望，而第欧根尼则用谩骂取代对话，"热衷于通过侮辱的方式来践行无畏直言"，从身体到语言全方位地冒犯听众，伤害他们的自尊。借用艾伦的说法，苏格拉底"试图在朋友和熟人之间制造一种存在的困惑"，犬儒派则直接"制造了暴动"。

艾伦认为，为了实现无畏直言，犬儒派必须变得无牵无挂，为了变得无牵无挂，必须摆脱身上的责任。在所有的责任与束缚中，"最重要的是良心。良心是一种自我管制的工具"。千万不要被上述说法所误导，以为犬儒派打算像狗一样把良心吃掉，过一种没心没肺的生活。这是对犬儒派和良心的双重误解。真正的良心依旧是自我管制的工具，但真正的良心不应该是由外在权威强加于自身的束缚，甚至也不应该是人与人之间"默契的知识"，恰恰相反，真正的良心源自"与自己的对话"。阿伦特说："在极权主义的政治组织中，良心本身不再发挥作用，而且全然与恐惧和惩罚无关。在无法与自己进行对话的情况下，没人能够让自己的良心安然无损，因为他缺少一切形式的思考所必需的独处。"艾伦同样认为只有私人空间才是"良心的居所"，因为"只有在私人空间中，人们才能确认自己的罪"。当一个人的私人空间被压缩到最小，良心也就无处安置。反过来说，当一个人把关起门来做的事情拿到公开场合来做，把关起门来说的话拿到公开场合来说，他就真的是在依照良心而生活，只有这样的生活才是"真正的生活"。犬儒派正是这样想和这样做的，在他们看来，真正的生活是"没什么好隐藏的生活"，也是依照良心而过的"至高无上的生活"（sovereign life）。

问题的关键在于，犬儒派真的可以做到这一点吗？在古希腊的语境中犬儒派从来都不是一个褒义词，这不仅因为他们举止乖张、令人侧目，同时也因为希腊人从一开始就怀疑他们的离经叛道无非是在哗众取宠，无畏直言不过是工于心计，所谓的直道而行只是"大忠似伪、以博直名"。事实上，苏格拉底本人对于犬儒派就有过类似的质疑。据《名哲言行录》记录，安提斯泰尼有一天故意把斗篷的破烂部分翻转过来，同为斗篷爱好者的苏格拉底却对他说，我通过这个举动看见了你对虚荣的热爱。是啊，身着斗篷已经足够不修边幅，如果再把里头的破烂部分翻出来，那不就是在招摇过市，唯恐他人看不出安提斯泰尼对贫穷的热爱吗？

第欧根尼在这方面的表现同样让人生疑。他对来访的亚历山大大帝说"走开，你挡住了我的阳光"。通常认为这则逸事体现出第欧根尼只向真理低头、不向权贵折腰的风骨，"是对哲学具有更高权威且凌驾于世俗权力之上的宣示"。然而，正如艾伦所提醒的，这可能是一种误读。因为这则逸事其实也颂扬了亚历山大，它向世人传达的一个信息是，即便面对第欧根尼的粗鲁无礼，作为帝王的亚历山大依旧保持了宽厚与仁慈。误读这则逸事还面临另一种风险——"它轻描淡写了犬儒派的狡黠之处"，很有可能第欧根尼经过了精心的计算，他深知亚历山大爱惜羽毛，在安全的限度内冒犯他，不但不会招来杀身之祸，反而可能成就一段名传千古的佳话。如果说以上解读过于阴谋论，不妨再来读一下《名哲言行录》中的另一段对话——亚历山大站在第欧根尼面前问他："你不怕我吗？"第欧根尼说："为什么？你是什么？好东西还是坏东西？"亚历山大回答说"好东西"，第欧根尼于是说："那谁会怕好东西呢？"这段对话像极了早有预谋的演出，一唱一和之间仿佛在给历史主动奉献一则佳话。

第欧根尼曾经大白天举着灯笼在雅典城里四处游走，自称"在寻找真正诚实的人"。什么叫作"诚实"（sincerity）？按照伯纳德·威廉斯的观点，"诚实"与"准确"（accuracy）是"真诚"（truthfulness）的两个美德，"准确"的意思是"尽你自己的最大能力获得真信念"，"诚实"的意思是"你所说的就是你所相信的"（威廉斯：《真理与真诚》）。第欧根尼真的认为亚历山大是个"好东西"吗？在权力面前，他真的能够做到毫无畏惧地说出自己内心所相信的观点吗？第欧根尼生于伯罗奔尼撒战争时期，长在古希腊城邦衰落期，晚年见证了亚历山大对希腊的征服，生活在一个动荡不安的政治世界里，面对随时可能被放逐、被逮捕或者被变卖为奴的无常命运，他真的能够过一种毫无隐藏的"真正的生活"？

艾伦提醒我们，主张"一个好的犬儒派将总是在权力面前坚持真理"，这是一种错误的简单化。事实上，无论是面对公众还是面对权力，第欧根尼都不缺乏灵活性，他既擅长用暴力的方式侵犯对方，也能够通过个人魅力取悦对方，艾伦把这种灵活性称为"好战的柔韧性"。问题的关键在于，这样的分寸实在难以拿捏，在操作上难免会变形走样，即便是安提斯泰尼和第欧根尼这样的犬儒派大师都会被人质疑，更何况后世的邯郸学步者。罗马时期有个叫作德勒斯的犬儒主义者，有一次他对一个富人说："你慷慨大度地施舍给我，而我痛痛快快地取之于你，既不卑躬屈膝，也不唠叨不满。"这句话初听起来非常有风骨，细琢磨就会发现既当又立，充满了我们熟知的狗智主义的狡黠。

三

从希腊化时期到启蒙运动时期，犬儒主义进入反复被收编的过程。概括而言，收编的方式主要有两种：一为"在地化"，斯多亚哲人爱比克泰德、罗马修辞家琉善、"叛教者"尤利安、基督教苦修者们、近代早期的不满分子和启蒙运动的哲人轮番登场，各自以不同的方式改造犬儒主义，由此呈现出形态各异的犬儒主义，每一种都是"它所处的社会的产物，并且成为那个社会的一面镜子"。二为"软骨化"，主要手段是通过贬低和排斥街头犬儒主义的反叛性，将犬儒式的批评"修整为可被掌权者所使用的反讽"（比如琉善），把犬儒式的安贫乐道改造成"基督徒的禁欲主义"，使之成为维持现状的力量而非颠覆秩序的利器。这个变化的过程漫长而缓慢，类似于温水煮青蛙，找不到一个标志性的节点，但是当狗智的完成态陡然出现时，人们才惊觉已经到了癌症的晚期阶段。

按照艾伦的观点，启蒙运动是对犬儒派进行收编的高潮期。卢梭与狄德罗笔下的"拉摩的侄儿"双峰对峙，构成了彼此深刻相关又截然不同的两种犬儒形象：卢梭在精神气质上更接近于古代犬儒，终其一生都在追问"第欧根尼式"的问题——"毫无隐藏的真正生活是可能的吗？"拉摩的侄儿则是现代狗智的"完成态"，用生活实践直截了当地告诉世人"真正的生活"既无必要也绝不可能。

在对比卢梭和拉摩的侄儿之前，我想引用关于"诚实"的另一种解释。美国文学评论家莱昂内尔·特里林在《诚与真》中指出："诚实就是'对你自己忠实'，就是让社会中的'我'与内在的'自我'相一致。因此，唯有出现了社会需要我们扮演的'角色'之后，个体诚实与否才会成为一个值得追问的问题。"特里林的问题意识也正是卢梭在《论人类不平等的起源》中提出的。卢梭区分了"实际是"和"看来是"，他担心，在一个由虚荣心和私有制塑造的文明社会里，"自己实际上是一种样子，但为了本身的利益，不得不显出另一种样子。于是，'实际是'和'看来是'变成迥然不同的两回事"。

正因为卢梭对科学、艺术和文明社会发动攻击，同时代人才会将他视为犬儒派，伏尔泰曾在一封私人信件中恶毒地写道："如果第欧根尼的狗和埃罗特拉塔的母狗繁殖，那小狗就是让·雅克。"卢梭是否百分百地满足犬儒派的特征，不是本文关心的问题。我想说的是，在卢梭的作品中暴露了一种深刻的焦虑，这种焦虑集中在现代性能否成功地填补"实际是"和"看来是"之间的鸿沟，如果答案是否定的，那么启蒙运动的理想就极有锻造出狗智主义的态度。值得玩味的是，狄德罗不仅分享了卢梭的问题意识，而且在其创作的《拉摩的侄儿》中，以最戏剧化的方式实现了卢梭的焦虑。

拉摩的侄儿继承了叔叔拉摩的名字，但没有遗传叔叔的音乐天赋，他虽然精通乐理，但不足以成为伟大的音乐家，为了谋生，他不得不混迹于咖啡馆、酒馆和宫廷之间。拉摩的侄儿深谙生存之道，懂得到什么山唱什么歌，见什么人说什么话，下面这句台词道出了他的心声："你要记得，关于像道德这样一个变化多端的题目，没有任何绝对地、本质地、一般地真或假的东西；除非你一定要按照自己的利益而决定是怎样：好或坏、聪明或傻、可敬或可笑、正直或邪恶。如果德行偶然可以致富，那么或者我就是有德行的……我叫作德行的东西你叫作邪恶，而我叫作邪恶的东西你却叫作德行。"

拉摩的侄儿与卢梭不同，他压根儿就不打算填补"实际是"和"看来是"之间的鸿沟，甚至可以说在他身上根本就没有"实际是"，并且，他的"看来是"可以随时转换、任意扭曲。这样的人格毫无"稳定性"可言，伯纳德·威廉斯评论说："正如《拉摩的侄儿》提醒我们的，稳定性是有代价的，有时表现为伪善、受挫和苦难，不过，对于人类互动、对于一个便于管理的生活来说，某种程度的稳定性是如此重要。"威廉斯认为，这种变化无常的精神结构，"需要通过社会、通过与其他人的相互作用而得以稳定下来"，这个过程并不容易，它注定"交织着恐惧和幻想"，人们只有付出格外多的努力，才可以构造出"相对稳定的信念和态度"。多数人会在这个反复拉扯的过程中败下阵来，这并不奇怪，因为很少有人可以像马丁·路德那样满怀信念地说出："这是我的立场，我不得不如此。"

艾伦认为，在拉摩的侄儿身上可以发现狗智主义的两步走战略："第一步，揭露这个虚假且伪善的社会。对于狗智主义者而言，仅仅有第一步是不完整的。要从第一步出发，转向关键性的第二步。第二步，个人要与这个虚假且伪善的社会共谋。这第二步是一种策略性的下注——狗智主义者赌了一把：比起坚持道德的纯粹，共谋将获得更多的收益。"

如果说卢梭代表了犬儒主义者的余音，那么在拉摩的侄儿身上，则让人看到了狗智主义者的先声。"犬儒派自由而勇敢的言谈，在拉摩的侄儿那里变成了单纯的厚颜无耻。……犬儒派呼吁人们顺应自然本性而生活，意在揭露文明开化生活的矫饰。在拉摩的这位侄儿那里……'自然本性'现在被重新定义为'为生存而战'，呼吁'顺应自然本性'则意味着人不为己天诛地灭，意味着顺从栖息之社会的败坏规范。"

四

关于狗智主义的基本特征，已经有太多学者做出了精彩的总结。我认为操奇在《启蒙的天敌：犬儒理性论略》中的说法最为言简意赅，他把狗智主义归纳为三个特征："无原则的怀疑""有意识的虚假"和"不反抗的愤世"。

狗智主义者怀疑一切，看穿一切，尤其是看到任何积极向上的正面例子，都会习惯性地把它们视为更低劣事物的伪装。这种自动化的反应模式让他们自以为在思考，实际上却是放弃了思考。

马克思认为意识形态归根结底是"虚假意识"，它让每一个人产生出关于自我和外部世界的虚假观念，由此导致"他们虽然对此一无所知，却在勤勉为之"的局面。但是狗智主义者不一样，按照斯劳特戴克的说法，"他们对自己的所作所为一清二楚，但他们依然坦然为之"。狗智主义是"启蒙了的虚假意识"：他们是被"启蒙了的"，因为"他们对意识形态的虚假性一清二楚，也完全知道在意识形态普遍性的下面掩藏着特殊的利益"（齐泽克：《意识形态的崇高客体》），他们仍旧处于"虚假意识"之中，因为看破一切却不说破一切，而是主动迎合，套利求生。

狗智主义者愤世但不反抗，他们热衷于反讽和玩梗，开彼此心照不宣的玩笑，在玩笑中获得片刻的良心安宁，感受智力和道德的双重优越，自我宽慰至少在形式上完成了反抗的姿态，以便第二天继续心安理得地参加盛大的假面游行。诚如艾伦所说，"我们都有自己的狗智时刻"，这是这个时代的生存之道，也是这个时代根深蒂固的癌症。

时至今日，我们已经无法复兴犬儒主义。犬儒派在古希腊之所以有生存空间，一个很重要的原因在于当时的社会管控不够发达。犬儒派对于今天的启发意义在于，矢志不移地去冲撞"意义的罗网"，寻找"另一种生活"的可能性，但我们没有必要复兴犬儒，更没有必要响应艾伦的号召，在狗智内部挖掘所谓的"造反潜能"。

我在艾伦的书里找到这样一个说法——"心怀希望的现实主义"，沿着它往下想，没准会提供一条新思路。没错，社会是残酷的，生活是严峻的，人心是难测的，自我是不稳定的，为此我们不得不用严冷的现实主义目光去审视这个世界，但另一方面，我们依然可以怀抱希望。怀抱希望的方式有三种：第一，拒绝宏大叙事，重返私人领域，寻找每个人的意义锚点；第二，不做道德上的孤岛，在重返私人世界找到意义锚点之后，要重返公共生活，与他人建立真正的道德联结；第三，尝试各种微小的生活实验，不自欺、不合谋，而是另起炉灶，建立平行城邦，寻找新的生活方式和生活美学。做到以上三点，或许我们就暂时地超越了自己的"狗智时刻"，成为一个"心怀希望的现实主义者"以及"第二次出发的理想主义者"。

（《读书》2024 年第 7 期）

我们的机器

刘醒龙

"车床一台台地转动起来后，各种尖锐、凄厉的混响在车间震荡着。人一动，车床就动起来。间距相同的车床，排成三条线，几十名车工也排成三条线，伴着各种车床上飞速旋转的几十只卡盘，在灯光的映衬下，所辐射出来的铮亮，连成三条亮晃晃的光带，如同人的心绪与神经，车间里的全部机器与人，显得浑然一体。几乎都是黑乎乎的钢铁毛坯件，只要进入到这亮晃晃的地带，立即变幻出各种光泽。有的变成乳白，有的变成银亮，蜕变出来的黄色，也能轻而易举地分出菊黄与橙黄来——前一种灿烂，后一种鲜艳。菊花黄与橙子红都是秋天的颜色。只有黑色才属于四季，它实实在在有几种颜色，诸如在车床旁边排成排、堆成堆的乌黑与灰黑。然而，在车床的旋转里，看到的只是毫无区别的闪烁之光。"

这段文字写于1995年夏天，是自己离开工厂的第十个年头。那一年，自己终于动手写了之前从不知如何处理，也有可能是不忍心触碰的工厂生活。在酷热难熬的武汉，夜以继日地写作这部名叫《生命是劳动与仁慈》的长篇小说。三十万字的作品，只用了不到五十天就写成了。其中，与机器相关的一些段落，自认为从今往后再也写不出来的文字。武汉大学的陈美兰教授曾经评论，似这种写工厂的文字，是从未见过的美，只有过来人才写得出来的。恰巧又过了十年，天津作家肖克凡的长篇小说《机器》横空出世时，自己一下子愣住了：这是多么绝妙的文学命题啊！常言所说的文学性，就应当是如此：人人心中皆有，个个笔下全无，从人所尽知的事物中，看出人所不能看见，既是一个人的超常能力，也是文学的不同寻常的性能！我将自己最年轻的十年交给了机器，却没有想到这些机器是最应当成为自己的文学资源的。后来，机器对我的直接震撼又有过一次，那是回到自己在冰冷的钢铁和炽热的钢铁堆中待过十年的车间，一眼认出与自己朝夕相处的 C6140 车床，以及仍然在这车床四周环绕的钢铁伙伴们，忍不住像对老朋友那样大声说着，你还在上班呀！我情不自禁地上前去，左手握住操纵杆，右手一会儿摇动大拖板的手轮，一会儿摇动中拖板的手柄，就仿佛握着多年不见的工友们的手，片刻的生疏过去，冷冰冰的钢铁马上变得热情起来。

然而，2024 年"五一"劳动节前，在重庆钢铁厂旧址博物馆，第一眼看到那台 1905 年制造，代表当时世界工业最高水平，清朝洋务运动末期从英国引进，抗战时期同汉阳钢铁厂的八万吨物资一道转运到重庆的八千马力蒸汽机，脑子里马上浮现当年举国支援武汉保卫战，确保长江中上游的大小船只齐聚在武汉至重庆之间，将能够移动的物资一件不落地逆水西迁，以谋求中华民族工业血脉续存的浩大场面。天上是一群接一群的侵略者的飞机，水面上是一艘接一艘的爱国者的民船，武汉外围的各个要塞炮火连天，重庆以远的江面上船工号子震天，几十万民众硬是以肩扛背驮的方式，让一座与国家兴亡休戚相关的钢铁厂跋涉千里，完完整整地达成再生与复兴的使命。自己在武汉生活了三十年，对作为现代工业文明星火的汉阳钢铁厂与重庆钢铁厂的前世今生算是比较了解。正当脑子里满是自张之洞和汉冶萍起始的往事时，突然被一个疑问弄得沉默不语。接下来的几个小时里，不断地重复那走一走、停一停、看一看、想一想，所到之处，全是钢铁制造的巨大形体，其中有熟悉的锻压机、冲压机、车床、钻床、磨床、刨床等，这些用来将强大的钢铁材料加工成所需形状的钢铁怪兽，拥有一个共同的名字——机器。这些数不清的机器集合到一起，像历史深谷发生炸裂，突然发现作为社会政治的重器和知识训导关键名词的机器，在生活中、在文化中、在语言书写与口述中，竟然不知不觉地被我们用最不经意的方式迅速遗忘了！

昨天还是轰轰隆隆的令人敬畏的机器，这么快就变成了博物馆里的纪念物什。

那一刻，沉默的机器比轰轰隆隆的机器更让人惊心动魄！

难道时代的进步非得要用遗忘来实现吗？

难道文明的发展理当摧毁一些旧物时，就连钢铁也不能幸免吗？

难道从石器到青铜器，再到铁器，历史就是如此令人忧伤地执行其使命吗？

当世人慨叹青铜重器的种种不可思议时，我们对于机器的感叹会不会首先感动自身呢？

在重庆钢铁厂旧址博物馆内那台型号同为 C6140 的车床旁，我徘徊许久。与自己曾经使用的型号大致相同的那台车床上，最令人心动的是周身的模样。因为被柴油、机油和铁屑，还有车工们的汗水，像血液流过一样日复一日地反复沾染，使得斑驳的车床上透出一种只有饱经沧桑才能散发出来的混沌的生命之光。在车床的大拖板、中拖板和小拖板的行程滑道上，看上去平滑如镜，用车工之眼去看，还能见到一只只隐隐约约的小燕子。不知道的人偶然发现了，以为是一种装饰，其实是一道关键性的工艺。一般车床大修时，滑道先要用磨床进行磨削。被磨削过的滑道，哪怕只有几个丝的误差也不可以安装使用，必须通过手工用铲刀进行铲刮。技术高超的车工们，将弹簧钢打制的刮刀，一头顶在下腹处，一头对准那些用黄丹粉均匀涂抹，再用校正平板反复摩擦后显现的黑点，连铲带削地使劲。每个黑点铲削两刀，铲刀收起处，就会出现一只展翅飘飞的小燕子。在钢铁垒成的车间里，这些被铲刀雕刻在车床上的小燕子，成了人人都想看几眼的美景。还有一种美景，那就是青年女工们的羞涩。因为那般用铲刀铲削的动作，让人生出某种暧昧的念头。这种念头时常由羞涩演变成开怀大笑，让整个车间突然变成一片劳动者的累并开心的乐园。

还有那锻压机和冲压机，小时候在小镇上见过被称为打铁机的小型锻压机，那打铁的厉害劲吸引过镇上的每一位少年。后来上班的车间里，锻压机要大许多。陈列在博物馆的这台锻压机更加了不得，可以斗胆想象，那半吨重的烧得通红的钢坯铁砣，被当成儿童的橡皮泥，轻而易举地任意搓弄。至于被叫作冲床的冲压机，除了能记起可以在坚硬的钢板上随心所欲地冲出大大小小的孔洞，还有当年的某位师傅，时常在别人面前不好意思地亮出自己的右手，再亮出自己的左手。那只右手只有两个手指，左手情况稍好些，但也只有三个手指。敦实的冲压工师傅让别人数自己的手指时，一点也没有埋怨机器的意思，那表情像是责备自己对不起机器。在车床厮守的人们也不例外，正如常在河边走哪有不湿鞋的道理，管你是何等的聪明灵巧，只要做了车工，在钢铁夹缝中游动的手指，虽然没有冲压工那样危险，大大小小的损伤却是家常便饭。令青年女工最不堪的是仿佛生长在手纹与指甲缝里的黑垢，那是用铁的粉尘加以油污混合而成，即便每天用毛刷刷上半小时，也只能减缓与减轻其丑样子的形成，绝对不可以根除。

"车刀像一把犁，这在另一台车床上更是惟妙惟肖。这台车床上的车刀在做纵向运动，在另一台车床上，车刀是在做横向运动，一块薄薄的铁板正同卡盘一起旋转着。车刀在它的中心钻进去一点，然后在自动手柄的操纵下，一圈一圈地往外扩展。没有比此更像犁田的了，车刀就是犁铧，铁板当然是良田熟地。车刀是磨白的，犁铧也是磨白的，铁板油亮，好土地也又油又亮，它们翻动的是相同的凝重浪花。不相同的是，犁田时总是由外圈逐渐走向中央，车刀却是将一条螺旋线，从圆心不间断地划到最外边。随着螺旋圆圈的扩大，车刀会越来越激昂，并逐渐发出一种近乎欢呼的声音，步步推向高潮之后，在最高潮时戛然而止。犁铧总是那般的不动声色，有时头顶上会有鞭子的甩响，会有人的吆喝和牛的哞叫，这于它是没法惊动的，一寸寸、一尺尺的前进中没有惊喜与悲叹，只有走向中央后的那一种无法说与人的伫望与期待。"

早前文字所表现的是加工普通的钢铁工件，最难加工同时也是最令人心惊肉跳的是加工不锈钢 T 型螺杆。那一年，因故被某位领导找去进行程序性谈话，互相说来说去，一不小心大大超过预定时间。相关人员很好奇，问我都说了些什么，让领导有兴趣说了这么久。我如实回答说，也没谈正经的文学艺术，就是聊在厂里当车工的一些事。对方也曾当过车工，还自认为比我的车工技术好。直到听我说起如何加工不锈钢 T 型螺杆，他才有服输的意思。就在与重庆钢铁厂旧址博物馆陈列的车床差不多的那台 C6140 车床上，每个班的生产定额是完成十六根 T 型螺杆，而邻近工厂最好的车工一个班连一根都加工不好。那种近乎疯狂的 8 小时，被强力切削甩出来的达到几百摄氏度的铁屑，一不小心掉进脖子里，立即冒出一股烤肉香。那场谈话，至此戛然而止，最令人终生难忘的事情还没来得及说。就在自己独立操纵名为车床机器的那个夏天，一位师姐在加工不锈钢光杆时，右胳膊被切削下来的长长铁屑缠住后生生地拉断了。半只断臂在车床上继续旋转了好一会儿，身后另一台车床上的车工发现情况不对，赶过去切断电源后才停下来。事故归事故，机器归机器。下一个班的车工上班后，打开电源，试了试车床，该做什么还得继续做什么。往后的日子，经常听人在抱怨时说自己又不是机器。是的，机器是人制造的，制造机器的人却不如机器强大。说自己又不是机器的人，往往不懂机器。任何一台机器，与人相处久了，就有了人一般的生命意识。被许许多多伤痛苦累浸泡过的机器，会汇聚成一种远远超过人本身的力量。比如重庆钢铁厂旧址博物馆里的八千马力蒸汽机上的那根巨大的传动轴，当年由武汉溯江而上，好不容易运抵重庆后却沉落江底，十几条船、数百号人打捞了一个多月，才将其从江底捞起来。有了它，理论上的八千马力才能变成抗战烽火中的磅礴力量。

"车床像什么呢？几十台车床纵横有序，错落有致地分布在这如此宽敞的庞大车间里，大约是任何乡村里的自然景观所无法比拟的。虽然如此，它还是像一只只船，一只只张开彩色风帆的船。车床是船的本身，那些站立在车床旁边的男女车工，则是那让潮风吹开的丰满的帆。落霞映照，归家的乌篷船是一首诗一幅画。那乌篷船本来都破败了的，只是因为船上堆满一天的辛劳，晚霞才特意辉映它们。犹如这船这帆，女孩子被这车间里的劳动景象衬出几分好看来，被改过的工装裤显得很合身，该显该露的地方，由于工装裤的半显半露而透出些许神秘，那些身上免不了会染上的油污，则是这神秘之上的一层薄雾。至于男人无论是油污还是满车间的钢铁，当他们一手拖着粗重的工件，一手进行夹固，或者两只手飞速不停地操纵着各种手柄时，头发、眼睛和肌肉，那些可以表现情感的身子里迸发出来的东西，将油污和钢铁糅合在一起，形成一种无形的雕塑。"

这些话，也是在《生命是劳动与仁慈》中写着的。当车工的十年里，偶尔临时做点别的，大部分时间是与那台 C6140 一起度过的。按时间计算，后来自己使用电脑的时间长达二三十年，使用过的笔记本电脑和台式电脑，共有十几台，还都是自己用真金白银购置的，哪怕它们曾协助自己写出得意之作，坏了也就坏了，当成垃圾处理掉，再也没有丁点留恋，最多只是在适应新电脑的过程中，觉得旧电脑使用起来顺手一些。机器则不一样，那台此前从未见过、像座小楼的八千马力蒸汽机，一眼看过去就觉得既亲切，又震撼。那是在国家生死存亡之际，由许许多多的人肩扛船载车子拖，才沿长江逆流而上，来到重庆，为国力的复苏作出重大贡献。这正是机器不太被重视，却绝对值得纪念的缘故。从一台电脑到一百台电脑，感觉中总是属于某个人的私密，有也可以，没有也无关紧要。机器绝对不同，哪怕小到一台缝纫机，也不曾有过自身的隐私。只要机器一开动，就属于社会的、属于时代的，注定将要属于历史的那些价值，就会滚滚而来。

关于"机器"一词，标准释读说：机器是由各种金属和非金属部件组装成的装置，消耗能源，可以运转、做功。它是用来代替人的劳动、进行能量变换、信息处理以及产生有用功。词典显然不知道机器有温度，有情感，有责任心和使命感。机器害怕南方的苦夏，却在年年不会缺席的苦夏中汗流浃背地奋斗。机器畏惧北方的严寒，却在岁岁都会降临的冰雪天里竭尽全力地工作。机器流淌着劳动者的热血，机器支撑着劳动者的骨骼，机器爱着年轻工人的爱情，机器恋着老迈师傅的深情，机器是一个时代的理想与浪漫，机器是一段历史的旗帜与标识。机器是上一个百年的全部意义，我们怎么可以像忘记一把旧扫帚那样忘记呢？是时代进步得太快了吗？是我们对生活舒适性过度追求吗？还是我们对生命的意义有了全新的发现？好在这个世界还有这样的一些人，虽然终日在公园的假山中散步，始终没有忘记视线之外还有一座座连绵不绝的自然山脉；虽然从早到晚喝着自来水，一刻也不曾忽略天际线下长流不息的大河小溪。或许能够说，不是人们太容易忘记，是新鲜事物太多，像石器时代，像青铜时代，机器作为现代文明的丰碑，也是不可以一笔抹掉的。事实上，也是谁也无法抹掉的。

艰难时世中人们会优先记着艰难，平凡日子里人们习惯于选择平凡。离开工厂车间，手上的茧花再厚、脖子上的伤疤再多，总会慢慢消退。时代进步过程中，傻大粗的机器会自然而然地遭到淘汰，风云际会，大浪淘沙，那些沉淀下去的物质，经年累月，最终会在江流深处变成坚不可摧的存在。军人回到昔日的战场，会将手举到额前以示敬礼。情人回忆旧时的情景，会伸出双臂试图重新拥抱。面对历史中的机器，不懂的人会叽叽喳喳说个不停，真懂的人只会默然肃立。看不见并不等于彻底消失，无可利用并不表示从头到尾全是废物。无边落木萧萧下，不尽长江滚滚来。一日为机器，永远是机器。一日为工人，永远是工人。纵然生活不再言说，只要曾经有过就好。

经典鉴赏
聆听获奖小说，进入文学世界。

文学发展
穿越时间长河，纵览文学的演变。

作家往事
跟随纪录片，探寻作家的故乡。

随心书摘
记录你的阅读感悟和写作灵感。

扫码探索

中国文学脉络

在文学的棱镜里，发现生活的千面。